Jean-Daniel Baltassat est né en 1949 en Haute-Savoie. Il a étudié l'histoire de l'art, le cinéma et la photographie. Depuis le milieu des années 1980, il se consacre exclusivement à l'écriture. *Le Divan de Staline* est son neuvième roman, adapté au cinéma par Fanny Ardant sous le titre *Rouges sont les rêves*.

Jean-Daniel Baltassat

LE DIVAN DE STALINE

(ROUGES SONT LES RÊVES)

ROMAN

Éditions du Seuil

TEXTE INTÉGRAL

ISBN 978-2-7578-6383-1
(ISBN 978-2-02-111670-0, 1re publication)

Pour Olivier et Nicolas B.
en échange de la bourne.

Pour Nathalie T., sa patience,
sa queue de singe et son dictionnaire,
comme toujours.

Staline avait à son côté son secrétaire, Poskrebychev, quand Vassilievski lui annonça par radio l'encerclement des armées allemandes. Staline, sans regarder Poskrebychev, resta quelques instants les yeux clos, comme assoupi. […] C'était l'heure de son triomphe. Il n'avait pas seulement vaincu son ennemi présent, il avait vaincu son passé. L'herbe se ferait plus épaisse sur les tombes de 1930 dans les villages. Les neiges et les glaces au-delà du cercle polaire resteraient silencieuses.

Il savait mieux que personne au monde qu'on ne juge pas les vainqueurs.

Vassili GROSSMAN

En URSS, nous sommes à un moment de l'humanité qui ressemble en quelque chose à la période du passage du singe à l'homme.

(1933)

Merci à Staline pour ces hommes qui se sont forgés à son exemple, selon sa pensée, la théorie et la pratique staliniennes !

(1953)

Louis ARAGON

Et le siècle chien-loup me bondit sur le dos,
un loup je ne suis […].
Maintenant commence la surdité des araignées.

Ossip MANDELSTAM

1

C'est l'automne sur la mer Noire. Mi-novembre, une fin d'après-midi de 1950, soleil bas et tendre. Iossif Vissarionovitch Staline, Guide et Petit Père du Monde Nouveau, élimine les fleurs fanées de vieux rosiers dans le jardin de la datcha du Frais Ruisseau. L'exercice le fatigue plus qu'avant. Le jardin n'est qu'une pente parcourue d'escaliers mais la vue sur la mer scintillante est une merveille. Sa datcha préférée. Il n'a plus que trente mois à vivre. Comment le saurait-il ?

Au moins les rosiers sont-ils en bon état. Peu de taches de rouille, presque pas d'oïdium. L'hiver s'annonce sec, autant que l'été. Ce qui ne convient pas si bien aux citronniers, à nouveau attaqués par les cochenilles. La nature est ainsi faite que tout finit par se corrompre et se livrer aux maladies, même ce qui a été purgé et récuré en profondeur. Un esprit négatif pourrait dire que le monde n'est qu'une plaie en perpétuelle rémission. Le genre de pensée qui vient avec l'âge et gâche le plaisir de beaux instants comme celui d'un jardin suspendu sur une mer embrasée par le couchant.

Pour ce qui est de la mort, Iossif Vissarionovitch se trouve somme toute dans la même situation que les millions d'âmes dont il a purgé la pureté soviétique. Il ignore quand elle va le rattraper, mais pas d'illusion.

Même lui, le Généralissime de la moitié de la planète, le *Khozjaïn*, le *Vojd*, le Patron, ne peut pas se raconter d'histoires. Le jeu de la mort n'a qu'une issue. Plus le temps passe, plus on joue perdant. Depuis soixante-dix ans, les occasions de la rencontre finale n'ont pas manqué. Il s'en est bien tiré. Un rude boulot. Le hasard n'y est pour rien.

La longue expérience enseigne cependant une chose : la mort est le souci des faibles. Il y a plus fort que la mort : l'éternité. Une affaire qui ne se réduit pas à la survie d'un sac d'os et de chair. L'éternité : rester vivant dans l'esprit de nos survivants ainsi que ces astres éteints depuis des milliards d'années qui continuent d'éblouir nos nuits et nos ciels.

Une œuvre qui se prépare de loin. Lénine s'y est attelé tôt. On a été aux premières loges pour le voir à l'ouvrage. Une expérience édifiante. Voir et soutenir. Sans l'aide du camarade Staline, que serait devenue la sainteté d'Ilitch ?

Donc Iossif Vissarionovitch ôte ses gants, repose le sécateur dans ce petit panier qui accompagne toujours son ouvrage de jardinier. Le soleil du soir est tout près de se baigner dans la mer Noire. Une bienfaisance pour les os d'un vieil homme. Vieux dans le sac d'os, mais encore joueur comme à vingt ans pour ce qui est du reste et du goût de l'éternité.

Occupant tout le côté gauche de la datcha, la véranda est aussi vaste qu'une serre. Une tiédeur moite y perdure longtemps après le crépuscule. Des bassins de briques peintes emplis de crotons, azalées, rhododendrons, camélias et une splendeur de gardénia – dehors, le soleil et la terre calcaire vous les tueraient en moins de deux – encadrent deux fauteuils d'osier. Sur une table basse, des revues étrangères, des livres, une coupe de pipes Dunhill toutes semblables, des dossiers bariolés de toutes sortes de tampons colorés. De biais sur le fatras, un téléphone de bakélite verte. Son fil sinueux fait songer à un orvet se dorant dans la dernière chaleur du jour.

Iossif Vissarionovitch se laisse choir dans son fauteuil. Même battus et regonflés par les mains des femmes, les coussins conservent toujours son empreinte. Il se choisit une pipe parmi ses sœurs identiques, déplie sa blague à tabac – un cadeau de Churchill – une fille ronde, sans âge, en tablier blanc, apporte le thé. Du noir de Géorgie. Iossif Vissarionovitch suit les gestes de la fille, tasse le tabac dans sa pipe. Quand la fille ronde se redresse, d'une voix basse, aimable, il ordonne :

« Demande à Poskrebychev de venir. »

Elle quitte la véranda. Le tabac grésille sous l'allumette. Après deux ou trois bouffées, Iossif Vissarionovitch décroche le combiné du téléphone vert. Trouvez-moi la camarade Vodieva, dit-il. Dites-lui que le camarade Staline attend son appel.

Le thé est juste à la bonne température. Il apaise ces gencives qu'on a trop souvent douloureuses.

Poskrebychev – major général Alexandre Nikolaïevitch Poskrebychev, directeur de la Section spéciale du Comité central, une tête chauve, très russe, solidement bolchevique, le nez court, les lèvres gourmandes aussi bien que sévères, la peau souvent livide tournant à la brique dans le grand froid ou les vapeurs de vodka, des yeux qui jamais ne fuient le regard de son *Khozjaïn*, son *Vojd*, son maître bien-aimé – dépose un classeur de courrier et son carnet de notes sur le fatras de la table ronde de la véranda. Poskrebychev est de ceux qui ne vont jamais les mains vides. Dans les couloirs du Kremlin, on le surnomme la Main et le Désir de Dieu. Pas de lettres, de requêtes, de rapports, de rendez-vous pour Iossif Vissarionovitch qui ne reçoivent d'abord son attention et son approbation.

Iossif Vissarionovitch soulève la couverture cartonnée du classeur. Il demande s'il y a une urgence. Les mots chuintent le long du tuyau de sa pipe déjà éteinte. Pas plus que d'habitude, répond Poskrebychev.

Iossif Vissarionovitch se désintéresse du classeur, offre le dernier ocre du soleil à ses iris dorés. D'un ton égal, il annonce que la proposition du Politburo –

la clique des scorpions, les Malenkov et Beria ; Khrouchtchev avait l'air de s'en foutre – d'un monument d'éternité pour le camarade Staline, on va voir de plus près ce que ça vaut.

Bien sûr, Poskrebychev doit faire un effort pour se souvenir de quoi il s'agit. Une affaire qui remonte au printemps. Mais oui, oui maintenant il s'en souvient. Et aussi que le Patron l'avait éliminée d'un revers de main. Encore du léchage de cul de la clique.

L'inclinaison soucieuse, suspicieuse, du crâne nu de Poskrebychev amuse le Patron. Ses yeux jaunes s'allument d'un petit sourire. Ils disent : Tu as raison. Mais pourquoi ne pas voir ça de plus près ? Savoir à quoi ils jouent ? Savoir si c'est vraiment une mauvaise idée ?

C'est souvent que ces deux-là s'abstiennent de mots pour converser. Cela leur va tout aussi bien que les phrases ordinaires où ils s'obstinent à se vouvoyer.

« Bien, dit Poskrebychev. Bien. »

Et donc, après avoir rallumé sa pipe à la flamme d'une allumette plus lumineuse que ce soleil sombrant tout là-bas à l'ouest, Iossif Vissarionovitch précise ses désirs, les dates, lieux et noms nécessaires à mettre en branle la machine. Poskrebychev les griffonne sur son carnet. Une sténo toute personnelle que lui seul sait lire. Cela ne prend pas si longtemps. Il est déjà debout lorsque le téléphone sonne. « Lidia ! Lidia Semionova ! Ma Lidiouchka ! » s'exclame le Patron.

Poskrebychev quitte la véranda avec le sourire. La voix qui vibre dans son dos n'est plus du tout celle d'un homme de soixante-dix ans. Et de loin ! Plutôt celle d'un jeune homme. Que saint Lénine bénisse cette foutue Vodieva ! En voilà une qui saurait mieux qu'aucun monument rendre éternel le Petit Père des Peuples.

Lidia ! Lidia ! Ma Lidiouchka !

Depuis longtemps Poskrebychev s'est accoutumé aux volte-face de Iossif Vissarionovitch. Faire en sorte que les contingences quotidiennes, les devoirs et pouvoirs du camarade Staline n'en subissent aucun contretemps. Routine de la toute-puissance et nécessaire doigté. Ce qui n'est pas rien.

Par exemple, en ce milieu du mois de novembre 1950, on est à deux doigts d'une troisième guerre mondiale. Depuis juillet, les Américains avalent la Corée. Un mois plus tôt, Chou En-lai s'était assis dans la véranda en face de Iossif Vissarionovitch, quémandant – à la manière chinoise, souriante, hypocrite et faussement soumise – soutien et aide pour la grande contre-offensive de Mao Tsé-toung contre les fascistes américains. Camarade Staline, nous avons besoin d'une couverture aérienne ! Les impérialistes US ont des avions par centaines et nous pas même une paire d'ailes valide ! Ce n'est pas seulement une affaire militaire, Généralissime. Le ciel de Corée sans avions soviétiques, ce serait comme revenir aux combats de la Longue Marche.

Staline a dit non.

Chou ne demandait pas beaucoup. Une poignée de MiG-15, ou des Yak-23. Une dizaine d'Iliouchine obsolètes aurait même pu faire l'affaire. N'importe quels engins capables d'agacer les dégénérés de Washington et de l'ONU. Staline a redit non. Trop tôt. Pas encore le rôle de l'Union soviétique. Plus tard, peut-être, on ne sait jamais. Chou a insisté. Staline est resté de marbre. « Qu'est-ce que vous croyez, camarade Chou ? L'URSS est désormais une puissance nucléaire. Elle ne s'engage pas comme ça dans une guerre contre les Américains. Chacun sa place. Notre responsabilité n'est pas la vôtre. »

Chou a quitté la datcha les lèvres en lame de cimeterre. Depuis, les divisions chinoises déferlent sur la Corée. Trois, quatre, cinq cent mille hommes, l'Armée des Volontaires du Peuple Chinois. À deux doigts d'encercler le 8e régiment de cavalerie US à Ulsan et harcelant déjà le IIe corps d'armée sud-coréen à Onjong. Comme ça. Sans le plus petit besoin d'une aile d'avion soviétique. Entre les lignes de leurs télégrammes codés, on peut entendre ricaner Mao et Chou.

Sans compter qu'il n'y a pas que la Corée et les mensonges impérialistes de l'ONU. Rien jamais ne permet de baisser la garde. Le Monde Nouveau Soviétique est pour ainsi dire une forêt nécessitant un élagage perpétuel. Aujourd'hui ici, demain là. Aujourd'hui taillons dans la vieille avant-garde pourrissante, demain nous trancherons dans l'hydre sioniste. Ici purgeons une clique de racailles d'anti-Parti – arrestations, enquêtes, aveux, tribunal, suaires – là curons sans relâche la vérole des traîtres, des saboteurs, des apostats. Et encore faut-il deviner les fruits blets dans les paniers toujours instables des Partis frères – accueillir aussi leurs fruits fatigués, comme en ce mois-ci le camarade Thorez, le Français au cœur fragile – et toujours et partout gardons-nous des Beria, Malenkov, Mikoïan et Khrouchtchev que l'oxygène du pouvoir saoule bien plus que la vodka. On l'a dit, la nature est ainsi faite que tout finit par se corrompre et se livrer aux maladies, même ce qui a été purgé et récuré en profondeur. Une tâche subtile. Par bonheur, Poskrebychev sait lui donner la calme apparence de l'ordinaire des jours.

Donc, de retour dans l'aile administrative, dite le Petit Kremlin, ajoutée à l'arrière de la datcha, il choisit un téléphone parmi les quatre – chacun d'une couleur différente, chacun voué à des conversations et des effets différents – qui peuplent son bureau. Dans le combiné noir, il dit : « Nikolaï, le Patron nous emmène prendre les eaux à Borjomi. » Sans attendre de réponse. Inutile. Nikolaï Vlassik – lieutenant-général Vlassik, chef de la Section opérationnelle de la Sécurité d'État, cent trente kilos pour un mètre soixante-neuf, responsable de la protection personnelle du Généralissime Staline – bolchevik de la même trempe que Poskrebychev, quoique en plus lourd, plus adipeux et moins intelligent, est capable encore de se lever chaque aube pour que demeure intact le corps sacré de l'État Soviétique.

Ensuite, dans le combiné vert – ligne directe pour le Kremlin, sûre, hautement sécurisée, propice à la diffusion des ordres et des contrôles – plus tard dans le blanc, tout se met en place jusque là-bas tout au fond de la Géorgie natale de Iossif Vissarionovitch, dans ce Palais Likani où il veut aller se divertir pour une poignée de jours. Et alors qu'il ordonne, vérifie, fait répéter, Poskrebychev, avec cette tendresse qui n'appartient qu'à l'amour des hommes pour les plus puissants qu'eux, ne cesse d'entendre le cri bienheureux de son saint Patron – *Lidia ! Lidia ! Ma Lidiouchka !* – ainsi qu'autrefois les *Vojd* de la vieille Russie faisaient claquer le fouet sur la croupe des mules lancées dans la steppe glacée.

Lidia ! Lidia ! Ma Lidiouchka !

2

La montre du camarade Valery Yakovlevitch Danilov indique quatre heures du matin et une pincée de minutes. Le jour sera là dans quatre ou cinq heures de plus. À moins que dans ces montagnes l'aube n'arrive plus tôt qu'à Moscou. Sur la carte, Borjomi est à moins de deux cents kilomètres de la frontière turque. Danilov se laisse tomber sur un tabouret de métal. Trop fumé, trop bu, comme toujours quand les nuits n'en finissent pas. Une salive de sable, des yeux douloureux, irrités par la poussière du sol en pavés de bois de la remise.

Devant lui, sur un grand panneau de contreplaqué, éblouis par la violence d'un projecteur, brillent les portraits – trois cent quarante-huit portraits taille carte postale et autant de punaises, un même visage à tous les âges, Iossif Vissarionovitch Staline depuis ses trente ans jusqu'à sa soixante-huitième année, trois cent quarante-huit paires d'yeux jaunes, gris ou sombres, opaques ou transparents, autant de moustaches longues, ébouriffées par l'élan de la jeunesse, la provocation révolutionnaire, ou plus ramassées, opulentes de virilité, denses jusque dans leur grisonnement discipliné, avec les ans devenant plus sages que drues, jouant de l'ombre portée sur six cent quatre-vingt-seize lèvres expressives avec ou sans pipe et autant de sourcils noirs de charbon, de hautes pommettes, de tempes avec ou sans coiffure, offrant toutes les variations du sérieux, de la concentration ou de la colère, lisant, parlant, haranguant, patientant en tunique, chemise ou uniforme, avec ou sans manteau, avec ou sans décorations, sous tous les angles, face, profil ou contre-plongée, en photographies, lithographies, affiches, gravures ou peintures, voire peintures photographiées et photographies repeintes aussi bien que des icônes, trois cent quarante-huit portraits réalisés par presque autant d'hommes, quelquefois des femmes, peintres, dessinateurs et photographes, mais si peu, si peu, une poussière en comparaison de la masse incalculable des portraits du camarade Staline que le Monde Nouveau Soviétique, et sans doute l'ancien, en ce jour de novembre 1950 peut porter – le camarade Staline mué par la composition de l'assemblage-montage en une masse de couleurs irisées, un jeu de formes qui, de loin, pourrait donner l'illusion d'une peinture en soi.

Hélas, Danilov n'a pas retrouvé l'équilibre de la composition auquel il était parvenu dans son atelier de Moscou : une spirale-maelström, une galaxie de fronts, moustaches, yeux, joues se précipitant dans le noyau central, un visage de tous les visages de Staline peint par lui, Danilov, dans les seules trois couleurs primaires. Au total, la galaxie en expansion du Monde Nouveau Soviétique dans l'incarnation de son Guide.

Mieux : la spirale vivante de l'infini, le tourbillon de l'éternité.

Mais maintenant non. Trop de précipitation et de fatigue. L'effet de spirale n'est plus là. Ou pas encore. Toutefois la composition de Moscou n'est pas perdue. Danilov l'a photographiée avant que le bordel commence, que les types du MVD viennent tout démonter et emporter. Si on lui accorde ici le temps que cela réclamera, il saura la recomposer. En attendant, ça ira comme ça. On aura le temps de régler les détails pour la rencontre de demain – non, aujourd'hui, tout à l'heure – on n'en fera pas plus pour l'instant. On le voudrait qu'on ne le pourrait pas. L'excitation qui nous porte depuis trois jours n'est plus que de l'épuisement. Danilov lève la main, éteint le projecteur. Quelques secondes il est aveugle. La pénombre engloutit le panneau. Puis ses yeux s'habituent à la lumière jaune, apaisante, des deux grosses lampes à abat-jour de métal suspendues à la charpente qui découpent un cône de vie sur l'« atelier », ce qui a pu en être reconstitué, repoussant dans l'obscur les souvenirs du passé oppressif de la remise, les murs de brique n'en manquent pas, fouets, lanières, guides, harnachements de cuir et autres reliques des attelages autrefois entretenus ici et même, brancards relevés, le vermillon de ses roues laquées et les écussons impériaux de ses portières à peine visibles sous la poussière, un briska oublié là. Il se peut qu'un instant la pensée de la banquette de velours du briska danse dans l'esprit engourdi de Danilov. Qu'il s'y voie s'y allongeant pour un bref repos. En vérité, ce qui serait véritablement merveilleux serait de pouvoir s'endormir comme les chevaux. Fermer les paupières, poser un sabot sur sa pointe et atteindre le pays des rêves.

Peut-être Danilov a-t-il dormi durant une ou deux minutes, les fesses sur son tabouret de fer. Ou est-ce une impression. La petite porte taillée dans le haut vantail cintré qui laissait passer autrefois les berlines et calèches des Romanov s'ouvre à grand bruit dans son dos. Des torches fouillent la remise. Un rai de lumière cueille son visage. Danilov lève la main pour se protéger les yeux. Ils sont une demi-douzaine. Une patrouille en capote et casque, mitraillette à l'épaule. L'un des hommes retient un chien, un berger allemand au regard intelligent. Un officier en casquette à visière de cuir – deux chevrons argentés sur sa manche et ses épaulettes : un lieutenant – s'approche du cône de lumière de l'« atelier ». Pas un mot ni un salut pour Danilov mais un geste de la main gantée vers les soldats qui refluent, se tassent devant la porte. Les torches s'éteignent. Le chien se couche au pied de son maître. Dehors, par la porte ouverte, on devine la brume grise épaisse qui rampe sur les allées du parc.

Sans qu'on lui ait rien demandé, Danilov avoue qu'il allait éteindre. « J'ai presque fini, dit-il. Il faut que je dorme un peu. » Sa voix résonne dans la remise, enrouée par le tabac. Ou va savoir quoi. Le lieutenant

– dans la quarantaine, petit, maigre, la moustache étroite sous le nez court, la vareuse plissée sous le baudrier, tout ça sanglé à l'excès – le toise. Il ne desserre pas les dents. Ses yeux aux grandes pupilles se promènent sur le chandail informe, le pantalon d'atelier couvert de taches et d'accrocs. Quand il se retourne, sa botte heurte le plateau posé à terre. Bruit de bouteilles, de verres renversés. Il fait face au mur d'acier miroitant – une demi-douzaine de feuilles d'acier chromé format grand raisin fixées sur un montage tubulaire et dressant une manière de cloison suspendue de cinq ou six mètres de long – au reflet bizarre de sa silhouette, masse flottante, obèse, grotesque, sa casquette pareille à une soucoupe volante, un ectoplasme instable, fuyant, s'écoulant dans d'autres formes grotesques au moindre mouvement. Danilov résiste à l'envie d'expliquer de quoi il retourne – le rassurant à l'occasion : bien sûr, ces reflets ridicules disparaîtront dès qu'il aura fixé les plaques sur les croisillons de tension demain matin, tout à l'heure, après avoir dormi un peu, une affaire vite réglée mais qui demande d'avoir l'esprit clair – à quoi bon, soit le lieutenant est déjà au courant, soit il n'a pas à l'être.

Et le lieutenant ne pose pas de questions. Il tourne le dos à son double grotesque, inspecte la table installée parallèlement au mur d'acier, chargée de matériel – tout ce qui a pu être transporté depuis l'atelier de Moscou : stylets à graver, rouleaux de presse en caoutchouc, plaques tests, pots d'émail à froid, carnets, crayons, fusains, tubes de gouache, coupelles de mélange, pochoirs, poncifs et bien d'autres choses et même un sac de chiffons – sous la visière de sa casquette seuls l'extrémité de son nez, son menton bleui de barbe reçoivent la lumière des lampes suspendues. Les plis et déplis du drap de sa vareuse rythment ses petits pas. De son doigt ganté, il effleure ceci ou cela. Son baudrier crisse contre le bord de la table. Puis il se fige, reins creusés, épaules rejetées. Devant lui, dans la pénombre, les trois cent quarante-huit regards du camarade Staline le contemplent. Peut-être l'envie lui vient-elle de claquer les talons, porter la main à sa casquette. Il s'en abstient. Tirer sur les plis de sa vareuse suffira. Il prend son temps, comme s'il voulait voir chacun des portraits. Danilov fourre ses poings dans ses poches, en retire un paquet rouge de Pachka, s'allume une nouvelle cigarette.

Finalement, quand le lieutenant sort de sa contemplation, il sourit et se montre capable de parole. « Il est beau ! dit-il. Il est beau, notre Généralissime. » Un ton d'officier agrémenté d'un petit rire sec et ferme. Danilov retire la cigarette de ses lèvres et approuve d'un signe. « Beau sous toutes les coutures, notre *Vojd* ! dit encore le lieutenant. Une sacrée belle tête. » Danilov approuve de nouveau. Cette fois, le lieutenant porte un doigt ganté à sa casquette.

« Bonne nuit, camarade artiste. »

Quand il repasse le seuil de la remise, un soldat tire brutalement la porte derrière lui. Dehors, de brefs jappements. Des appels à peine audibles. Un cliquetis d'armes, le crissement assourdi des bottes sur les graviers.

Puis tout s'éloigne, puis plus rien.

Dans le silence, Danilov se penche sur le plateau renversé par la botte du lieutenant. Il ramasse la bouteille miraculeusement rebouchée. Un fond de vodka bienvenu. Quand il repose la bouteille, ses doigts tremblent. Il écrase son mégot dans la boîte de fer-blanc qui lui sert de cendrier.

Doigts tremblants, cœur tremblant.

Depuis trois jours, doigts tremblants, cœur tremblant. Joie, peur, impatience, effroi.

La vie du camarade Danilov a basculé lorsque le téléphone a sonné dans son atelier de Moscou et que la voix de Lidia Semionova Vodiev a annoncé : « Valia, c'est décidé. Il veut te voir. »

Ce qu'il espérait, attendait – n'espérait plus, n'attendait plus – depuis des mois. Sauf qu'attendre et espérer sont une chose, entendre les mots vous frapper les tympans aussi réellement que des pierres brisant des vitres en est une autre. *Valia, c'est décidé. Il veut te voir.*

Derrière la verrière de l'atelier, la neige d'un vendredi de novembre tombait sur Moscou comme si de rien n'était.

« Valery Yakovlevitch, tu m'écoutes ? » La Vodieva très maîtresse d'elle-même, comme toujours. « Prépare-toi, camarade Danilov. Ne perds pas de temps. »

Aucun risque. À peine le téléphone reposé, Pineguine – Anatoli Grigorievitch Pineguine, président du Comité des beaux-arts de Moscou – se montrait sur le paillasson de l'atelier. On aurait pu croire qu'il y avait guetté l'appel de la Vodieva. Donc, le régime habituel – félicitations, recommandations, avertissement, Valery Yakovlevitch ! quelle nouvelle ! quel honneur ! pas de bêtises, mon ami, tout ce qui est en Haut a les yeux sur vous, n'oubliez pas : j'ai soutenu votre projet depuis le début, pour ainsi dire en même temps que la camarade Vodieva et votre mère, Valery Yakovlevitch, votre carrière est un flambeau, un flambeau qui n'est pas près de s'éteindre, mais attention pas de bêtises, etc. – Pineguine disparaissant pour laisser place à Maman Vera.

« Valia, Valia, mon garçon. Je suis si heureuse pour toi. »

Se tenant à deux ou trois pas de lui. Le scrutant de ses yeux clairs et sévères de Lettone bolchevique. La bouche incurvée à l'envers, loin du sourire, avec entre les sourcils deux tranchées qui ne s'effaceront plus jamais. Un visage de pierre pour la plus grande sculptrice soviétique.

Loin dans son enfance, dans ces mois où il était devenu son fils, Danilov s'était raconté une histoire pour pouvoir aimer un peu ce visage. À force de vivre dans la poussière du granit et la limaille de fer, le visage de Maman Vera était devenu lui-même du plus dur des alliages. Une matière encore inconnue qu'elle portait en secret sous sa peau et qui la rendait aussi unique qu'indestructible.

Mais cette fois-ci, cette toute première fois depuis leurs longues années de jeu du fils et de la mère, Vera Ignatievna Moukhina avait craqué. Désarroi de vieille enfant, bouche frissonnante d'émotion. Comme en s'affalant, elle s'était jetée dans l'espace qui les séparait, agrippant la nuque de Danilov, caressant sa joue ainsi que celle d'un amant, s'intimidant de sentir crisser sous sa paume la barbe de l'homme mal rasé, le pressant contre sa poitrine puissante. « Mon chéri, on a réussi… Tu as réussi… Mon très aimé chéri ! »

Des mots tout rocailleux, tout rugueux d'avoir à franchir ses lèvres pour cette première fois.

Elle s'était reprise à la vitesse de l'éclair, embarrassée d'elle-même, de ce corps d'émotions lui appartenant si peu, trouvant aussitôt de quoi apaiser cette folie de sentiment en rappelant à son fils que le camarade Staline était exactement comme on le disait : l'homme le plus courtois et le plus merveilleux qu'il se puisse concevoir. « Ne sois pas inquiet, Valia. Il m'a toujours traitée avec un grand respect et toi aussi, je le sais, il te traitera bien. Il nous aime. Ton projet est merveilleux, il ne peut que l'aimer lui aussi. » Puis : « Tu te souviens ? Je t'avais promis que toi aussi, un jour, tu respirerais le parfum de Staline… »

Danilov se souvenait. Une nuit de février ou mars de l'année 1934. Il aura onze ans bientôt. Maman Vera et lui en sont au tout début de leur jeu de la mère et du fils. Elle se fait belle pour sortir, robe noire sans manches avec un col de soie rouge, une fleur entre les seins, une autre dans les cheveux, un incendie dans le regard. Il attend son retour jusqu'au petit matin sans se laisser attraper une seule minute par le sommeil – ce qu'on savait alors encore voir dans le noir, pendant toutes ces heures sans dormir, il arrive qu'on s'en souvienne aussi, les visages, les vrais visages, yeux bouches peaux des toujours très aimés parents, leur voix et le mensonge de l'accident, on ne s'ennuyait pas dans le noir, on savait encore les voir, les enfants ont la mémoire longue, c'est fini maintenant, deviens un homme, oublie-les, ils ne sont que dans ta tête, demain ils n'y seront plus, aujourd'hui ils n'y sont plus, disait chaque jour Maman Vera – quand enfin elle s'approche de son lit, les fleurs ont disparu de sa poitrine et de ses cheveux. Elle empeste l'alcool, le tabac et d'autres odeurs âcres. Une puanteur terrible. Il ne sait pas retenir ses larmes, il la hait, ne veut pas qu'elle le touche, surtout pas respirer l'air qu'elle rapporte avec elle. Elle se moque de lui : « Mais non, mon garçon, mais non, ça ne pue pas du tout ! Bien au contraire : c'est le parfum de Staline ! Un jour, toi aussi tu seras bien heureux de le respirer. »

Maman Vera a toujours su tenir ses promesses.

Les inspecteurs du MVD étaient arrivés aussitôt qu'elle avait quitté l'atelier. Un ballet bien réglé. Contrôle du matériel à emporter à Borjomi, une fiche par objet – même pour les plus courants : pinces, coupelles ou pinceaux ; introduisant une allumette dans chaque tube de couleur, ouvrant les pots et ainsi de suite – une vingtaine d'heures pour emballer le tout et le transporter dans la camionnette du MVD. Le lendemain à l'aube, Pineguine conduisait Danilov à Touchino, l'aéroport des huiles du Kremlin, dans sa ZIS de fonction – Pineguine parlant sans cesse, se lamentant de ne pouvoir être du voyage, se lançant dans une nouvelle liste de recommandations – la neige s'écrasant sur le pare-brise, de plus en plus lourde, de plus en plus hargneuse. Si bien qu'à Touchino elle était devenue une tempête. Il avait fallu prévenir le général Poskrebychev que le vol serait retardé d'une demi-journée. Peut-être plus. Pas plus d'une demi-journée, avait répondu Poskrebychev. Démerdez-vous.

Son premier vol en avion.

Une émotion de gosse. Ça tremble de partout, les hélices deviennent transparentes, crachent une haleine de suie, la neige et le vent se font de pierre, la carlingue hurle de douleur, le ciel est compact, noir, sale, mauvais. Et puis les roues de l'Iliouchine cessent de rebondir sur le tarmac. La vibration de la carlingue n'est plus due à aucun contact avec la terre. On entre dans la nuit grise des nuées et on se jette dans un ciel de pur éblouissement.

Pas un ciel : le royaume de la lumière. Teintes suaves, bleu et or. Rien à voir avec le bleu massif et pétrifié qui nous domine lorsque l'on demeure rivé au sol. Tout ici est nuances, transparences, saturations de magenta jusqu'aux tons les plus faibles, lavés de blanc, soutenus çà et là d'un peu de cyan, d'une plaque liquide de lapis alors que là-bas, dans l'ourlet de l'horizon, la mer de nuages s'alourdit d'une poussière de cinabre. Une peinture sans autre image que ses jeux de tons, sans autre forme ou signe que le mouvement secret et immortel des couleurs.

La beauté nue. Humaine, inhumaine. Quasi invisible.

Pétrifié derrière le hublot de l'Iliouchine, Danilov s'était aveuglé de ce spectacle. De drôles d'idées lui étaient venues. Pas de véritables idées : des visions de peintures. Toiles immenses, monochromes, vibrantes de simples mouvements de ton. Souffles de brosses pareils à des traces du temps. Danse de matière, tantôt opaque comme une glaise, tantôt fluide. Buée de transparence, jouissance ténue comme une levée de femme en amour. Insondable mesure de l'univers.

De mauvaises pensées, en vérité. Très peu dans la ligne officielle énoncée par le camarade Jdanov – par les Pineguine, les Guerassimov, toute la crème des académies et notre bonne Maman Vera – « il n'y a d'autre grandeur en peinture, en art quel qu'il soit, que d'atteindre l'humilité de celui qui sait être le miroir exaltant de la vérité du peuple ».

Par bonheur, mystérieuses demeurent les pensées d'un homme à travers les os de son crâne. Ainsi les rêveries du camarade peintre Danilov ne se sont pas diffusées dans la cabine de l'Iliouchine au risque de contaminer les autres passagers – officiers en fin de permission, une poignée de civils du PC géorgiens et, bien sûr, les hommes du MGB l'accompagnant, lui et son matériel, à Borjomi – son ivresse du ciel d'ailleurs se dissipant lorsque l'avion avait piqué soudainement à travers la couche de nuages, plus légère qu'à Moscou, effilochée comme une charpie, l'Iliouchine s'inclinant dans un lent virage pour atteindre un terrain militaire proche du Don, la pointe de son aile dévoilant alors comme une caresse la marqueterie des cultures, villages, bourgs, granges, routes, bosquets, les rives du fleuve immense aux eaux irisées d'une infinité de verts, de bruns, d'ocres ou de pourpres, dénudant l'évidence : cette terre sculptée par la main, le sang et les luttes des hommes au cours des siècles et des millénaires seule possédait la vraie, l'unique beauté. Oh non, le monde n'est pas nu, insaisissable et glacé comme le bleu infini du ciel ! Il n'est pas une boule de pure et inhumaine nature offerte au chaos des existences. La splendeur palpable de la réalité modelée par l'homme issu du Monde Nouveau éblouit celui qui ose l'affronter.

Et lorsque l'Iliouchine, après avoir fait le plein de kérosène, s'était à nouveau arraché du sol jusqu'à la pureté du ciel, effleurant les pointes du Caucase, se faufilant entre les pentes et les falaises déchiquetées, les éperons de granit torsadés par les coulées de névés, les replis des schistes miroitant à l'aplomb des abîmes fumants et d'un coup s'ouvrant sur les terres immenses de la plaine de Gori où, chaque année, mûrissait le blé nourrissant des millions d'hommes, Danilov, nuque frissonnante, échine frissonnante, comme si l'indomptable puissance de la vie venait de lui baiser les yeux, Danilov l'avait su avec orgueil – et aussi ce réconfort, cet apaisement et même cette manière de consolation que seules peuvent offrir les universelles certitudes : les soûleries de l'imaginaire, les virtuosités de l'esthétique, les impuissances et « délires poétiques » et barbouillages de fainéants de l'abstraction à la manière du traître Kandinsky et des juifs américains n'étaient pas de l'art, pas même de la peinture ; seulement la défécation avariée, trompeuse et démoniaque d'âmes asservies par le néant – nul autre projet que celui qu'il emportait dans les soutes de l'Iliouchine pour le déposer au pied du camarade Staline n'approchait de façon aussi scrupuleusement, aussi physiquement et puissamment révolutionnaire, et pour ainsi dire mot pour mot, cette loi de la perfection : « dresser l'exaltant miroir de la vérité du peuple ».

3

Le sergent de faction à l'entrée principale du parc du Palais Likani scrute le brouillard, sa montre et encore le brouillard. À portée de sa main, le téléphone posé sur la tablette de la guérite ouverte. Nous sommes le lundi 20 novembre 1950, un peu avant midi. Cela fait cinq heures que l'homme surveille le vide gris. Durant la nuit, le ciel a envahi la vallée de Borjomi, dissolvant chaque chose, troncs, ramures, feuillage. L'air des sous-bois devenu poudre moite et épaisse étouffe le grondement de la Mtkvari toute bouillonnante des orages des jours précédents.

À midi pile, la sonnerie retentit. Le sergent tend le bras, écoute, raccroche. Un grognement et il met en branle les fantômes autour de lui. Les soldats déverrouillent le haut portail de fonte, en tirent les battants, s'alignent de chaque côté de l'entrée, le PPS serré contre la hanche, crosse repliée, l'index sur la gâchette. À peine sont-ils en position qu'un projecteur s'allume. La lumière livide, molle, dévoile entre les piliers du portail le cintre de ferronnerie qui soutient un écusson de fonte encadré de deux petits drapeaux rouges frappés de la faucille et du marteau. Au cœur de l'écusson, modelé en ronde bosse d'acier, repeint à neuf, les joues et la moustache de Iossif Vissarionovitch Staline brillent, humides de larmes dirait-on. Un rugissement de diesel résonne dans la forêt, grandit, alors que, venu d'on ne sait où, un souffle déchire le brouillard, le soulève du sol, dévoile la bande de goudron entre les talus humides. Le sergent glapit un nouvel ordre. Les hommes creusent les reins, fixent le néant de brume. Le tout-terrain du MGB – une GAZ-69 verte, ocellée de brun et à la capote noire – apparaît en contrebas de l'entrée du parc. Ses phares éblouissent l'air épais. La camionnette bâchée de l'escorte le suit. Ce n'est que lorsque le tout-terrain se jette dans l'allée sans même ralentir que les soldats et le sergent découvrent la Moskvitch rouge sang intercalée entre les deux véhicules militaires.

Quand les soldats referment les grilles, que le bruit de ferraille résonne dans la nuée, le projecteur s'éteint. Le visage de fonte de Staline disparaît. Les hommes esquissent un sourire. Le temps de la magie recommence.

Le pare-brise et les vitres de la Moskvitch ne laissent voir que le brouillard. La voiture quitte l'épaisseur du parc, s'avance dans la soupe grise voilant l'esplanade du palais – hautes fenêtres byzantines, amas de tours et de mirandes aux pentes de pagode, toitures tarabiscotées recouvertes de tuiles émaillées vertes et ocre, colonnades de stuc, lanternes et loggias, délire tsarévissime qui fait songer à un château de conte de fées aussi bien qu'à l'œuvre d'un pâtissier cherchant à épater son monde – réduit à une masse flottante. Le tout-terrain du MGB pile dans un crachement de gravier. Le chauffeur de la Moskvitch n'évite la collision que de justesse. Aussitôt, son regard – embarras, soupçon d'inquiétude – cherche celui de Lidia Semionova dans le rétroviseur. Elle l'ignore. Vérifie l'état de ses bas. L'arrière de la Moskvitch ne manque pas d'angles et autres cochonneries – pointes, arêtes, tirettes, ourlets du cuir éraillé de la banquette, poignée de cendrier – aptes à vous détruire un nylon quand on vous y secoue comme du bétail.

Le Palais Likani n'est qu'à sept kilomètres de Borjomi. Une route étroite, toute en lacet à travers la forêt, recouverte d'un goudron datant d'avant guerre, vérolé de nids-de-poule. Le camarade Staline s'est opposé à ce qu'on le remplace par un macadam neuf – un vrai bolchevik n'est pas un prince, il sait rouler sur les mauvaises routes – ce qui ne dissuade pas les chauffeurs du MGB de foncer à travers le brouillard. Craindraient-ils le diable ? Pourquoi pas ? Ou imaginent-ils que c'est là leur devoir ? À moins qu'il ne s'agisse de l'épater, elle, la femme – *la femme de Lui*, car ils savent, bien sûr – lui offrir un aperçu de leur bien-aimée virilité, voire de l'intimider malgré tout, lui rappeler qu'*elle n'est que la femme*, même de Lui. Toutes possibilités cumulables et nullement contradictoires. Ce qu'il faut savoir : comment remettre les choses en place, et sans tarder.

Lidia Semionova prend son temps. Elle laisse les hommes du MGB descendre du tout-terrain. Le chauffeur quitte la Moskvitch pour lui ouvrir la portière. Elle ne bouge pas. Il ouvre le coffre, sort les bagages. Elle laisse les hommes du MGB se disposer jusqu'au perron invisible du palais. Une ombre tous les trois mètres, gros cailloux du Petit Poucet du Monde Nouveau. Au-delà du troisième, le brouillard les avale. Encore une poignée de secondes, Lidia Semionova jette chevilles et mollets de nylon dans l'air humide. Debout, elle serre la ceinture de son manteau, montre sa taille encore mince. Elle sait de quoi elle a l'air. Une femme grande, plus grande que beaucoup, mâles ou femelles, sans avoir recours aux talons. Une femme vêtue strictement : tailleur croisé en drap indigo, copie moscovite d'un patron Chanel, chemisier de soie carmin à col droit, manteau à grands revers descendant sous les genoux, tête nue, cheveux courts et boucles blondes. Une femme de quarante-six ans qui en fait moins – cinq ou dix selon les éclairages – un corps enviable, poitrine haute, pommettes fermes, les lèvres découpées, longues, sensuelles aussi souvent que dures. De même son regard, gris, souvent opaque, difficile à lire et pour aujourd'hui, pourrait-on dire, adapté au climat. Un visage que Vladimir Ilitch Oulianov, dit Lénine, a connu dans ses douceurs, ses rondeurs innocentes, sa pureté de vingt ans, et qu'aujourd'hui les mains tavelées de Iossif Vissarionovitch Staline peuvent caresser en murmurant : *Lidia, ma Lidiouchka !*

Donc elle s'avance sur le gravier rose, indifférente aux hommes piquets qui balisent son chemin. Sur le perron de marbre blanc deux silhouettes se dessinent. L'une en manteau de cuir, l'autre en uniforme. L'uniforme plus grand et plus svelte que le manteau de cuir. À leur égard – Kouridze, commandant de la place, pour l'uniforme, major Tchoubinski pour le manteau de cuir, commissaire à la Sécurité du palais et créature de Beria – Poskrebychev n'a pas été avare d'informations, de conseils de prudence. Elle les laisse se présenter, incliner la nuque. Lui donner du « Camarade Vodieva ! » avec ce qu'il faut de respect dans la voix. Quoique les fixant l'un après l'autre, c'est à peine si elle fait mine de les entendre, ne répond pas aux saluts, ne serre pas les mains tendues.

Elle se détourne sans un mot, s'avance vers la porte laquée de vermillon que des soldats en armes lui tiennent béante. Tchoubinski et Kouridze trottinant derrière elle. Un truc que Iossif Vissarionovitch lui a appris : *Tu les obliges à te regarder les yeux dans les yeux. Qu'ils pissent de trouille s'ils osent détourner une pupille. Mais ton regard à toi ne leur donne rien. Pas la plus petite miette de tes pensées. Tu leur tournes le dos. Tu passes à autre chose. Comme ça, chacun sait où est sa place.*

Et maintenant qu'elle pénètre dans le grand hall du palais, Tchoubinski et Kouridze lui soufflant sur la nuque, que devant elle s'aligne le personnel de service séparé en deux rangées selon la règle aristocratique d'antan du sexe et des tâches, pendant une quinzaine de minutes il lui faut tenir son rôle, arpenter attentive les deux uniques pièces du rez-de-chaussée – plus d'un serait surpris de ne pas trouver le palais si immense que cela – l'une, qui fut une salle de bal au parquet de marqueterie d'orme et de bouleau, devenue selon la volonté de Iossif Vissarionovitch une salle de cinéma, trois rangées de fauteuils à dossiers ronds et coussins verts, l'écran tombant des moulures du plafond, le projecteur dissimulé derrière une cloison de fortune tendue des mêmes rideaux de gros velours ambre et doré que ceux obturant les portes-fenêtres, mais la première rangée de fauteuils est beaucoup trop près de l'écran, remarque Lidia Semionova, voulez-vous que le camarade Staline se torde le cou pour voir les films – Tchoubinski esquissant son premier sourire à l'entendre, mais pas plus que Kouridze ne pipant mot – tout cela étant l'affaire d'un capitaine Dovitkine, la trentaine, joli garçon hélas défiguré par une cicatrice sans grâce, un homme capable d'accueillir la critique avec modestie avant de conduire la camarade Vodieva vers une porte à double battant donnant dans la salle à manger, elle aussi aux dimensions d'une salle de bal mais où se perçoit un fumet de cuisine en accord avec la table, ovale vaste d'acajou miroitant où se reflètent le plafond à cartouches peint de scènes de chasse et six lustres à pampilles de cristal – tous déjà allumés car aujourd'hui, avec ce brouillard, la lumière du jour ne franchit pas les voilages des hautes fenêtres cintrées – capable de réunir à l'occasion deux ou trois douzaines de convives, mais ce que désigne de la main le capitaine Dovitkine c'est le travail accompli sur le mur de droite recouvert de lambris et dépossédé de son assortiment de trophées – andouillers de cerfs, têtes de chamois, quelques gueules de phacochères ainsi que la taxidermie rare d'un aigle gypaète – remplacé par deux grandes cartes d'état-major en fort carton, l'une représentant l'immensité de l'Extrême-Est asiatique, Chine, Mandchourie, Sibérie de Vladivostok, Corée et Japon, l'autre ne figurant que la seule Corée cernée par les étendues azurées de la mer du Japon et de la Jaune, un brin de noisette soulignant la frontière chinoise, toutes ces régions déjà plantées de drapeaux, sillonnées de rubans rouges et noirs, positions des armées, des combats et des mouvements en cours là-bas au nord de P'yŏngyang et du 38e parallèle, le capitaine Dovitkine cependant, plus que sur ces tableaux d'une guerre battant son plein, tenant surtout à attirer l'attention de la camarade Vodieva sur le petit autel suspendu entre eux : un porche de porcelaine doré contenant le masque mortuaire de Lénine – de la bakélite couleur d'ivoire tout spécialement conçue pour offrir au toucher la tiède émotion de la chair humaine et dont une douzaine de copies, réserve pour toutes circonstances au cas où, patientent dans un coffre doublé de molleton lie-de-vin à proximité du camarade Staline – face plate au front vaste, aux paupières closes, illuminée jour et nuit par une veilleuse, car Iossif Vissarionovitch depuis le 21 janvier 1924 a fait le vœu, avec la même humble ferveur qu'une babouchka de l'Oural, de ne pas vivre une seule aube de sa vie hors des auspices de l'immortel Ilitch, c'est bien, dit Lidia Semionova, c'est parfait, son ton à nouveau suscitant le sourire de Tchoubinski, Kouridze se contentant de se passer discrètement un mouchoir sur la tempe tandis que le capitaine Dovitkine censure le sourire de plaisir qui lui vient car il sait trop qu'alors sa cicatrice le rend effrayant, mais Lidia Semionova fuit cette pièce qu'elle déteste déjà, les pans de son manteau dégageant la bonne coupe de hanche de sa jupe façon Chanel, Tchoubinski et Kouridze n'en perdant pas une miette, Dovitkine avec regret redevenu inutile les voit voguer vers le grand hall où attend au pied de l'escalier d'apparat – marches de granit noir, rambarde de végétaux en marbre rose, tapis de feutre rouge pour adoucir le pas – une femme épaisse en blouse grise, le visage de même teinte, large et les yeux petits sous des rides qui ne sont pas nées du rire, la chair des pommettes, du menton et du cou grasse et lisse, comme enkystée autour d'un noyau de vieilles malfaisances – haines, mensonges, jalousies, aigreur d'impossibles vengeances – la camarade gouvernante Rumichvili ayant jaugé la nouvelle venue au premier coup d'œil, une femelle de son âge et pourtant dans le regard des hommes de vingt ans plus jeune, le même temps de vie sur terre mais des destins aussi dissemblables que la Lune et le Soleil, l'insolence avec laquelle la Vodieva réclame de vérifier le bon état de l'appartement le confirmant, donc cavalcade jusqu'à l'étage, le palier, et on s'engouffre dans le petit bureau qu'on observe à peine avant de pénétrer dans la salle de bains curieusement mitoyenne – une douzaine de mètres carrés tout en longueur, les murs recouverts jusqu'au plafond de faïences vert d'algue de même que la courte baignoire, le réseau complexe de la plomberie lui aussi peint en vert – vous laissant sans souffle, la Vodieva ne s'immobilisant que dans la première chambre, aussi nue et austère qu'une cellule, un fauteuil de cuir ici, un lampadaire à grand abat-jour de tissu pourpre et un guéridon minable là, près du canapé, car Iossif Vissarionovitch Staline ne dort jamais dans un lit – pas une raison pour que cela soit inconfortable, la main de Lidia Semionova s'en assure, glisse sur le velours terre de Sienne, les coussins, les oreillers blancs qui font songer à la couche d'un hôpital, elle ne dit rien, la pièce vite étouffante d'exiguïté – on passe avec soulagement la dernière porte de l'enfilade, accédant à la seconde chambre tout à fait spacieuse, ici le tapis vient d'Iran, un fauteuil à haut corps est disposé près de la fenêtre carrée où se colle le brouillard, les valises tirées de la Moskvitch déjà déposées au pied du lit vaste, l'armoire à linge dans la tradition géorgienne, un miroir encadré de roses de buis surmonte le plateau de marbre de la coiffeuse, Lidia Semionova s'y observe brièvement, passe un index à la commissure de ses lèvres comme si un rouge imaginaire y débordait puis d'un gracieux mouvement ôte son manteau, le jette sur le lit, négligente et royale, ça ira, dit-elle avant de s'adresser exclusivement à la Rumichvili, d'ajouter qu'il faudra changer les taies d'oreillers du divan de la petite chambre chaque jour ainsi que lui proposer en personne les menus chaque matin avant dix heures – la camarade gouvernante aussitôt sur ses ergots, quêtant un contrordre sur le visage du commissaire à la Sécurité, hélas Tchoubinski n'affiche que ses dents de fumeur et son sourire de lèche-cul – après quoi c'est un jeu d'enfant de repousser ces zigotos dehors non sans effleurer au dernier instant l'uniforme du commandant Kouridze pour savoir si le camarade artiste Danilov est bien installé comme prévu dans la vieille remise des attelages. Oui, oui, oui, répond Kouridze d'une voix de rocaille, oui, tout à fait comme prévu, tout à fait comme prévu, camarade Vodieva.

Et voilà, c'est fait.

Seule et ravivant sa mémoire d'un précédent séjour en ce palais – tout juste une halte, une escapade d'un Iossif Vissarionovitch épuisé à la fin de la Grande Guerre patriotique – dans cette même enfilade de pièces, Lidia Semionova se laisse aller à de plaisantes minutes de gestes inutiles.

Jeter ses chaussures sur le tapis de Perse, sentir le moelleux de la laine sous le nylon des bas. S'approcher de la fenêtre, observer le brouillard qui ne permet pas même de voir le bâtiment de la remise pourtant toute proche. Tirer les tiroirs de la coiffeuse, vérifier leur vide. Ouvrir l'armoire géorgienne, en examiner la quantité de cintres, d'étagères et la propreté – si Tchoubinski a fait installer des mouchards dans l'appartement, et c'est probable, on peut espérer qu'ils sont dans des emplacements plus discrets – en laisser les portes béantes. Allumer et éteindre, puis rallumer, les différents éclairages. Revenir dans la petite chambre qui sera celle – parfois, parfois seulement – de Iossif Vissarionovitch. Soulever le combiné du téléphone, guetter le déclic de la connexion de surveillance. Pousser jusqu'à la salle de bains. Sentir la fraîcheur du carrelage sous la plante de ses pieds. Ouvrir les robinets du lavabo de porcelaine verte et octogonale – ce qui déclenche d'abord une succession de grondements et crachotements puis un chuintement continu vaguement mélodieux – s'observer froidement dans le miroir qui le surmonte. Glisser ses doigts dans ses cheveux, un index sur ses sourcils. Tester de la paume la température de l'eau – encore froide – patienter en redressant le col de son chemisier. Changer d'avis. Déboutonner le chemisier par le haut à l'instant où la vapeur de l'eau brûlante trouble le tain du miroir tandis que le chuintement des tuyauteries devient plus sourd, plus colérique, avant d'arpenter quelques notes d'aigus rappelant une rage enfantine. Fermer les robinets. Songer dans le silence revenu que l'on pourrait prendre un bain. Retourner dans la grande chambre, les pans du chemisier flottant, l'air glissant contre la peau nue du ventre, les seins restant au chaud du soutien-gorge. Ouvrir les valises, en tirer des vêtements. Les abandonner sur le lit sans se décider pour un autre usage. Retirer les livres tapissant le fond du plus petit des bagages. Saisir deux ouvrages d'apparence anonyme – couvertures noires et vierges de titre qu'il faut rabattre pour lire en allemand DIE TRAUMDEUTUNG*, SIGM. FREUD, et dans l'autre KRANKENGESCHICHTEN**, du même – semblables à des carnets. Retraverser l'enfilade petite chambre salle de bains les bouquins pressés contre la poitrine. Dans le bureau, goûter l'épaisseur du tapis rouge sang cadeau de Mao Tsé-toung, contourner la chaise de lecture semblable à une chaise de dentiste – cale-pieds, tablette rabattable, lampe ajustable,

* « L'Interprétation des rêves ».

** « Histoires de malades ».

plumier-encrier mobile, appuie-tête coulissant, acier et bois massif – voire de torture. Insérer les Freud incognito sur un rayonnage de vieux classiques. Par exemple entre Karamzine et Lomonossov. Au retour dans la salle de bains, se décider. Ouvrir en grand les robinets de la baignoire – aboiement des tuyauteries secouées, frappées, torturées, une gueulante qui pourrait faire craindre le pire si on ne se souvenait que la dernière fois déjà ça braillait pareillement et sans risque – regarder l'eau jaillir des mâchoires béantes du dragon de laiton. Un flux limpide, fumant et pour ainsi dire joyeux quoique puant le soufre car tout droit provenant de la source bénéfique, miraculeuse selon certains, des entrailles de Borjomi. Et, dégrafant la jupe pseudo-Chanel, se libérant du chemisier, des soutien-gorge, bas, porte-jarretelles et culotte, songer au plaisir d'un long bain l'esprit vide.

Après quoi on réclamera à la Rumichvili quelque chose à manger puis on ira voir le camarade artiste Danilov. Un peu d'attente ne saurait nuire au beau Valia.

Il est seize heures. La nuit n'est plus très loin, le brouillard toujours là.

Danilov ouvre la porte de la remise avec un sourire de jeunesse.

Pantalon de velours vert tilleul, confortable pull jaune canari à col croisé, élégance et désinvolture d'artiste, un corps mâle mince au visage osseux, front en falaise, nez puissant, lèvres belles, charnues et mobiles, les pommettes suspendues sous son regard de ciel aujourd'hui cerné par une nuit de fatigue, de tension et de peu de sommeil. « Camarade Vodieva ! » dit-il, jouant la surprise, jaugeant d'un coup d'œil la tenue de campagne troquée contre le tailleur : jupe de laine à raies jaunes et vertes tombant aux mollets, blouse de velours lie-de-vin moulante ce qu'il faut sous un châle de l'Oural. Grâce à ses bottes, elle le dépasse d'un peu de centimètres. Elle répond à son salut d'un mince sourire. Elle le frôle pour pénétrer dans la remise ; dans son dos Danilov guette les ombres du brouillard – elles sont là, pas question de faire trois pas dans le parc sans promener les âmes errantes au service de Tchoubinski, chapeau et manteau de cuir promis au froid et à l'humidité dans l'heure à venir, c'est ainsi, ça l'a toujours été – avant de refermer la porte.

Lidia Semionova s'avance jusqu'aux tables chargées de matériel, n'adresse qu'un coup d'œil à son reflet dans le miroir d'acier – maintenant, fixé en entier sur son support, il produit moins de grotesques déformations que la nuit précédente, mais cela arrive encore – puis au grand panneau des trois cent quarante-huit portraits de Iossif. Toutes choses qu'elle connaît depuis l'atelier de Moscou. Avec une désinvolture qui pourrait rappeler à Danilov la visite du lieutenant, elle effleure quelques objets. Soulève le rabat d'un carton à dessin, le referme. D'une voix sans familiarité elle demande si tout va bien, s'il a tout ce qu'il lui faut. Danilov assure que oui. Tout est parfait, dit-il.

« Tu as mauvaise mine », constate tout de même Lidia Semionova. Il s'en défend, évoque l'aventure que sont devenus ses derniers jours et dernières nuits : Pineguine, l'emballage, le déballage, le voyage en avion puis en train jusqu'ici et pour finir cette nuit dernière où il lui a fallu s'activer jusqu'à l'aube et se contenter d'un petit somme sur le pouce. « Mais ça va, je suis prêt, assure-t-il. Je vais vite récupérer. »

Malgré la voix rauque, rabotée par le tabac, peu sincère, Lidia Semionova n'est pas indifférente à l'admiration – une gourmandise inquiète dirait-on – avec laquelle il l'observe. Le seul problème étant qu'on n'y voit pas grand-chose ici, admet-il, indiquant les lampes suspendues au-dessus de son pseudo-atelier. « Les ampoules ne sont pas assez puissantes. »

C'est vrai, elles ne diffusent qu'un mol éclairage d'alcôve en cette fin d'après-midi de brouillard, la verrière au fond de la remise nappant d'une lumière morte la haute charpente – Tchoubinski ayant dû trouver lui-même la remise trop vaste et trop complexe à surveiller, même avec les engins vicieux du MGB ; on comprend maintenant pourquoi Iossif Vissarionovitch a insisté pour qu'on y installe Danilov – ça ne doit pas être difficile à résoudre, assure Lidia Semionova.

Curieuse, elle approche du briska, Danilov aussitôt vantant la merveille – une voiture comme neuve, capote en cuir de veau impeccable, banquette de velours confortable, de quoi rêver des promenades d'un autre âge – tu n'es pas ici pour rêver, camarade Danilov, lui répond Lidia Semionova, soulignant son reproche d'un sourire de ses yeux gris. Ce qu'il manque ici, dit-elle, considérant le vaste espace devant la table chargée de matériel, c'est un vrai fauteuil. Danilov proteste aussitôt que le tabouret qu'on lui a accordé suffit amplement.

« Je ne pense pas à toi. »

Danilov ouvre la bouche, laisse ses nerfs se débarrasser d'un petit rire, l'esprit peut-être bien aiguisé par le double sens de la dénégation et le mensonge qu'il peut bien contenir. « Lidia Semionova, je sais que sans vous…

– Oui, sans moi », dit-elle, lui refermant la bouche par la sécheresse de son ton, résistant au désir d'effleurer son poignet – et aussi de lui ordonner d'en finir avec ce vouvoiement qui ne sert, dirait-on, qu'à brandir les vingt années qu'elle a de plus que lui – les pommettes de Danilov rosissant violemment. Lidia Semionova en profite pour rappeler sur un ton sans plus d'ambiguïté qu'il lui faut se tenir prêt pour sa petite séance avec Vlassik et Poskrebychev, dès qu'ils seront là, ils voudront te voir, dit-elle. Avec eux la règle est simple : être aimable et répondre à toutes leurs questions. Ils te demanderont depuis quand nous nous connaissons, où s'est passée notre rencontre, ce genre de choses. Dis la vérité et ne te fie pas aux apparences.

Vlassik a l'air d'un tas de saindoux sur le point de fondre, mais quand l'envie lui en prend il se souvient qu'il a des dents. Poskrebychev, c'est monsieur Je-sais-tout-je-peux-tout et c'est vrai. Il ne fait pas semblant. Montre-leur du respect et tout se passera bien. Ils aiment ça autant que la vodka et les femmes.

Danilov opine, un peu sèchement, ne dissimule pas une pointe d'agacement – Lidia Semionova peut se douter que le sermon n'est pas nouveau, entonné déjà, et peut-être pas qu'une fois quoique avec plus de révérence, par la Grande Moukhina – cueille son paquet de Pachka sur la table, s'en allume une en solitaire et sans souci de courtoisie. « Ils arrivent quand ? s'enquiert-il dans un soupir de fumée.

– Ce soir, cette nuit, demain matin. Dans deux heures. Qui le sait ? Pas même lui. Poskrebychev sans doute. Où t'ont-ils installé ?

– Ma chambre ? »

Du bout rougi de sa cigarette Danilov indique un point haut dans le pignon de brique de la remise. « Juste à côté, dit-il. Je n'ai qu'à descendre un escalier et je suis là.

– Tu me montres ? »

La secousse de lumière – surprise, inquiétude, imagination – cherchant sa voie dans les pupilles de Valery Yakovlevitch Danilov n'est pas sans charme. Que la Grande Moukhina ait modelé son fils dans de la porcelaine, on s'en doutait.

Là où ils l'ont installé, c'est dans l'ancienne chambre des cochers ou des gardiens de la remise. Murs de briques blanchies à la chaux, plafond de planches posées sur des solives à peine rabotées, vieux lit au chevet de bois sombre, penderie de contreplaqué, une table ronde au même vernis écaillé – recouverte d'un désordre de stylos, crayons, carnets de dessin, revues d'art, paquets de cigarettes et, en guise de cendrier, un bol bleu où Danilov, avec deux doigts nerveux, écrase son mégot – trois chaises, un lampadaire à abat-jour de papier vert et, près d'une tenture couleur café dissimulant un lavabo et un miroir, un gros poêle en céramique. Une pièce vaste, moins lumineuse qu'elle ne le pourrait. Derrière la porte-fenêtre ouvrant sur un balcon en demi-lune, à peine traversé de frémissements ternes, pèse encore et toujours le brouillard. Bon, dit Danilov, écartant les bras. C'est ici, c'est pas si mal.

Ce qu'en pense Lidia Semionova, difficile de le savoir. La voilà qui scrute les recoins et les plinthes, ouvre la penderie, écarte deux pantalons et autant de chemises, un blouson de bon cuir doublé d'un col de fourrure noire et brillante, soulève un gros chandail sombre, repousse un cache-col de laine mauve à grosses mailles.

« Qu'est-ce que vous ? » commence à s'offusquer Danilov lorsqu'elle écarte un sac de toile contenant en vrac ses sous-vêtements et sa tenue d'atelier maculée de peinture. Lidia Semionova ne lui donne pas le temps d'en dire plus.

« Tu aimes le désordre, camarade Danilov », affirme-t-elle, lui ordonnant le silence d'une main et dissociant sans peine sa voix de son regard, l'une plaisante et l'autre pas du tout. Elle le repousse pour se livrer à une rapide inspection du lampadaire puis de la lampe de chevet. C'est là que son regard devine un carnet de dessin entre la courtepointe et les oreillers. Elle s'en saisit comme connaissant d'avance son contenu. Des visages de femmes à la mine de plomb et au crayon dur – en vérité le visage d'une seule femme, un visage jeune, étroit, moins de trente ans, la bouche large et sensuelle, un nez mince, un regard puissant entre des paupières effilées, cheveux en chignon, tresses ou torsades – sous tous les angles, une fois avec un bonnet, une autre avec le rire aux lèvres. Des nuques toujours dégagées, fines et fragiles comme on en voit sur les portraits anciens. Parfois l'esquisse d'un vêtement, d'une épaule, parfois une ombre finement hachurée creuse la clavicule tendue de chair nue.

Danilov grogne à voix basse que ce visage, c'est celui de Tatiana Sulovskaïa, une jeune peintre elle aussi, très douée, vous l'avez vue à l'exposition d'anniversaire de Staline l'an dernier. La première fois qu'on s'est rencontrés, nous étions ensemble, je vous l'ai présentée, répète-t-il, mais le visage de cette Tatiana disparaît déjà des pages du carnet, remplacé par des hanches, des seins, des corps ployés fesses tendues dans l'amphore des reins, visages renversés aux lèvres descellées par un souffle invisible, cuisses ouvertes, sexes de femme ouverts, toisons d'ombres, failles ourlées mystérieuses, Lidia Semionova lui tournant le dos et s'approchant de la porte-fenêtre pour plus de lumière sur les nus suivants à l'encre de Chine, ceux-ci étirés, roulés dans la nappe d'une chevelure dénouée, les plis d'une couche à demi arrachée, toutes les traces d'un passage du plaisir finement soulignées de pastel ici et là, veloutant la chair et le désir qui vient avec. Danilov tend la main pour reprendre le carnet. Lidia Semionova le serre hors de portée contre ses seins, ouvre la porte-fenêtre et sort sur le balcon suspendu dans le vide du brouillard.

Même en fouillant l'air moite, duveteux, on ne parvient pas à deviner les arbres du parc les plus proches. C'est à peine s'il en vient le grondement de la Mtkvari, cependant, pour un jour de novembre, le temps est étonnamment doux. Danilov prend le temps d'allumer une nouvelle cigarette avant de passer à son tour sur le balcon, le temps de se concocter un sourire narquois et la phrase qui va avec, c'est souvent, dit-il, que les carnets de dessin des peintres sont pleins de nus. « Désolé si ça vous choque.

– Tu te crois où, Valia ? À l'Académie en train de faire le pitre pour épater les filles que tu veux mettre dans ton lit ? »

Lidia Semionova, la voix aussi grise que ses yeux et aussi lourde que le brouillard, rouvrant le carnet en même temps qu'elle parle, déchirant une page, attaquant la suivante, la chiffonnant alors que Danilov – la cigarette d'abord rivée entre les dents puis la perdant dans le vide sous le balcon en s'écriant : Hé, ça va pas ! qu'est-ce que vous faites ! vous n'avez pas ! – cherche à lui retirer le massacre des mains, un début de lutte s'engageant contre la rambarde, Lidia Semionova l'attirant à elle plus qu'elle ne le repousse, grondant qu'il est hors de question que ces dessins traînent ici, Staline a horreur de ça, le citant : « Le nu n'est que l'expression de la perversion capitaliste qui conduit les femmes à la prostitution. » Ta mère ne te l'a jamais appris, camarade Danilov ? s'emporte-t-elle tandis qu'ils sont collés l'un à l'autre. Brûle ça, Valia. Et soudain la couverture du carnet cède, se déchire dans les mains de Danilov. Le visage en miettes, il abandonne le combat. « Comme si j'avais l'intention de lui montrer ces dessins », soupire-t-il.

Lidia Semionova à son tour s'excède d'un soupir. Le petit prodige de la peinture soviétique, le fils de la Grande Moukhina, ne pourrait-il se rendre compte qu'il n'est plus dans les jupes de sa mère, qu'ici, à portée de regard de Iossif Vissarionovitch, il n'y a plus de Maman Vera qui tienne, que chaque centimètre de poussière du Palais Likani et de ses dépendances sera inspecté dans les jours à venir plutôt deux fois qu'une – sans compter les fines technologies d'écoute disposées jusque dans les recoins les moins attendus – on imagine le plaisir qu'aurait un Tchoubinski, un Vlassik ou un Poskrebychev, chacun se livrant à une ardente compétition de savoir secret, à avertir le Patron que le peintre de son futur monument d'éternité est un pervers cherchant son bonheur nocturne dans du matériel pornographique de sa main. « Bon sang, Valia, je ne vais pas t'apprendre comment ça se passe. »

Peut-être que si. Peut-être un peu. Peut-être la Grande Moukhina, elle-même absolument close dans l'écrin de son féroce bolchevisme, est-elle parvenue à le préserver jusque-là de l'oxydation corruptive des temps ? Est-ce possible ? Ou la fraîcheur rare, fragile, jumelle de l'innocence, qui joue dans les expressions de Danilov n'est-elle que l'effet de cet égocentrisme acharné si communément à l'œuvre chez les professionnels des arts ?

On ne sait pas. On ne saura pas. Danilov tend la main, la referme sur les nus déchirés qu'y dépose Lidia Semionova. Il s'enfonce dans la chambre, s'agenouille devant le poêle, en ouvre la porte de fonte, y jette ce qu'il tient à l'exception d'une feuille qu'il offre à la flamme de son briquet. Le papier à dessin ne s'embrase pas si facilement. Le feu vient mourir prématurément sur les coups de crayon. Danilov se relève, va derrière le rideau masquant le lavabo. Il en resurgit le goulot d'une bouteille de vodka pressé contre ses lèvres. Le reste de l'alcool, il le déverse dans le cœur du poêle, y balance la bouteille. Cette fois, quand il approche la flamme du briquet, ça marche beaucoup mieux. Et même dangereusement. Une langue de feu incarnat, un *wouwhoof* glapissant et joyeux, embrase la pénombre montante de la chambre. Il faut se rejeter vivement en arrière, rabattre d'un coup de pied la porte de fonte pour n'en être pas atteint.

Lorsque Danilov rejoint Lidia Semionova sur le balcon, ses yeux sont rouges – alcool, fumée et va savoir un peu de larmes ? – il demande : « Ça vous va ? Vous êtes contente ? »

À quoi Lidia Semionova s'abstient bien de répondre.

Silence, silence.

Tant de silence et de brouillard autour d'eux que Danilov, du bout des lèvres, finit par avouer qu'avec Tatiana c'est fini, et depuis déjà quelque temps, trois ou quatre semaines qu'on ne s'est pas vus – nul besoin de préciser que l'avant-veille, malgré les mises en garde de Pineguine, il s'est précipité jusqu'au boulevard de

Kronstadt, après tous ces mois de fausse indifférence impossible de se retenir, désir de lécher la peau de Tatiana, hurler qu'elle se trompe, qu'il est le maître de son devenir et non ce qu'elle croit ; Tatiana refusant d'ouvrir la porte de l'appartement communautaire où elle s'obstine à vivre ; lui se mettant dans tous ses états jusqu'à ce que les voisines le foutent dehors ; encore heureux qu'elles n'aient pas appelé la milice, comment avait-il pu croire un seul instant qu'il puisse en aller autrement ; tuer la mémoire de Tatiana, de ses colères, de ses insultes et même du parfum de ses cuisses – c'est vraiment fini, dit-il en préférant regarder le gris du brouillard plutôt que celui des yeux de Lidia Semionova. « C'est ce projet qui a tout foutu en l'air entre nous. Je suppose qu'elle voudrait être à ma place. »

Lidia Semionova se décide enfin, lève la main, effleure la nuque de Danilov, constate que désormais, des jaloux, le camarade Danilov va en rencontrer plus qu'il n'en pourra compter. De même des filles qui se mettront nues pour lui. Ça ne va pas manquer. Ainsi vont les choses quand on s'approche du Petit Père des Peuples. Danilov ne fuit pas la caresse sur sa peau brûlante. Mais c'est l'instant que choisit une ombre ailée pour jaillir du brouillard, éclair d'obscurité dans l'obscurité, lame vive les effleurant d'un braillement rauque, les faisant sursauter ensemble. Lidia Semionova agrippe le pull de Danilov. Le criaillement se répète. Plus à gauche. À peine moins proche. La paume de Danilov se pose sur l'épaule de Lidia Semionova. L'ombre réapparaît. Cette fois lente comme une caresse. Danilov rit doucement. Ce n'est qu'un oiseau, dit-il, un hibou. Peut-être même un faucon, une espèce de ce genre. « Ça ne doit pas manquer par ici. » La main de Lidia Semionova épouse la chaleur et le souffle qui soulèvent le pull jaune, la laine moelleuse. L'aile sombre du hibou ou va savoir quoi ne revient pas. Lidia Semionova dit qu'il est encore une chose qu'il faut savoir. Le camarade Staline est insomniaque. Il ne se couche jamais avant les petites heures de la nuit. Tant qu'il est debout, personne n'a le droit d'éteindre ses lampes ni de se coucher. C'est la règle, au Kremlin comme partout où il va. « Tant qu'il y aura de la lumière dans sa chambre, tout le monde reste debout. »

4

Il est bientôt minuit. Trois heures auparavant, la main du commandant Kouridze a tremblé en reposant le combiné du téléphone – quoiqu'il se soit préparé à la nouvelle depuis des jours et des nuits – le train spécial du camarade Staline en provenance de la mer Noire venait d'atteindre Gori.

Depuis, des projecteurs – énormes engins en usage cinq ans plus tôt pour soutenir des batteries de DCA – aveuglent le parc, les murs du palais et les bâtiments annexes. Une incandescence livide où les infimes gouttelettes de brouillard semblent se pétrifier à jamais. Le long des allées, des soldats se tiennent dans une immobilité qui saurait durer jusqu'au matin. Griffant l'herbe molle entre les troncs des arbres à demi dissous par les nuées rasantes, les bergers allemands du MGB tirent sur les laisses. Le sergent de faction à l'entrée principale du parc guette à nouveau la sonnerie du téléphone dans la guérite de contrôle. De temps à autre, son regard s'échappe de l'autre côté des grilles, se perd dans l'opacité hors d'atteinte des projecteurs où a disparu la forêt. Mieux vaut ne pas imaginer le chaos qui les emporterait tous s'il y apparaissait les phares du convoi qui n'aurait pas été annoncé à temps.

Mais tout se passe ainsi que cela doit se passer.

Voilà que sans la moindre alerte un souffle se lève. Un vent net et sec soulève le brouillard, le repousse, le déchire. La brume s'effiloche aux ramures, aux fils du téléphone, aux angles des bâtiments, aux tourelles, mirandes et lanternes du palais. La nuit trouée par les projecteurs s'éclaircit. Dans les sous-bois, les molosses soudain silencieux lèvent leur mufle, hument une puissance insoupçonnée s'animant loin au-dessus d'eux, dans cette nuit véritable où les projecteurs maintenant tracent des rubans de lumière larges comme des routes conduisant droit aux étoiles. La demi-lune apparaît, tendre et inclinée comme un visage bien-aimé. La sonnerie du téléphone résonne dans la guérite du portail principal et s'entend de partout. Et partout, comme d'une même gorge, les ordres claquent. Les fenêtres et les portes claquent. Les chaussures claquent sur les parquets, sur les carrelages. On se précipite vers son poste avant même que le sergent ait jeté l'ordre d'ouvrir les vantaux du portail et que le projecteur pointé sur l'écusson surmontant les grilles éblouisse le visage de Staline peint de neuf. À la perfection les hommes s'alignent de chaque côté de l'entrée, PPS à la hanche, crosse repliée, index sur la gâchette, le regard aussi fixe que le métal qui s'incruste dans leurs doigts. C'est à peine s'il leur faut attendre. Le grondement des moteurs est déjà là. Les phares illuminent les troncs, les branches basses, les talus de fougères perlées d'humidité, les bordures de gravillons, d'orties, de viornes, d'humus noirci avant de napper d'une lumière d'or l'asphalte grumeleux de la route, et c'est tout le convoi qui surgit, les 4 × 4 du MVD ouvrant le chemin puis les ZIS spéciales blindées – trois longues carrosseries, chacune pesant son poids de char léger, calandres scintillantes et fanions claquant sur les ailes, les moteurs dégageant une haleine brûlante de ricin, les vitres voilées de rideaux épais ainsi qu'autrefois étaient masquées les portières des carrosses impériaux – et vient la demi-douzaine de camions de transport de troupes, et voilà, la cohorte file hors de leur vue, de leurs poitrines bloquées par une apnée de plongeur jusqu'à ce que le rouge des derniers feux de position s'évapore dans les méandres du parc. Alors on lève les yeux vers le ciel de diamant où la nuée des jours passés s'est enfuie devant le grand Staline.

Alors rigolade et soulagement.

Les chiens hurlent. Les véhicules d'escorte s'éparpillent dans le parc. La soldatesque en jaillit, s'égaille et se dispose selon des règles connues d'elle seule tandis que les trois ZIS mollement offrent leurs chromes aux projecteurs militaires, traversent l'esplanade, progressent jusqu'au perron du palais. Kouridze et Tchoubinski – yeux exagérément fixes, visages hâves de tension, cernes de fatigue, ombres démesurées s'échappant de leurs bottes, s'étirant par plis aigus sur les degrés de l'escalier – attendent là. Les moteurs se taisent. Les officiers d'ordonnance referment leurs gants sur les poignées des voitures. Tout devient immobile. Les chiens enfin se taisent. Il s'écoule un bref instant de silence et de mystère.

Vlassik, le premier, apparaît, court et large, les bajoues en appui sur le col de sa gabardine. Une étoile d'or scintille sur chacune de ses épaulettes vermillon. Sa bouche exhale un peu de brume. Il grimpe trois marches – sans un regard ni une attention pour Tchoubinski ni Kouridze – diffuse derrière lui un peu de parfum de bergamote. Poskrebychev, à son tour, pose une botte sur le gravier. Même gabardine, mêmes étoiles, la taille plus svelte. Il incline la tête. La visière de sa casquette ombre son regard. Un instant, le bas de son visage pourrait être celui d'un bagnard saisi par les torches des matons. Sa serviette de cuir rebondit contre sa cuisse droite. Il grimpe les marches – sans un regard ni une attention pour Tchoubinski ni Kouridze – un chien jappe. Le silence revient. Iossif Vissarionovitch est maintenant debout. De la pointe de ses souliers vernis – sans un regard ni une attention pour Tchoubinski ni Kouridze – il se pose sur les marches, il est là, il s'avance et, pour ceux qui attendent dans le grand hall du palais, les Dovitkine, Rumichvili, cuisinières, soubrettes, serviteurs et corps militaires de faction, c'est toujours la même histoire. Ils ont beau le connaître comme on connaît un membre éminent de sa famille, un collègue hautement supérieur mais à la présence éternelle – certains l'ont même rencontré dans leurs rêves – en avoir vu et revu le portrait sur les murs des villes et des gares, dans les boutiques, les ateliers, les bureaux, les cinémas, les musées, les bordels ou les chambres d'enfants, dans les plus inattendus recoins du monde où les a menés leur existence, sans compter les mille et une fois où sa voix a résonné dans les haut-parleurs des ateliers, des hôpitaux, des gares, des camps de transit et autres, dans les champs, les navires, les stades, les jours d'été, de printemps et de toutes les saisons, dans les radios des appartements communautaires, dans les chambres des amants, des enfants, des mourants et encore lorsqu'il s'est animé dans des salles de cinéma, riant ou discourant en noir et blanc puis en couleurs, de près ou de loin, sans compter les occasions d'approcher dans les parcs et les places ses copies de bronze ou de fonte, visage ou corps en entier et quelquefois dans des dimensions rapetissant le monde, que le camarade Staline soit là en chair et os à cinq ou six pas de vous – puis trois, puis deux, puis si près que l'on respire son parfum de tabac, de léger renfermé, d'acidité quelquefois teintée d'eau de Cologne de Crimée ou de savon de rasage – c'est bien autre chose qui s'offre aux regards : un corps malingre aux épaules étroites, aux flancs flottants dans l'ampleur du manteau, les doigts, fins et encore jolis, apparaissant à l'extrémité des manches comme de menus animaux engourdis, les joues retirées derrière la barrière grise de la moustache, les paupières bourrelées pesant sur les prunelles ainsi que les fanons du cou sur la gabardine et, sous la dureté de la lumière, aucune retouche ne peut plus masquer cette peau de cocagne semblable aux mers lunaires, stigmate d'une variole usée par l'âge. Un vieillard en somme. Un vieux surveillant la longueur de ses pas, respirant entre ses dents nouvelles – une barre de céramique éclatante éreintante en remplacement des vieux chicots noirs de nicotine, gâtés jusqu'aux nerfs – dissimulant l'essoufflement sous la mécanique d'un sourire aux riches modulations – moqueuses, menaçantes, amusées, aigres, gracieuses, machinales ou lasses – d'une sincérité indéchiffrable.

Bien, bien, dit-il, en réponse aux sonores salutations, déboutonnant son manteau, ôtant la lourde casquette – tandis que dans son dos, sans même se débarrasser de leur gabardine, toujours sans une attention pour Tchoubinski et Kouridze mais suivis de quatre ou cinq officiers lestés de valises de métal noir et d'engins recouverts de housses plastifiées, Vlassik et Poskrebychev grimpent illico à l'étage, y disparaissent pour y faire va savoir quoi – plus frêle encore, dirait-on, dans son uniforme en serge de belle qualité. La pliure perpétuelle de son bras gauche estropié à l'automne 1888, alors qu'il n'avait pas dix ans, maintenant bien évidente. Épinglé au-dessus de son cœur le ruban de moire d'une étoile d'or danse sur son souffle.

Ses yeux, légendaires, mordorés, examinent le visage balafré du capitaine et aussitôt, en retour, Dovitkine – nerfs vibrant des talons aux paupières, nuque arquée, bras en glaive contre les cuisses, regard béant jusqu'aux plus petits tortillons de ses viscères et recoins de son âme – offre ses nom, grade, appartenance et soumission, Votre Excellence Généralissime. Bien, dit-il, bien. Et, tirant l'une de ses nombreuses Dunhill de sa poche, se dirigeant déjà vers le grand salon devenu salle de cinéma et tout illuminé par les jeux colorés d'un lustre à pampilles de cristal, il réclame qu'on lui fasse connaître ce palais. « Montrez-moi un peu ça, capitaine », dit-il de sa voix qui surprend tant elle n'est pas celle de la radio ni des haut-parleurs.

Tout est prêt, assure Dovitkine, ne quittant pas, comme on le lui a vivement conseillé, le visage du camarade Staline du regard. Un projectionniste de Tbilissi, capable et sérieux, a été désigné pour faire marcher le projecteur. Ainsi que le veulent les règles de sécurité, le major Tchoubinski a accordé toute son attention au passé et aux connaissances de l'individu, néanmoins, ajoute Dovitkine, il a appris lui-même la manipulation du projecteur pour le cas où. Les bobines des films sont arrivées de Moscou conformément aux ordres du général Poskrebychev, poursuit-il, à savoir : *Silver River*, *West Station*, *Belle Starr*, *The Gunfighter* et *Blood on the Moon*. En ce qui concerne *Belle Starr*, le camarade ministre Bolchakov informe Son Excellence Généralissime que le temps a manqué aux techniciens de la MosFilm pour synchroniser l'enregistrement des voix avant le décollage de l'avion convoyant le camarade artiste Danilov à Tbilissi.

« Bolchakov est un âne ! » soupire Iossif Vissarionovitch, se livrant à l'essai des fauteuils à coussins verts du premier rang, son œil expert mesurant le confort de la distance à l'écran tandis qu'il tasse le tabac dans sa Dunhill d'un pouce calme. Le jet de l'allumette fumante dans le vase d'inox rutilant servant de cendrier est lui aussi un test de bonne distance – un test qui nous confirme que la Vodieva, notre Lidia-Lidiouchka est ici, tout près, à l'étage déjà organisant les bonnes distances de nos plaisirs – deux bouffées bleutées satisfaisantes et Iossif Vissarionovitch adresse un clin d'œil à Dovitkine : « Qu'est-ce qu'on peut faire avec un âne, camarade capitaine ? On lui botte le cul. Mais est-ce que cela le fait avancer ? »

La pipe serrée entre ses mâchoires de cette manière illustrée par ses milliers de portraits, il quitte le fauteuil avec un soupir supplémentaire, joyeux celui-ci, plein d'entrain, on s'en fout des traductions, camarade capitaine, dit-il. « Des traductions pour quoi faire quand les gens ne pensent qu'à se tirer dessus ? Vous avez déjà vu des westerns, camarade capitaine ?

– Jamais, Votre Excellence Généralissime.

– Peut-être que ça vous plaira. » Sa main droite se lève et l'index aussi fin que celui d'une femme pointe la joue de Dovitkine, la large balafre qui le défigure, ce ruban livide lisse et mâchouillé, craquelé pareil à un chemin de glace labouré sur sa face rougie par l'émotion. « Et ça, ça vient d'où ?

– Koursk été 43, Votre Excellence Généralissime.

– Laissez tomber l'Excellence Généralissime. Le camarade Staline suffira. Et qu'est-ce que vous faisiez à Koursk, camarade capitaine ?

– Lieutenant de la 309e division de fusiliers dans la 40e armée, camarade Staline.

– La 40e, c'était celle de Vatoutine ?

– Oui, camarade Staline. On nous a fait venir pour protéger la route d'Oboïan. C'était le 6 juillet. On a tenu jusqu'au soir, mais les fascistes ont réussi à faire passer deux Messer juste avant la nuit. J'ai récolté ça.

– Mauvais coup. Mais chanceux. Tu as encore toute ta tête.

– Jamais perdue, camarade Staline. J'étais de retour sur le front à Prokovaska, le 12 juillet. »

Bien qu'il sache à quel point cela lui donne une face horrible, Dovitkine ne peut se retenir de sourire. Cette fois Iossif Vissarionovitch avance sa paume jusqu'à la joue martyrisée – douceur tiède et lisse de vieille paume contre la chair pétrifiée à jamais insensible – la frappe d'une petite claque virile, comme pour en chasser les larmes d'orgueil trottinant sous les paupières du capitaine. « Bien, bien », approuve Iossif Vissarionovitch, retirant sa main, la glissant entre les boutons argentés de sa souple vareuse à la manière napoléonienne. « Bien, bien », répète-t-il, pulsant la fumée âcre de sa pipe, en route vers la salle à manger mitoyenne, le pas aussi sûr que s'il possédait ce palais depuis cent ans.

Là, l'immense table d'acajou est couverte de délices culinaires géorgiens – *khinkali*, *satsivi*, *mtchadi*, *mtsvadi*, *tchakapouli*, un bol énorme de *kashi* aux tripes de mouton aillées, des pots de *lobio*, des dizaines de fromages mais surtout des tranches de *soulgouni*, immaculées et souples comme de la soie nuptiale, le fromage préféré entre tous du Petit Père des Peuples – ainsi que de champagnes géorgiens, de blancs de Géorgie, de Tzolikaouri, avec, bien en évidence, à portée de main, trois fiasques de ce cognac de France que le camarade Staline aime mélanger à son thé quand la nuit s'avance loin et, alignées devant les sombres lambris et les tentures, les yeux pareils à de la verroterie tirée d'un océan, les cuisinières et la gouvernante Rumichvili.

D'abord Iossif Vissarionovitch ne leur accorde pas un regard. Il tourne le dos à la nourriture autant qu'aux vivants, retire la pipe de ses lèvres, la fourre toute chaude dans sa poche et, ignorant le continent de l'Asie, les couleurs de la Corée et de la mer de Chine, il affronte la face mortuaire d'Ilitch. Le silence dans la vaste pièce devient si parfait qu'on entend les saccades métalliques des horloges militaires indiquant au-dessus des moulures de cèdre les heures et les minutes de Moscou, Washington et P'yŏngyang. Iossif Vissarionovitch tend sa main valide vers le masque. Retient son geste, l'immobilise comme sous l'effet d'un frisson sacré. « Donnez-le-moi », ordonne-t-il tout bas à Dovitkine. Des mains de Dovitkine il le retire avec une infinie délicatesse. Le palpe, laisse courir son index et son majeur sur le front et les tempes du bien-aimé mort, effleure l'arc des sourcils, les ailes du nez, tendrement épouse du pouce les paupières plates où la vie a disparu. Et tandis que sa caresse s'avance sur le masque avec cette légèreté, ce frémissement d'appréhension qu'ont les enfants au contact des chairs inconnues, d'une voix close, comme venant de l'abîme de sa poitrine – quoique assez forte cependant pour être entendue par tous – il confie comment pour la première fois sa main s'était posée sur le front de Lénine dans la terrible nuit de janvier 1924. Vladimir Ilitch était froid déjà depuis des heures, dit-il. Mort depuis des heures. Mort dans son corps et pas du tout en moi. En moi, tout de lui était encore bien vivant. Pas seulement nos dernières rencontres pendant sa longue et terrible maladie, mais tout ce qui avait été depuis notre première rencontre en Finlande, au jour de la Noël 1905, alors que j'étais jeune et provocant. Jeune et si ignorant. Les dents toujours prêtes à claquer sur le bonheur de la Révolution. Lui, Lénine, m'avait regardé dans les yeux et ses yeux étaient comme des aimants. Le regard d'un père qui voit le destin à travers la chair de ses fils si nombreux. Et voilà, dit-il encore, hochant la tête après un bref silence, et voilà, vingt ans avaient passé. Vladimir Ilitch avait changé le monde et il était brûlant en moi. Brûlant dans mes paumes alors que ses joues étaient déjà d'un froid impossible à supporter. Je l'ai su tout de suite, camarade capitaine, dit Iossif Vissarionovitch, pour le reste de ma vie, j'aurais besoin sans rémission de tendre mes mains vers lui pour qu'il me les réchauffe au feu de son esprit éternel. Tous les jours je le fais. Tous les jours je m'approche de son visage comme maintenant. Souvent. Souvent je me dis que ses lèvres vont s'entrouvrir. Qu'il va comme autrefois me souffler des conseils et des réprimandes. C'est comme ça. « Si on m'en empêchait, camarade capitaine, si on m'en empêchait, eh bien je deviendrais une statue de sel. Il vous suffirait de tendre la main pour me réduire en poussière. »

Dans le silence terrible qui suit, plein d'imaginations, tout vibrant de la chair de poule et même des larmes qui ont saisi la Rumichvili et les cuisinières, les doigts de Iossif Vissarionovitch glissent encore sur le menton et les tempes – jamais sur ses lèvres courtes et ourlées – du masque de Lénine. Puis il ordonne : « Il faudra le placer plus bas sur le mur, camarade, que je puisse le toucher sans me démonter le bras. »

Ensuite, d'une manière presque enjouée, légère et dénuée de fatigue malgré la nuit avancée – une heure douze du matin de ce 21 novembre à Moscou comme à Borjomi, déjà six heures douze à P'yŏngyang tandis que les Américains de Washington, Boston ou New York, en retard d'un jour, n'en sont qu'à la sortie des bureaux – se retirant d'un pas, ramenant la pipe entre ses lèvres et la rallumant de petites bouffées sèches, la pupille à nouveau vive et froide, pour ainsi dire tout entier redevenu Son Excellence Généralissime, il est temps de considérer les cartes de la Corée, leurs rubans rouges et noirs à proximité des cités de Huich'ŏn, Kaech'ŏn et Anjŭ, en bordure du cours tortueux du Ch'ŏngch'ŏn, la bande cobalt du fleuve Yalu courant se dissoudre dans l'azur de la mer Jaune, l'ombre noisette de la frontière chinoise n'étant qu'à quelques centimètres. « Bon, dit Iossif Vissarionovitch à l'adresse de Dovitkine, c'est bien, vos rubans, mais ils vont valser avant longtemps. Le général Poskrebychev vous donnera les relevés pour la suite. » Et d'ailleurs, comme s'il suffisait de l'invoquer pour qu'il apparaisse, Poskrebychev entre au même instant dans la salle à manger. Dans une posture d'écolier, il tient sa serviette de cuir serrée contre son flanc. Trois pas derrière lui, débarrassé de son manteau mais n'en paraissant que plus pâle et plus volumineux, Vlassik le suit. L'un et l'autre tout sourires à la vue du festin étalé sur la table. Mais leurs regards ne sauraient s'y attarder. Ils cherchent et trouvent celui de Iossif Vissarionovitch et, pour ainsi dire, se présentent au rapport.

Selon leurs habitudes du langage des yeux, ce que Poskrebychev et Vlassik ont à confier au camarade Staline ne dure qu'une ou deux secondes. Trois tout au plus.

Là-haut tout va bien, disent-ils. Tout l'étage, c'est-à-dire vraiment tout : murs, plafond et plancher des chambres, bureau, salle de bains, réduits et placards, mais aussi les moindres meubles s'y trouvant, de même que les tuyauteries, circuits électriques, interrupteurs, lampes, tiroirs, bibelots et miroirs, cadres ou moulures de fenêtre, tout a été passé aux engins sondeurs, détecteurs de micros ou inventifs gadgets de surveillance. Résultat : l'étage est à cent pour cent vierge des saloperies qu'affectionnent la vipère erratique Beria et l'obèse crotale Malenkov. Soit ils ont sagement jugé l'entreprise trop risquée, soit le Tchoubinski, leur âme damnée en ces lieux, n'a pas eu les couilles assez grosses pour l'accomplir.

Donc, pas de souci, Patron, assurent-ils avant d'ajouter d'un commun battement de paupières que, oui, la Vodieva attend là-haut, toujours aussi belle et hautaine, toujours un morceau de choix qui ne saurait aller entre n'importe quelles mains.

Une promesse de divertissement que le camarade Staline accepte avec la placidité qui convient à la vigueur des anciens temps, à sa manière assurant que sur le front des femmes on en a vu d'autres, la Vodieva attendra encore un peu. L'heure est maintenant aux effusions de basse-cour, baisers de mains, émotions impossibles à contenir, si bien que l'une des cuisinières éreintées par tous les signes de la pâmoison, s'agrippant au poignet de la Rumichvili, ploie ses lourdes jambes, réclame un baiser de son saint grand homme, réclame la vie, le souffle de la vie que Toi seul, ô camarade Staline, mon aimé de rêve et de vérité, Toi seul, pardonne-moi mon indécence, mais il n'est pas un jour de ma vie où j'ouvre les yeux sans le penser, Toi seul peux me donner !

Et comme il le lui donne, c'est aussitôt un joyeux charivari qui commence. Poskrebychev et Vlassik clamant leur faim, gueulant leur tourment d'assoiffés. Tintamarre de verres, de rires et d'assiettes, compliments et bravos lorsqu'on retire le couvercle dessus le plat de *koutmatchi* – viscères de porc aux safran, oignons et coriandre parsemés de graines de grenade – hourras pour les fumantes brochettes et les dolmas arméniens à la sauce *tkemali* – purée de mirabelles rouges, jaunes ou vertes, aromatisée à la menthe pouliot – champagne, vodka et cognac ruisselant hardiment dans les gosiers.

Et lui, Iossif Vissarionovitch, malgré les signes de son âge et le besoin qu'il a finalement de s'asseoir, n'est pas le dernier à rire et plaisanter, à se montrer sous un jour qui laissera dans la mémoire des présents le souvenir du patriarche affectueux, libéral de toute sa puissance retenue, d'un mouvement magnanime du front ordonnant à Vlassik de faire venir autour de la table les membres de sa garde personnelle – officiers et sous-officiers triés sur le volet, endurcis contre le pire et dont on connaît les moindres replis de la dévotion – déjà éparpillés dans le palais, si bien qu'il n'est peut-être que Dovitkine, incapable de s'abandonner tout entier à la liesse du moment tant son désir est grand de s'en incruster la cervelle comme d'un diamant, pour remarquer que Tchoubinski et Kouridze sont toujours relégués hors du palais dans un oubli lourd de signification. Et aussi, note-t-il presque par inadvertance, le camarade Staline ne consomme aucun plat avant que d'autres s'en soient servi et aient déjà avalé leur assiette. Même son cognac, quoique l'ayant débouché lui-même, il l'a d'abord et galamment fait goûter à la rutilante Rumichvili.

Mais le cognac est parfait, le champagne aussi, qui commencent à faire leur effet. Sans qu'on sache, de Poskrebychev ou de Vlassik, qui est le premier à en brailler les paroles, s'élève la chanson préférée entre toutes du Généralissime, celle qui lui mouillait les yeux lorsqu'il la chantait aux femmes de sa jeunesse, à chaque vers prononcé imaginant d'avance la terreur de les perdre :

Où es-tu, tombeau de ma mie,
Celle partie sans me dire adieu,
Tombeau de ma mie,
Toi partie sans un adieu
Je pleure, je pleure et crie à l'écho
Où es-tu Souliko ?...

Cette nuit encore, ils peuvent tous percevoir l'émotion qui l'étreint alors que vient et revient le refrain – « Blanche fleur, es-tu son tombeau ? / La petite tombe de ma Souliko / Oh dis-moi, où es-tu Souliko ?… » – rengaine triste comme les leçons de la vie qu'il soutient et relance de sa voix de baryton léger, si bien que le temps et la nuit ont déjà un peu fui lorsqu'il abandonne son siège, les paupières plombées, le visage un peu clos. D'un geste il fait signe à chacun de continuer la fête, passe sous les horloges en y jetant un petit coup d'œil – trois heures du matin ici, huit heures chez les Coréens, bourbons-Coca pour les capitalistes de New York écoutant les mauvaises nouvelles de Corée à la radio – pas lent à travers le hall, vers l'escalier où on va s'élever jusqu'à l'étage, où nous attend Lidia Semionova.

Du plat de la main, on retient les uniformes qui se proposent de nous suivre, ça va, ça va, pas encore besoin qu'on me porte.

5

Le sourire de Iossif Vissarionovitch est tout intérieur quand il pénètre dans le bureau. La ritournelle de Souliko – « Dans ma peine, je crie Souliko… / Souliko… est-ce toi qui fleuris si loin ? » – gire encore dans sa tête avec bien d'autres choses qu'elle y a attirées comme une vis sans fin.

La Vodieva ne l'attend pas ici. Pour le reste toute chose est à sa place : divan recouvert de kilims, fauteuil de lecture et lumière douce de la lampe du petit bureau sont tels que dans notre souvenir. Le souffle est bousculé d'avoir monté vivement les marches. Pour un peu, le désir viendrait de s'allonger sur le divan et d'y fumer tranquillement une pipe. Mais si on veut avoir affaire à la Vodieva, notre Lidia, Lidiouchka, mieux vaut déboutonner le col de la tunique et passer dans la salle de bains tout aussi correspondante aux souvenirs. Conduites et tuyauteries de sous-marin, carrelage vert qui fait songer aux salles mortuaires d'un hôpital ; en profiter pour pisser, évacuer un peu le cognac, trois fois rien si on compare avec autrefois. La vieillesse est un état pervers de la nature, quoi que l'on fasse on en fait toujours trop.

Quand il se rebraguette, il respire plus aisément. Tourner le robinet du lavabo pour se laver les mains fait jaillir l'eau autant que les gémissements et grondements des tuyauteries. De cela aussi il se souvient. Il soulève d'un doigt lèvre et moustache, vérifie dans le miroir le bon état du dentier et des gencives – le point faible, la dernière torture inventée par l'âge – les masse de l'index avant de se montrer, d'ouvrir la seconde porte de la salle de bains. Là, ses yeux doivent s'accoutumer à la pénombre. D'abord il ne voit que le blanc du gros oreiller à la tête du divan sous l'abat-jour du lampadaire. Puis elle apparaît dans le cadre de la porte opposée, silhouette découpée par l'éclairage plus violent de la seconde chambre. Sa main gauche levée contre le chambranle, pose serpentine et connue, son grand corps modelant une tenue de nuit d'un crème soyeux serrée à la taille, les plis accompagnant ses formes, les suggérant, les soulignant. Ses lèvres bougent. Elle retire sa main du chambranle. On dit :

« Ah, ma Lidiouchka, te voilà ! »

Ensuite effusions, sourires, caresses. De palper sous la soie la chaleur des courbes nues – le creux dur et nerveux des reins, l'envol de la taille, le méplat des fesses à l'attache des cuisses, leur dureté de pierres délicates, leur velours de fruit – réveille un très ancien geste de possession, agite une vigueur de l'étreinte sur laquelle on n'aurait pas fait de pari, quoiqu'il faille, pour imposer un baiser, lever désagréablement le menton. Puis retour au calme. Autrefois la suite ne faisait pas un pli. Aujourd'hui, il faut savoir ne pas insister.

Loin de moi l'oiseau s'envola
De son bec, la rose tomba
Ô ma Souliko !

« Déjà en tenue de nuit », constate-t-il, se dégageant de l'étreinte et sur un ton où il voudrait laisser planer plus de reproche que d'échauffement.

Elle s'amuse à répondre :

« N'est-ce pas le rôle d'une femme qui attend son homme d'être en tenue de nuit ? »

Si bien qu'il ne peut s'empêcher de lui baiser les mains avec un rire où il devine son propre tremblement. « Ma Lidiouchka ! Et que faire de la nuit avec une femme en tenue de nuit ?

– Tout ce qu'on veut. »

Elle dit ça avec un tel regard qu'il a un instant d'hésitation, songeant qu'après tout le pouvoir de l'envie pourrait revenir. S'il n'avait pas trop bu de cognac, peut-être. Il déboutonne sa tunique, la jette sur une chaise, ouvre le col de sa chemise, la chaleur des agapes réclamant maintenant leur dû de repos. Il se laisse tomber sur le bord du divan pour ôter ses bottines de cuir. Lidia Semionova n'a pas besoin qu'il réclame ses *valenki* pour disparaître dans la chambre voisine. Froissement de plis, soies et chairs, parfum, on s'en rend compte maintenant, qui n'est rien d'autre que le parfum d'elle-même.

De retour avec les bottines de feutre, vieilles et usées autant que celles d'un vrai prolétaire. Quand elle s'incline, lui soutenant le mollet pour les lui enfiler, sa robe de nuit s'ouvre et laisse voir le mamelon de son sein droit, sombre et large. Plus sombre et plus large que l'on pourrait s'y attendre quand on la regarde dans les yeux. Il demande s'il est là. Il n'a pas besoin de préciser, elle a compris de qui il parle. Elle répond que oui. Ici et installé dans la remise. « Impatient de te rencontrer. »

Pour toute réponse, il grommelle. Lidia Semionova ajoute que le choix de la remise aux voitures est parfait. Pas question que Tchoubinski y installe ses mouchards. Elle dit : « Tu avais remarqué ça à l'automne dernier, n'est-ce pas. » Pas une question mais de l'admiration. Il a beau fouiller son regard, il n'y voit que cela : de l'admiration.

On ne discute pas l'admiration. On s'allonge sur le divan, fermant les yeux, jouant celui qui est plus fatigué qu'il ne l'est, le poids des choses, du temps et de la nuit, l'âge pour une fois servant à quelque chose, songeant que la camarade Vodieva s'illusionne en croyant que le séjour de l'automne dernier dans ce Palais Likani était pour nous le premier. Oh non, la première fois remonte autrement loin, on s'en souvient parfaitement : juillet 1921. Un été tout éclatant de poussière, de soleil et de canicule. Un vrai été géorgien comme on en avait connu toute notre enfance. L'ombre des grands arbres sèche à craquer dans le parc et la forêt tout autour, pareille au nouveau monde bolchevique brûlant de partout, pétillant d'incendies, de luttes et de désirs. Ordjonikidze – dit le Grand Sergo, un qui connaissait la Géorgie aussi bien que nous-même – avait déniché ce palais : *Koba, un parfait petit nid d'amour pour ta Nadia et ton Vassili !* Ô ma Nadia ! Ma toute belle, tout innocente, ma toute folle Nadejda Allilouïeva, mon épouse à la mode bolchevique ! La tête d'Ilitch lorsqu'il avait appris son existence – *Directive spéciale du Politburo : obliger le camarade Staline à passer trois jours par semaine à la datcha pour se reposer. Directive du camarade Lénine : trouver pour le camarade Staline une douce femme pour épouse. Une femme du genre de ma sœur Maria. Pas de doute qu'elle serait consentante.*

– C'est aimable à vous comme à elle, camarade Ilitch. Mais il se trouve que je suis déjà marié.

– Ah bon ?

– Depuis trois ou quatre ans. À Nadejda Alliouïeva, la fille de mon ancienne logeuse. Elle vient de me donner un fils, Vassili, il y a tout juste un mois.

– Iossif Vissarionovitch ! Quel cachottier vous faites – les petits yeux fendus d'Ilitch bien plaisants à voir. Le père Lénine se rendant compte qu'il ne savait pas tout. Mais le besoin de repos indiscutable. Deux années de guerre sans reprendre son souffle. Des mois et des mois pour en finir avec l'engeance des koulaks de Tsaritsyne. Ensuite d'autres mois à botter le cul des Polonais – « *Tout brûler un point c'est tout, tout pendre (je dis bien pendre afin que les gens voient), prévoir les otages en quantité suffisante, passez les forêts aux gaz toxiques de manière que le nuage qui en résultera se répande sur tout ce qui se cache.* Signé : *Lénine* » – sans compter l'arrogance ordinaire du camarade commissaire à la Guerre Trotski, toujours à la ramener, à vouloir faire le mariole, le grand chef, à se croire le seul capable, le seul cruel – « *Tout gredin qui appellera à faire retraite sera fusillé. Tout soldat qui abandonnera son poste de combat sera également fusillé.* Signé : *Trotski* » – le pur, l'unique héros de la Révolution. Le seul et unique fils du père Lénine ! On avait beau être infatigable, on se souvient d'une immense fatigue. Les oreilles bourdonnaient à force d'entendre les mitrailleuses jour et nuit en finir avec les koulaks. Les narines intoxiquées par la puanteur des fosses qui collait à la peau comme aux murs de Tsaritsyne. Et ceux de ces salopards qui restaient debout, les entendre encore gémir, protester comme des larves quand on les poussait dans les trains

destination le bon air de Sibérie. Sans compter les rapports. Les piles infinies de rapports. À chaque ligne, à chaque mot se méfier de tous, des foutaises du Politburo comme des fumisteries arrogantes de Trotski. Lénine avait raison. Il était temps, camarade, de respirer les seins laiteux de ta Nadia. Donc de l'arrivée ici, on se souvient parfaitement.

Chaleur du diable, crissement des insectes recouvrant les braillements de Vassili. Les murs et les escaliers du palais suaient encore l'hiver. Remugle de renfermé pareil à un gâteau de fête jamais ouvert depuis la Révolution. Air vicié par les vieilles frousses aristocratiques. Il avait dit à Nadia que l'on se croyait dans les entrailles desséchées de momies abandonnées. Elle n'avait pas ri. Pour tout ce qui touchait à la mort, elle faisait volontiers la prude. Pour d'autres choses aussi. Quand même, dans les chambres, dès que l'on ouvrait les volets et les fenêtres, la poussière du luxe dansait comme une brume d'or dans les rayons du soleil. Les draps des lits, tirés au cordeau, d'un blanc éblouissant et gonflés par les matelas moites, faisaient songer au ventre d'une vierge avant la première caresse. Nadia la sage tout impressionnée, se promenant du haut en bas de ce palais comme dans un musée, séduisant les vieilles bourriques qui en gardaient les clefs et craignaient encore le retour des Monseigneurs. Le Grand Sergo roulant les yeux en beuglant que les Monseigneurs, c'était nous maintenant. Nadia qui le grondait. Un vrai bolchevik ne parle pas comme ça, camarade Ordjonikidze. Ô ma Ninotchka ! Tu refusais de dormir dans la grande chambre ducale, là-haut sous la lanterne. *C'est pas pour nous, Iossif. On ne va pas faire comme eux, quand même !* Mais au moins on pouvait y baiser.

Pour la première fois depuis tes couches. Tout un travail. D'abord timide, redevenue une fillette. L'air brûlant du dehors t'avait fait du bien. Tu avais retrouvé tout ton allant.

Ô ma Souliko, j'ai vu une rose dans la forêt,
Des pétales, tendres comme tes petits seins,
Coulait la rosée de tes larmes,
Ô ma Souliko, partie sans un adieu…

Toutefois, que la Vodieva se trompe à croire qu'il n'a connu ce palais qu'avec elle l'automne précédent convient à Iossif Vissarionovitch. Les souvenirs d'amour c'est comme les mouchoirs sales, on les lave ou on se les garde dans la poche. « Demain, dit-il en rouvrant les paupières, je te montrerai quelque chose. »

Lidia Semionova approuve d'un signe, ne demande pas de quoi il retourne. C'est ce qui est si plaisant chez elle, cette manière qu'elle a – depuis toujours, depuis qu'elle n'était qu'une gamine toute dévouée, deux années à peine après le bel été 21 – d'être patiente. L'effet du cognac semble dissipé. Iossif Vissarionovitch réclame une cigarette.

Lidia Semionova s'éloigne – frottement de satin, ondulation de plis, parfum d'elle dans l'air tiède – dans la chambre mitoyenne. À son retour, Iossif Vissarionovitch s'est calé contre le gros oreiller blanc, et si la chemise ouverte sur les poils gris de son torse chenu, les pieds au chaud dans les *valenki*, le regard épaisseur de fil entre ses paupières d'insomniaque lui donnent plus que jamais l'air d'un vieillard tirant sur la nuit pour faire passer le temps – il est bientôt quatre heures du matin et va savoir où est le soleil tout autour du monde – Lidia Semionova n'en montre rien. Elle s'assied à son chevet comme on le fait avec les malades ou les enfants en proie à la crainte du noir et de l'abandon. D'un frottement de briquet elle allume deux cigarettes – des anglaises sans filtre au papier transparent décoré d'un annelage rouge enlacé à une couronne et parvenues jusqu'ici grâce à Poskrebychev – lui en glisse une entre les doigts de sa main gauche qu'il a toujours un peu écartés, achève son geste d'un effleurement tendre. La seconde entre ses propres lèvres, expirant une bouffée paisible, elle annonce qu'elle a apporté les livres qu'il lui a réclamés.

« Les œuvres du Charlatan décadent ?

– Dans la bibliothèque du bureau. Entre Karamzine et Lomonossov. »

Comme la plupart du temps, il ne commente pas. Répète que demain, tout à l'heure, quand il fera jour, il lui montrera quelque chose d'amusant. Et demande encore si elle a pensé au Pouchkine. Oui, dit-elle, oui, le conte de Pouchkine aussi elle l'a apporté. Elle s'incline vers la table de nuit poussée contre le pied du lampadaire, y cueille un livre mince. Un ouvrage tout en longueur, relié d'un cuir vert où les lettres dorées du long titre luisent entre les taches d'humidité :

CONTE DU TSAR SALTAN,
DE SON FILS LE GLORIEUX
ET PUISSANT PREUX
LE PRINCE GVIDON SALTANOVITCH
ET DE LA BELLE PRINCESSE-CYGNE

Iossif Vissarionovitch lui ordonne de lire. « Tu éteindras quand je serai endormi.

– Tu ne veux pas d'abord te changer pour la nuit ?

– Ça ira comme ça. Lis. »

La cendre de la cigarette s'écroule entre ses doigts sans qu'il réagisse. Lidia cale l'ouvrage sur ses cuisses croisées et soyeuses, respire un peu de tabac avant de commencer sa lecture.

Trois jouvencelles tard un soir
Filaient près de la fenêtre.
« Or si donc étais-je la tsarine
Proclame l'une des trois gamines
Pour tout l'univers chrétien
Préparerais un festin. »
« Or si donc étais-je la tsarine
Bientôt ajoute sa sœurette
Pour le monde entier, seulette,
Je tisserais toile de soie. »
« Or si donc étais-je la tsarine,
Dit la troisième jouvencelle
Moi, pour notre sire le Tsar
Enfanterais un gaillard. »
À peine eut-elle dit cela
La porte doucement grinça
Et dans le boudoir entra
Le Tsar…

6

« Asseyez-vous, camarade Danilov. »

Vlassik ne quitte pas son fauteuil – pas de main tendue, aucun salut, encore moins de signe de connivence pour celui qui, après tout, est l'invité du camarade Staline, cela Danilov le note en une fraction de seconde – se contente de lever ses yeux perdus sous les rouleaux boursouflés de ses paupières.

La pièce qui lui sert de bureau est petite, nue, meublée seulement du fauteuil qu'il occupe, d'une table où ses doigts boudinés glissent sur les feuillets d'un dossier cartonné de vert. Même à l'envers peut s'y lire le nom de V. Y. DANILOV. Pas de téléphone, pas même une tasse de café, un biscuit en guise de petit déjeuner, quoiqu'il fasse à peine jour, que l'on ait dormi trois heures à peine depuis l'extinction des lumières dans le palais du Généralissime – un manque de cordialité certainement pas involontaire, cela aussi Danilov l'enregistre sur-le-champ – et pour le visiteur une chaise au siège de bois.

Pour ausculter Danilov, Vlassik prend son temps. Un examen de médecin scrupuleux. Ce qu'il en conclut, on ne peut le deviner. Rien n'apparaît sur ses lèvres d'un pourpre qui tranche dans le blême de ses joues. Sa bouche reste entrouverte sur un souffle bruyant, ardu, comme si dessous la chair dilatée – le manque de sommeil, l'alcool, la nourriture trop riche ou l'amas du pouvoir peut-être, si bien que sur ses joues les poils en attente du rasoir semblent naître d'une infinité de minuscules cratères faisant songer aux labours des guerres – il existait une seconde partie de lui-même : une puissante machine capable de mouvoir tout ce volume d'apparence molle dissimulé par la vareuse si subtilement taillée qu'elle tombe sans un pli. Et partout venant de lui, comme avec un peu de retard mais entêtant, un parfum de bergamote.

Sa voix s'avère toutefois aimable. Le camarade Danilov ne doit pas s'inquiéter de cet entretien, dit-il. Ce n'est que la routine. Simple vérification de la *bio*, comme on dit aujourd'hui. Rien de bien méchant. Le camarade Danilov doit connaître ces procédures. « Votre mère a dû vous en prévenir. Cela ne prend jamais bien longtemps. Il paraît que vous êtes installé tout ce qu'il y a de bien dans la remise des vieilles voitures. »

Cette dernière remarque prononcée sur un ton curieusement aérien, sans profondeur, accompagné d'un léger étirement des lèvres. Un sourire que la pointe de sa langue lubrifie aussitôt. Ses yeux quittent le visage de Danilov pour se poser sur les feuillets. « Donc, Valery Yakovlevitch Danilov né le 2 août 1923 à Leningrad. Une belle et triste année, 23, la dernière pour notre père Lénine.

– Oui. Je.

– Nom de votre père : Yakov Dimitrievitch Danilov. Mère : Irina Stazonovna.

– Camarade général, vous devez savoir que.

– On va éviter les phrases, camarade Danilov. *Oui* ou *non*, *faux* ou *exact*, ça suffira et nous irons plus vite. Donc tout ça exact ? Date de naissance, père, mère ?

– Oui.

– Pas mariés.

– …

– Vos parents, pas mariés ?

– Je ne sais pas, camarade général.

– D'accord : *je ne sais pas* peut être une réponse. Sans importance. Continuons. Danilov et Stazonovna artistes tous les deux.

– Oui.

– Membres de l'Avant-garde Analytique Votievsky ?

– Je ne sais pas.

– D'accord : vous n'étiez qu'un gosse. Donc, artistes dans un mouvement futuriste, comme ils appelaient ces âneries à l'époque. En 31, la camarade Moukhina vous remarque à l'occasion d'un concours de dessins d'enfants.

– Oui.

– Elle vous fait entrer à l'Académie populaire Sokolnikov de Leningrad malgré votre tout jeune âge.

– Oui.

– Huit ans et tout de suite brillant élève. Très précoce, très remarqué.

– Je ne sais pas.

– Pas de modestie inutile, Danilov. Moukhina l'écrit dans sa lettre à l'Académie : "*Ce garçon possède un don prodigieux pour le dessin. Bien conduit, il pourra devenir l'orgueil de l'art de notre Union Soviétique.*" Vos parents, Danilov et Stazonovna, disparaissent en avril 1933.

– Oui.

– Le 25 avril. Un accident sur un chantier qu'ils devaient décorer, selon la camarade Moukhina qui demande aussitôt votre adoption. Exact ?

– Oui.

– Oui. Adoption validée le 18 septembre 1933 par le comité des passeports de Leningrad. Vous n'aviez pas d'oncle, de tante, pas de grand-mère ni de grand-père pour s'occuper de vous, camarade Danilov ? Rien, zéro famille ?

– Non.

– Morts ?

– Je crois.

– Comment ça ?

– Je ne sais pas. Je n'ai jamais su.

– D'où venait votre mère ?

– Ukraine, je crois.

– Famille de koulaks ?

– Non, non !

– Ne rougissez pas, camarade Danilov. Il faut bien qu'il y ait des petits-fils de koulaks par-ci par-là. Même dans les arts. Continuons. »

Oui, non, oui, non, oui, oui c'est exact. Vlassik égrène les dates et les faits. 1934, vous quittez Leningrad pour Moscou avec votre nouvelle mère, la camarade Moukhina. Un appartement non communautaire, rue Ilya-Tchepine. 1937, première exposition à la galerie d'État Tejakov. Un dessin intitulé *Staline parlant aux enfants*. Médaille de l'Espoir du plus jeune artiste soviétique. La camarade Moukhina elle-même choisie pour représenter l'Union soviétique à l'Exposition universelle de Paris. *L'Ouvrier et la Kolkhozienne*… Nom de Dieu, voilà une statue qu'on n'oublie pas, Danilov. La *Rabotchi i kolkhoznitsa* dressée sur le toit du pavillon soviétique au pied de la tour Eiffel, tout devant l'aigle des nazis ! Trente-cinq mètres de haut et quarante-cinq tonnes d'acier inoxydable ! Mieux qu'un T-34… Ça avait de la gueule. Et une vraie prophétie. La *Rabotchi i kolkhoznitsa* allait lui faire bouffer ses plumes, à l'aigle fasciste ! Comme a dit Staline : « Si Hitler avait mieux regardé *L'Ouvrier et la Kolkhozienne* dressés devant l'Histoire par la camarade Moukhina, il aurait pu y voir son destin. » « Mais je suppose que vous savez tout ça par cœur, camarade Danilov ? »

Danilov le confirme, oui. La suite aussi, il la confirme : octobre 1938, accepté à la Grande Académie d'art soviétique du collège Surikol. Inscription dans le studio du camarade Guerassimov, aujourd'hui notre glorieux président de l'Académie des arts. « Un *studio*, pas une *classe*, c'est comme ça qu'on dit ?

– Oui.

– Hmm. »

1941, exil à l'École d'art de Samarkand pendant l'attaque des fascistes sur Moscou. Les camarades Moukhina et Guerassimov à Tachkent – votre mère recevant son premier prix Staline pour la *Rabotchi i kolkhoznitsa* avant son départ – retour à Moscou en octobre 42.

Été 43, le camarade Danilov est envoyé pour huit mois sur le front ukrainien comme illustrateur de la revue *L'Étoile rouge*.

Décembre 1943, exposition « Art et soutien de la Grande Guerre patriotique » à la galerie d'État. La peinture du camarade Danilov titrée *Ennemi tombant du ciel* distinguée par le prix Repine du jeune artiste.

1944, vous continuez d'illustrer *L'Étoile rouge* mais sans quitter Moscou.

Avril 1945, les dessins du camarade Danilov représentent la jeune peinture soviétique à Londres.

Décembre 1947, l'académicien Guerassimov cite le travail du camarade artiste Danilov en exemple dans la lutte contre les *ismes* – structuralisme, formalisme, impressionnisme et cosmopolitisme – les foutaises réactionnaires bourgeoises.

« Tout ça exact ?

– Oui.

– Votre numéro de carte du Parti ?

– 61227638.

– Bien, bien. Du beau boulot ces bios, comme toujours. »

Vlassik hoche la tête. Il a l'esprit ailleurs. Ses mains fouillent les poches de sa vareuse, luttent avec les revers pris dans les accoudoirs du fauteuil. Des ondes serpentines strient son front. Ses yeux disparaissent tout à fait. Puis ses mains remontent sur la table une blague à tabac en cuir fauve. Le rabat enveloppe une pipe à tuyau courbe. Ses doigts pincent méticuleusement le tabac. Son pouce le presse dans le fourneau de bruyère noire. On lui demande d'arrêter de fumer, dit-il, mais il faudrait au moins être sûr que ça serve à quelque chose. Une pochette d'allumettes apparaît dans sa main. Le grésillement du tabac résonne dans la petite pièce. Le double menton de Vlassik frémit. Ses lèvres se détendent, plus sombres, luisantes de salive sous la nuée d'une première volute parfumée. Après une brève lutte, le Sobranie de Crimée prend le dessus sur la bergamote. Les mains de Vlassik, enfin calmes, se reposent sur les feuillets de la bio. « La camarade Moukhina a fait de vous son fils et ne doit pas le regretter, dit-il sur un ton véritable de confidence, suçant doucement la bakélite de sa pipe, se laissant aller contre le dossier de son fauteuil. Quand j'étais tout jeune, l'art, je n'y connaissais rien. Rien de rien. J'avais même des idées ridicules, comme quoi les artistes étaient différents des autres hommes. Plus purs, plus. Va savoir quoi. La bouillie romantique que les intellectuels de l'ancien temps nous fourraient dans le crâne. Aujourd'hui, pour ce qui est de l'art, je m'y connais un peu plus. Comme vous savez, j'organise moi aussi de petites expositions. Modestes, modestes, mais des artistes, j'en ai vu. Et de toutes les sortes. Des artistes, oui, mais jamais de prodige. Vous êtes le premier prodige que je vois de près, camarade Danilov. Eh bien, vous voulez savoir ce qui m'impressionne le plus ? Franchement ? C'est que je n'aurais pas su deviner le grand artiste que vous êtes si on s'était croisés dans la rue. Comme ça, incognito. Non, je n'aurais pas su. Mais le Patron, oui. Notre bienheureux Staline sait voir ces choses-là. Quand il s'agit de connaître les hommes, c'est lui le prodige. Hop, un battement de paupières et il sait à qui il a affaire ! Il ne serait pas Staline sinon, hein ? Dites-moi, toutes ces expositions de 37, 39, 43, 45, elles étaient organisées par notre commissaire général à la Sécurité, le camarade Beria, n'est-ce pas ?

– Oui.

– Vous le connaissez bien, alors ?

– Non.

– Non ?

– Non.

– Laissez tomber le *oui* et le *non*, Danilov.

– On s'est vus à l'occasion des expositions. Rien de plus. Quelques fois à la remise des prix. Des moments officiels.

– Et dans votre atelier aussi.

– Deux fois, oui. La camarade Moukhina, elle, le connaît depuis longtemps.

– Il y est venu voir votre *projet* ?

– Avec elle. C'est elle qui.

– Bien sûr. Pas d'inquiétude, camarade Danilov. Comme je disais au début, tout ça c'est de la routine. On ne va pas vous reprocher d'avoir excité les capacités esthétiques de notre Lavrenti Pavlovitch. La camarade Vodieva aussi a visité votre atelier de peintre ces derniers temps.

– Pour voir le projet, elle aussi. On nous a présentés dans une exposition l'an dernier. À l'occasion de l'expo d'anniversaire du camarade Staline. Elle est connue pour s'intéresser au travail des artistes.

– Et aux jeunes prodiges encore plus.

– Je.

– Il paraît que vous aimez bien les femmes, Danilov. Et qu'elles vous le rendent bien. C'est un truc de peintres, ça. Toujours beaucoup de succès auprès des femmes. Se mettre nues devant vous, ça excite ces dames.

– Je.

– Tatata ! Pas la peine de rougir, camarade. On est tous comme ça. Un bon bolchevik, ça aime les femmes. Puisqu'on parle de femmes, avec la camarade Tatiana Sulovskaïa, on peut dire que vous étiez comme mari et femme ?

– C'est fini. Entre Tatiana et moi, c'est fini.

– On dirait, oui.

– Depuis le printemps.

– C'est bien ce qui est un peu intrigant. Si je regarde le calendrier, le printemps c'est là où la camarade Vodieva vient vous voir dans votre atelier. Et pas qu'une fois.

– Camarade Danilov ! Cher Valery Yakovlevitch ! »

Comment les paupières du gros Vlassik ne frémissent pas d'un cil, Danilov le note dans la fraction de seconde alors que lui-même bondit de son siège le souffle coupé.

Tout comme il encaisse sa méprise. Bien sûr que non, ce n'est pas le Grand Staline en personne qui est entré dans la pièce sans frapper et en clamant son nom d'une voix enjouée. L'homme est petit, un mètre cinquante-cinq, soixante au plus, le crâne brillant, tendu, le lisse de la peau un peu jaune ainsi qu'on la voit peinte sur certains portraits des maîtres flamands – Danilov les a découverts, en compagnie de Maman Vera, il y a à peine dix mois, à Leningrad, à l'occasion de la réouverture tant attendue de l'Ermitage – sous la laque des vernis anciens, les tempes pas moins lustrées, adhérentes aux os du crâne, les joues rasées, peut-être poudrées, à moins qu'elles ne soient enduites d'une crème protectrice contre l'usure du temps, la fatigue que l'on devine à l'œuvre sous les yeux, aux creux des sillons ici et là tandis que la bouche courte sourit, aimable, les dents plutôt blanches pour son âge, pas loin de la soixantaine, Valery Yakovlevitch, dit-il, je viens vous tirer des griffes du camarade Vlassik. « Tu permets, Nikolaï ? »

Sans besoin de se présenter, sans attendre une réponse de Vlassik – l'œil déjà éteint sous le bourrelet de ses paupières, suçant sa pipe comme le chat son poil à voir s'envoler, vieille histoire, le moineau sous son nez – aussi impeccable dans son uniforme de général qu'un mannequin de couturier, Poskrebychev glisse sa main fine, courtoise, dans le dos de Valia, venez, venez, cher Valery Yakovlevitch, dit-il, le poussant dans le couloir, à travers le rez-de-chaussée d'une maison trapue – d'une architecture moins virevoltante que celle du palais, d'une modestie pour ainsi dire assoupie, timide et dissimulée derrière des rangs de fusains, d'ormes et thuyas – royaume de l'intendance enveloppant le camarade Staline de tous ses soins et besoins, soit une vingtaine d'hommes et surtout de femmes, celles-ci souvent jeunes, jolies, décidées, toutes et tous triés sur le volet, en uniforme, vifs et actifs, soutenant ces bruissements de voix, conciliabules et chuchotis propres à l'énergie des tâches quoique sans rien de l'ordinaire pesanteur de la bureaucratie, se jetant sur le côté pour faire place à leur chef avant de dévisager son invité. Un visage qu'ils sauront se rappeler.

Après quoi Poskrebychev grimpe lestement un escalier conduisant à un palier étroit. Des tapis de qualité assourdissent le grincement des parquets. Les couloirs sont étroits et courts. Les portes nombreuses, à l'occasion béantes, entrouvertes ou mal refermées, laissent voir ici des femmes derrière des machines à écrire, là des fumeurs penchés sur des cartes. Ici une salle de télégraphie et dans la suivante, plus silencieuse, plus sérieuse que les autres dirait-on, des types avec des écouteurs sur le crâne, un mur d'appareillages, une large rivière de fils électriques bleus, verts, jaunes, rouges, marron ou blancs. D'une inclinaison de son crâne verni, Poskrebychev désigne la pièce et déclare que c'est le monde entier qui nous arrive là, Valery Yakovlevitch. En ce moment la Chine, la Corée, comme vous imaginez. Les fascistes américains et toute la clique de l'ONU aussi, comme vous imaginez. Mais rien n'est parfait, dit-il encore en désignant la porte de son bureau. Tout est trop petit ici. « On se cogne et se marche sur les pieds comme dans un défilé de mai. Heureusement ça n'est pas fait pour durer. »

Cependant son bureau est un véritable bureau. Taille modeste mais confortable. Et même, au second coup d'œil, un havre de confort : plafond sans dorures ni lustre, murs recouverts d'un papier ancien à rayures vertes et ocre mais épais tapis à géométrie orientale d'or et d'azur sur fond rouge, cheminée de marbre, buste de bronze du Patron à sa taille naturelle, table de travail inévitablement surchargée de dossiers, lampe à grand abat-jour jaune, desserte métallique supportant une batterie de téléphones de couleurs différentes, haut meuble de classeurs derrière le fauteuil du bureau, coffre près de la fenêtre entrouverte sur le soleil froid du parc et diluant l'odeur du tabac dans la fraîcheur du dehors. Voilà de quoi vous remplir un peu le ventre, dit aimablement Poskrebychev, désignant un plateau – petits pains au fromage de chèvre, chaussons de viande, pot de yaourt battu et de confiture rouge ainsi que grosse théière en métal argenté et verre à thé dans un support en fin argent ciselé – sur une table roulante à côté d'un siège à larges accoudoirs.

« Vlassik a dû vous cueillir au saut du lit et hop, les questions sur la bio avant que vous ayez eu le temps de vous réveiller ! Sans compter que le sommeil a été court cette nuit. Le palais a éteint vers quoi ? Quatre heures et demie, cinq heures ? » s'amuse Poskrebychev en refermant la fenêtre avec le sourire de celui qui sait tout – par exemple comment il y a maintenant plus d'une heure, alors que le jour pointait à peine, le lieutenant est entré dans la chambre de Danilov sans même frapper, le traitant sans plus d'égards qu'il n'en a eu lors de sa visite dans la remise la nuit précédente, rechignant à attendre dans le couloir pendant que Danilov s'habillait en vitesse, les doigts raidis par la brutalité du réveil et la montée stupide de la peur, puis se laissait conduire jusqu'au gros Vlassik sans recevoir un mot d'explication – bien sûr la rivière multicolore des écoutes ne draine pas que le tumulte du monde, elle sait aussi reconnaître les rus et les rigoles, ce qui se dit dans le bureau du gros Vlassik aussi bien que dans les chambres – *Bon sang, Valia ! Je ne vais pas t'apprendre comment ça se passe*, a dit la Vodieva – s'est déversé dans l'oreille de la Main et le Désir de Dieu, si on peut oser cette image, en conclure que les oiseuses questions de Vlassik ne furent pas interrompues par hasard, Poskrebychev les reléguant au rang d'un rituel brutal, inférieur mais nécessaire, tandis que maintenant commence l'épreuve pour de bon. *Sois aimable et obéissant*, a dit la Vodieva. *Montre du respect, ils aiment ça autant que la vodka et les femmes.*

D'ailleurs, c'est ce que suggèrent les yeux moqueurs de Poskrebychev. Il enfourche sur son nez une paire de lunettes à grosse monture de corne, s'excuse de devoir sans délai trier l'urgence du paquet de dépêches – des feuillets bleus, plus larges que hauts, fins comme du papier à cigarettes et soigneusement glissés dans les pages d'un classeur rouge à la couverture bardée d'une galaxie de tampons – infiniment, jour et nuit, déposées devant lui. « Après nous pourrons causer. J'ai hâte d'en savoir plus sur votre projet, cher Valery Yakovlevitch. »

Ainsi s'écoulent une dizaine de minutes, un petit quart d'heure.

L'un mâchant et buvant, l'autre suivant de la pointe de son crayon les lignes noires fourmillant sur la fine pelure des nouvelles. De temps à autre un froncement, une moue glissent sur le visage de l'un tandis que l'autre déglutit de son mieux, les deux conservant le silence, si bien que, malgré les tapis, le bruissement des allées et venues de la maison franchit la porte. Une ou deux fois, l'aboiement d'un chien vibre contre les vitres.

La faim et la soif de Danilov – plus grandes, plus tenaillantes qu'il ne l'imaginait, comme si l'appréhension, la protestation, le vertige ou va savoir quoi avaient creusé un puits dans son estomac – s'apaisent. Mâchant et buvant, il jette de petits regards autour de lui, conscient combien cette scène du haut pouvoir à laquelle on le convie – l'éternelle Main et Désir de Dieu penchée sur les palpitations de l'univers sans autre apparat que sa naturelle toute-puissance – lui est familière tant elle fut peinte et repeinte par la cohorte des Guerassimov, Bozhi, Besedin, Schpolyanski, Baskakov ou Vladimirski – et combien d'autres faudrait-il encore citer ! – si bien que pourrait venir à

Danilov la sensation illusoire d'être dans la pause d'un labeur d'atelier plus que dans cette vie réelle où Poskrebychev repose enfin son crayon, satisfait de n'avoir découvert aucune calamité dans le cours du temps, décroche le téléphone blanc parmi les quatre qui attendent, émet des ordres concis sur un ton si différent de celui qu'il a eu jusque-là qu'il semble parler une langue inconnue. Cela ne dure qu'une poignée de secondes. Quand il raccroche, un mince dossier bleu pétrole remplace la liasse de dépêches devant lui. Il en tire une photo, retrouve son ton civil, s'exclame que Danilov reconnaît ça, bien sûr ?

Oui, Danilov reconnaît. Quoique les couleurs soient atroces et sans rapport avec l'original. Ce qu'il a sous les yeux, il l'a peint. Son prix Repine du jeune artiste de l'exposition de 1943, ainsi qu'inscrit dans la bio de Vlassik tout à l'heure. Son *Ennemi tombant du ciel*.

Un grand format vertical, un horizon très bas, un arrière-plan de ruines, de scène de guerre, les stigmates d'un combat. Au premier plan, grossies par la perspective, des poutrelles d'acier jaillissant dc terre, rouillées, ocre et pareilles à des lances déjà ensanglantées. Dessus un ciel immense de nuages déchirés ici et là d'un peu de bleu, souillé en biais d'une traîne de fumée brune s'échappant d'une aile d'avion, l'avion sortant du cadre comme un frelon mort, alors que, occupant le ciel entier sans souci des proportions, un homme tombe.

La tête la première. Il n'est plus qu'à quelques secondes de sa fin. Son écrasement, on le devine. Le craquement des os, on l'imagine. À sa tenue on reconnaît un pilote. Son parachute ne s'est pas ouvert. Ses chaussures sont énormes. L'air comprimé par la chute presse sa combinaison, claque contre son corps maigre. L'aigle du Reich nazi vole à l'envers sur ses épaules. Ses cheveux blonds recouvrent son front mais sa nuque est rasée. Haute, pâle et tendre comme celle d'un adolescent. Il tient les bras bizarrement repliés devant sa tête. On pourrait croire qu'il cherche à s'enlacer lui-même. Sa main droite, trop longue, aussi disproportionnée que ses pieds, s'ouvre en grand, dérisoire réflexe de protection contre l'empalement sur l'acier. Une peinture plus étrange que bonne. De l'image plus que de la peinture en vérité.

Poskrebychev aime ça. La première fois qu'il l'a vue, dit-il, c'était justement à cette exposition de 43. Il l'a vue parmi toutes les autres et ne l'a pas oubliée. « Jamais. Impossible d'oublier ce type qui va s'écrabouiller. On la regarde et on retient son souffle. On croit qu'on va voir la suite. Crac ! Pas question d'oublier. Bravo, Valery Yakovlevitch.

– J'étais très jeune. Émotion et maladresse.

– Camarade Danilov, vous me feriez croire que vous avez cent ans. Mais je suis d'accord. Les pieds du Frisé, hein ? Je me suis toujours demandé pourquoi ce gars avait les pieds plus grands que la tête. Les nazis étaient surtout enflés de la tête, hein, pas tellement des pieds.

– Une idée venue comme ça.

– Voilà bien les artistes. Vous faites les choses comme ça. Ça vous vient, et hop.

– Le plaisir de l'effet. Il me semblait que l'homme devenait plus lourd ainsi. Que l'on sentirait son poids en train de tomber. »

Une éventualité que Poskrebychev considère avec bienveillance. Bien possible, admet-il, bien possible. Sauf que tout ça n'est pas trop réaliste. Qui sait si on ne pourrait y détecter une sorte de péché d'orgueil. Qu'est-ce que vous en pensez, Valery Yakovlevitch ? Comme si vous étiez vous-même dans le ciel, observant ce pauvre type de là-haut. Par la force des choses le voyant avec les pieds plus grands que la tête, tandis que pour nous, les clampins de l'ordinaire sur terre, tout ça on ne le voit que d'en bas. Pour ainsi dire dans l'ordre du réel naturel visible. Ignorant votre vision supérieure. Ce vertige à l'envers. Ou l'*hubris* du peintre, comme dirait le camarade Staline qui connaît son grec.

Danilov – de n'avoir plus faim, de s'être réchauffé à la brûlure du thé lui redonne de l'assurance, sans compter que sur ce terrain de la place et du rôle du peintre dans le constat de la réalité il est fortement plus assuré que sur d'autres, depuis longtemps entraîné par Maman Vera aux joutes essentielles et sachant d'expérience où cheminent les pensées une fois que le mot *réaliste* a été prononcé – partage et approuve la moquerie de Poskrebychev. Le camarade général a bien raison et, même, il est un fin observateur. Hélas oui, convient-il avec la modestie nécessaire, nos vieilles peintures, mieux vaut ne plus les regarder. Cela fait souvent honte. Pourtant cette malheureuse distorsion des pieds de l'Allemand, non, cela n'est pas le résultat d'un regard perché dans le ciel mais l'application, peut-être bien maladroite, de la remarque essentielle de Lénine : « L'œil se contente de refléter l'apparence des choses du monde tandis que la connaissance du monde est une conscience. » Une leçon, soit dit en passant, que le camarade Staline a maintes fois développée. Une règle pour toute la peinture soviétique. « Selon moi, poursuit Danilov, dans leur distorsion de l'apparence et de la copie pure et simple de la réalité, les pieds de cet Allemand devaient engendrer dans nos consciences la perception même du poids et de la force avec lesquels l'Armée rouge a produit sa chute ainsi qu'elle allait abattre toute la puissance nazie. Mais de l'intention à la réussite il y a la maladresse du peintre, comme dit notre académicien Guerassimov ! Pourquoi cette peinture, à l'époque, a-t-elle reçu un prix, on peut se le demander.

– Non, non, applaudit Poskrebychev en riant, ne soyez pas trop dur avec vous, Valery Yakovlevitch. Vous êtes notre prodige de la peinture soviétique. Pas de discussion. Parlons un peu de votre grand projet.

– Ce n'est qu'une ébauche, camarade général.

– Racontez, Valery Yakovlevitch. Racontez-moi comme si je ne savais rien. »

Soit un mur d'acier sur la place Rouge face au mausolée de Lénine, intégrant une quinzaine de fresques, voire le double ou moins. Il pourrait s'étirer sur toute la distance entre les deux tours du Goum, parallèlement au bâtiment, à une vingtaine de mètres de ses arcades. Rien qui puisse gêner les défilés habituels de mai ou novembre.

Sur le mur, la dimension de chaque fresque dépendra de leur nombre. La hauteur pourrait être équivalente au premier niveau du mausolée. Je dis *mur*, mais le mot ne convient pas du tout. Il faut se représenter ça comme une arête vivante d'images. Le surgissement de la longue vie de notre Guide au grand jour de l'Histoire. Une colonne vertébrale d'actions, de décisions jaillissant de l'obscurité du sous-sol pour livrer aux regards le passé et l'avenir de l'Union soviétique. J'utilise le mot *fresque* faute de mieux. Bien évidemment, il ne s'agit pas de fresques comme en peignaient les maîtres anciens sur les murs des églises. Il s'agit de créer des images selon une technique radicalement nouvelle.

La première question à résoudre sera celle du matériau. Non seulement parce que le matériau décidera de l'apparence des images elles-mêmes mais aussi parce qu'il générera la force symbolique du monument. De même que le granit était incontournable pour symboliser la résistance indestructible de Lénine aux forces contraires à la Révolution, la colonne vertébrale de Staline imposant au monde l'ordre nouveau de l'Union soviétique ne peut être, selon moi, que d'acier. L'acier même du camarade Staline, si j'ose dire. Un alliage hors du commun et unique : le sommet du savoir sidérurgique soviétique. Techniquement parlant, il s'agit d'un dérivé de l'acier chromé utilisé pour la réalisation de la sculpture de la camarade Moukhina, *Rabotchi i kolkhoznitsa*, *L'Ouvrier et la Kolkhozienne*. Donc un mélange fer-chrome-nickel possédant une endurance extrême aux forces contraires, à quoi il faut ajouter une incorruptibilité face aux aléas de la nature égale à celle de l'or. Quant à la durée de vie de l'acier chromé, camarade général, c'est l'éternité. En outre, et c'est peut-être le plus important, cet acier est un miroir. Il demeure intact au gré des tempêtes et des beaux jours, tout comme le Généralissime Staline, mais aussi les couleurs du monde, des choses et du ciel s'y reflètent dans leurs infinies variations.

Donc, pour résumer : une arête d'acier d'une centaine de mètres où le peuple pourra voir et revoir les grandes heures de la vie du camarade Staline depuis l'aube de la Révolution jusqu'aux victoires absolues sur le fascisme et la décadence bourgeoise, mais aussi, mais surtout, se voir lui-même, s'alliant par l'effet de miroir de l'acier à la vie peinte de notre Guide, ainsi que durant toute son existence il nous a pris pour ainsi dire sous sa paume et emportés avec lui, conduits et protégés à travers les mille luttes victorieuses de la création du Monde Nouveau Bolchevique.

Danilov se tait d'un coup, bouche ouverte, langue sèche. Il estime ne s'en être pas si mal tiré – beaucoup mieux que cette première fois où il a essayé ce même discours sur Pineguine et Maman Vera – y mettant ce qu'il faut de conviction, chaleur et enthousiasme. En vérité, l'exaltation court ses veines et ses artères, bat le tambour dans sa poitrine et claironne dans sa tête. Il possède si bien l'image mentale du monument qu'il lui paraît déjà une réalité parfaitement réalisée. Ces milliers de personnes faisant la queue pour mêler leur visage à celui du Grand Guide, il les voit si bien que ce n'en est plus de l'imagination.

« Et vous savez peindre des fresques sur de l'acier chromé, vous ? » demande Poskrebychev avec une pointe désobligeante d'incrédulité.

Mais oui, il sait. Quoique ce soit toute une affaire. Une technique proche de la lithogravure bien que autrement plus sophistiquée et quasiment un secret de fabrication, alliée à un émaillage des couleurs en four chaud. Les premiers tests sont dans la remise. Et aussi des tests de gravure à la toupie sur l'acier chromé, car on pourrait imaginer que la structure des images ne soit pas peinte, ou pas intégralement, mais seulement gravée, ce qui accroîtrait l'effet de reflet et les spectateurs deviendraient alors la part vivante et éternellement renouvelée des fresques. Bien sûr, ce n'est qu'une proposition à considérer. « Quoi qu'il en soit, qu'il s'agisse d'art ou de technique, personne ne l'a encore fait. Nous, nous le pouvons.

– Oui ?

– Oui.

– On serait les premiers ?

– Oui.

– Le mausolée de Lénine se reflétera aussi ? Et le Kremlin ?

– Toute la place et certainement le mausolée, les murs du Kremlin, les toits et les bulbes. Une image géante où s'inscrira à jamais la vie du camarade Staline.

– C'est vous qui avez inventé ça ?

– L'an dernier, en réfléchissant à ce que je pourrais réaliser pour le soixante-dixième anniversaire du camarade Staline. J'en ai parlé à l'académicien Pineguine et.

– Qu'est-ce que vous allez peindre, ou graver, ou je ne sais trop quoi, dans ces fresques ?

– Ce n'est pas à moi de le décider, je pense. »

Le crâne chauve luisant de Poskrebychev oscille d'approbation. Dans ses yeux, la surprise est passée. Près de son bras droit deux des téléphones de couleur – le blanc et le noir – clignotent furieusement. Il les ignore. Un rire bref lui ouvre le bas du visage. « Nom de Dieu, Valery Yakovlevitch, en voilà un projet. La colonne vertébrale Staline… Comment avez-vous dit ? “Le surgissement de la longue vie de notre Guide au grand jour de l'Histoire”… Pas mal. Et : “jaillissant de l'obscurité du sous-sol pour livrer aux regards le passé et l'avenir de l'Union soviétique”… Pas mal du tout. Le camarade commissaire Beria a déjà vu vos tests ?

– Non, non ! Personne.

– Personne ?

– Seulement la camarade Moukhina, l'académicien Pineguine et la camarade Vodieva.

– Oh, oh ! La camarade Vodieva : *personne*. Comme vous y allez, Valery Yakovlevitch !

– Je veux dire. »

Mais il ne dit pas, se contentant de rougir. Poskrebychev le réduit au silence d'un petit mouvement impérieux, décroche le téléphone noir, gronde un ordre de patience, fait de même avec le téléphone blanc. D'une astuce savante et pleine d'expérience, d'une seule main il aboute les micros des combinés l'un contre l'autre tandis que de sa main libre il fait signe à Danilov que l'heure du congé a sonné, de petits plis expressifs ondoient son crâne nu, une bien belle femme que la camarade Vodieva, dit-il de sa voix civile alors que Danilov est debout, et un bien ambitieux projet que vous avez là, Valery Yakovlevitch. Digne du fils de la Grande Moukhina. Mais alors que Danilov a déjà ouvert la porte il se ravise : « Valery Yakovlevitch ! Attention à vos yeux. Vous les baissez trop souvent. Le camarade Staline ne se fie pas aux hommes qui baissent les yeux. »

Dehors, sur les marches de la petite maison fourmillante des pouvoirs de Vlassik et Poskrebychev, l'air est transparent comme le souffle d'un monde tout neuf et le soleil grand et beau. Il brille sur la visière de la casquette du lieutenant qui se précipite à la rencontre de Danilov, le salue très militairement, la mine aimable et aussi ingénue que s'ils ne s'étaient jamais rencontrés. « Lieutenant Tchirikov, affecté à votre service, camarade Danilov.

– Mon service ?

– Si vous avez besoin de quelque chose. Et quand vous sortez dans le parc je dois vous accompagner. C'est grand, on s'y perd facilement. Je pourrais aussi vous faire de la compagnie quand vous allez au réfectoire commun. »

Qu'il y ait un rire dans les yeux du lieutenant, Danilov n'en est pas certain. Peut-être seulement de la moquerie dans son ton.

« Ordre du général Vlassik », précise Tchirikov.

Tout autour, pour la première fois, Danilov peut admirer la splendeur du parc du Palais Likani – pins, mélèzes, thuyas et cèdres bordant les allées en arabesques et, on le découvrira plus tard, des bassins aux formes étoilées, aux margelles de briques vernissées, des bancs de pierre et de bois, des gloriettes et alcôves de nature, une roseraie hélas peu entretenue ainsi qu'une piscine d'eau soufrée surmontée d'une arachnéenne toiture de serre – verts touffus mais aussi ocres et jaunes automnaux des frênes, chênes, fayards ou tulipiers géants moutonnant jusqu'aux crêtes environnantes. On imagine sans peine les fantômes aristocratiques de l'ancien monde allant et venant dans ces allées de gravier rose, désinvoltes, un livre ou un carnet d'aquarelle à la main, accompagnant leur promenade de pensées riches et peut-être nostalgiques, ou à l'occasion d'une compagnie plaisante et rieuse, il se peut désireuse et sensuelle, tout ce monde peuplant l'oisiveté avec une moisson de petits riens.

« Mais là, maintenant, camarade Danilov, dit Tchirikov, je dois vous raccompagner à vos quartiers. Je veux dire : là où on vous loge, dans la remise. » De son doigt ganté il pointe une tour à peine visible du palais à l'extrémité d'une enfilade de thuyas. « Le Généralissime se repose encore. Tant qu'il n'est pas debout, il n'y a que les hommes de garde à être autorisés à traîner dans le parc. »

7

Le ciel est blanc, la terre noire ou d'un gris qui semble tourner à l'orage. Les sabots du cheval soulèvent une folle poussière. On la voit s'élever du chemin, de la plaine, voler par-dessus les arbustes rabougris, se mêler aux courbes lointaines des montagnes où s'appuie l'horizon.

Le cheval va au pas, le cavalier se dandine, tête et épaules roulant de-ci de-là de même que sa couverture sanglée sur les fontes. Ce cavalier, on sait qui il est. Un homme de longue route, venu de loin et que rien n'arrêtera jamais. Pas même le vide retenu par l'horizon.

La plaine est immense et pauvre. Ici pas de forêt, aucune luxuriance. Ce n'est pas une steppe pour autant. Ni un désert. Tout est inconnu et cependant reconnaissable. Le chapeau du cavalier ne convient pas plus au pays qu'à l'homme et cependant il lui est naturel.

Car le cavalier, l'homme, c'est nous.

Moi.

Secret de polichinelle. Comédie de la surprise depuis la première image apparue. Impossible de savoir ce qu'il y a de vrai là-dedans. Un décor aussi cendreux qu'une vieille archive. Un décor de farce qui s'écarte au fur et à mesure que le cheval avance, comme si le temps ne s'écoulait plus au sol mais seulement tombait, ici et là, pareil à une pluie de petits papiers.

Il n'empêche, le cavalier, on sait la tête qu'il a. Sous son chapeau, on la reconnaîtrait. S'il est quelqu'un que l'on doit savoir reconnaître, même à l'ombre d'un chapeau qui ne vous appartient pas, c'est bien soi-même.

On en aurait la confirmation en faisant face à l'homme et sa monture. On y parviendrait d'un bon coup de reins. Un bond en avant. Un élan, un effet de la volonté. Quelque chose comme un vol. Posséder des dons qu'on s'ignore et hop, voilà, c'est fait : on est allongé sur un lit blanc dans une chambre verte aux murs brillants comme de l'eau. Pour le reste, tout est blanc. Les draps, l'air, soi-même. Blanc jusqu'à la transparence. Le grand mensonge de la transparence. Nadia. Nadejda Allilouïeva aux long nez, grandes joues, lèvres épaisses qui ne supportent ni les grands froids ni le sec. C'est bien elle. Nadia au front de fille à fureurs. On ne l'avait pas vue depuis longtemps mais elle a toujours ce même air de vague reproche, de rage qui fermente sous le regard. Toujours prête à exploser même dans son sourire. Il serait peut-être temps que tu changes de tête, tu ne crois pas ?

Pas question. Elle ne veut rien entendre. Sourde, même quand on la faisait danser. Aussi sombre que si elle n'avait plus de visage, seulement un chapeau bolchevique, la bouche recouverte d'une voilette bourgeoise, regarde, dit-elle en nous scrutant le ventre. On voit ce qu'elle voit : nos entrailles ouvertes rouges dégoulinantes de sang avec quelque chose dedans dont il faut se débarrasser.

Quelque chose en trop. On est venu pour ça.

Quoique incapable de faire un geste.

On ne sait même plus où on a les bras. C'est elle qui y plonge les mains aussi bien que s'il s'agissait de nos mains. On sent le gluant et le tiède qui les enveloppent. Elle prend ce qu'il faut prendre et le porte dans son ventre tout aussi fendu béant et maintenant elle a un ridicule petit pistolet dans sa paume de sang dégoulinante, pour une fois elle rit, elle plaisante la bouche pleine de reproches, tu mens tout le temps, mon petit chéri, à ma mère aussi je m'en souviens, des mensonges à chaque mot, c'est tout ce que tu sais dire, Iossif ! crie-t-elle avec le visage de Nadia, la fureur de Nadia et cette manière de Nadia de se tortiller quand il la baise, de geindre comme au supplice pour ne rien montrer de son plaisir, de fermer les paupières en ne lui laissant rien voir, tu peux raconter ce que tu veux, dit-elle alors qu'on voudrait encore se balancer au pas du cheval, être un inconnu qui s'éloigne indifférent sous son chapeau naturel, qu'on cherche à retrouver la volonté, le don de bondir et de voler, mais rien ne se passe, voilà, tu l'as voulu, dit-elle en laissant voir sa poitrine nue de femme de trente ans et BANG ! À l'emplacement du cœur, juste au-dessus de son mignon téton, il y a un trou pas plus grand que le petit doigt. Nadia, qu'est-ce que tu as fait ?

Au réveil, l'image de l'orifice du suicide dans le sein de Nadejda Alliloùïeva – Nadia !… Ma Ninotchka, *ô ma Souliko !* – emplit encore la cervelle de Iossif Vissarionovitch. Image aussitôt remplacée par celle du cavalier dodelinant s'éloignant s'échappant dans ce puits minuscule de sang noir ainsi que dans les fausses nuits du cinéma impérialiste de Hollywood le héros de l'Ouest quitte le désastre des villes pour le désert de sa destinée.

Pas la première fois qu'on rêve de ces types qui s'avancent seuls dans le désert puis accomplissent leur affaire qu'il brûle ou qu'il gèle et s'en retournent au pas tranquille de leur cheval. Rien jamais ne les retient. Ni les femmes, ni les morts, ni les amitiés. Pareils à des fantômes tout-puissants ils sortent du rien et s'y replongent pour rôder dans nos rêves et prendre nos visages.

Mais enfin les yeux se réhabituent à être de vrais yeux. Voient ce qu'il y a à voir. Une fente de pur soleil entaille les rideaux, ruisselle sur le bois verni d'un petit bureau, dessine l'ombre d'une bibliothèque, d'un fauteuil de lecture, d'un doute. Où est-on ?

Palais Likani.

La Vodieva, les eaux de Borjomi.

Voilà, la mémoire est de retour.

Même ce que l'on fait ici, le projet de monument d'éternité de Beria pour le Généralissime Staline, tout revient.

Presque tout. Pourquoi on se réveille dans ce bureau, par contre, on ne le sait pas.

Le voyage en train, le cognac et la tenue de nuit de la Vodieva – *Et que faire de la nuit avec une femme en tenue de nuit ? – Tout ce qu'on veut* – on s'en souvient. La lecture de Pouchkine et l'endormissement sur le divan de la petite chambre, on s'en souvient aussi. Comment on est arrivé dans ce bureau pour finir la nuit – commencer le jour serait plus juste – sur ce divan, ça, on ne sait pas.

Sur nos pieds, probablement.

Sans avoir quitté la chemise et le pantalon de la veille. Sur nos pieds et en somnambule.

Ce qu'on a pu faire d'autre en somnambule, va savoir.

Ce qui ne réconforte pas.

Quand on se lève – corps lourd et fripé autant que les linges trop longtemps portés – pour s'assurer que la porte du bureau est fermée à clef, constater qu'elle l'est n'est qu'un demi-soulagement. Pas plus que du reste on ne se souvient d'avoir tourné cette clef.

Mais après avoir tiré les rideaux et inondé la pièce de lumière pour voir l'heure sur la petite horloge du bureau, ce qui revient – avec une si grande netteté que les aiguilles du cadran carré blanc en sont soudain effacées par les images du souvenir – emplit la mémoire tout autant qu'un rêve, c'est que l'année 1921, avant de venir séjourner ici à Likani avec Nadia et le bébé Vassili, on était bel et bien dans une chambre d'hôpital où on avait failli y passer – « *Opération de l'appendice tardive et difficile, importante colectomie, pronostic favorable incertain.* Signé : *camarade docteur V. Rozanov* » – Ilitch aux petits soins, faisant la leçon aux médecins pour que le camarade Staline soit soigné *avec le plus grand pouvoir de la science*, faisant la leçon à tout le Politburo pour que le camarade Djougachvili-Staline ne soit fatigué sous aucun prétexte – *Cette fois c'est le repos complet pour le camarade Staline, repos, repos, repos et loin de Moscou, dans le Sud dès qu'il pourra voyager, on ne plaisante pas avec ça, je ne vous laisserai pas recommencer vos folies, Iossif Vissarionovitch, repos et rien d'autre, j'ai besoin de vous, et comment, vivant !* – faisant la leçon à Nadia tout juste sortie de ses couches. Nadia qui s'amuse, qui raconte qu'ils ont tous les deux perdu un morceau de leur ventre, elle son Vassili et lui son appendice. Nadia caressant sa cicatrice écarlate en demandant : *Iossif, tu as voulu faire comme les femmes des contes de sorcières ? Te sortir un bébé par le nombril ?*

Nadejda Allilouïeva pas encore une folle qui se troue la poitrine en hurlant des insultes.

Des années qu'on n'a pas rêvé de Nadia. Des années.

Quoique, en y repensant, on ne soit plus si certain qu'elle se soit troué la poitrine. Peut-être était-ce une balle dans la tempe.

Les souvenirs ne sont que du sable sous la tempête du présent, a dit un poète. La vérité, c'est que l'homme est traître par sa mémoire avant de l'être par le cœur.

Au premier tour de robinet la tuyauterie de la salle de bains entame son chant puis sa clameur. Chemise ouverte sur son tricot de corps, Iossif Vissarionovitch s'asperge le visage d'eau froide. Beaucoup d'eau, beaucoup de fraîcheur. Bien-être du ruissellement glacé sur le front, les joues de barbe grise, les paupières trop froissées – il fut un temps, en Sibérie au début du siècle, où le camarade Koba Djougachvili pas encore Staline était capable de plonger entre les croûtes de glace pour se purifier de la fiente des jours, de cela aussi il se souvient – inondant sa vieille chair jusque sous le coton du tricot, frais ruissellement de la pureté ainsi que dans les vieux rites de baptême et résurrection.

Le vacarme de la plomberie ne dure pas longtemps avant que Lidia Semionova frappe à la porte. Elle s'inquiète. Elle veut savoir si tout va bien.

Dans le reflet du miroir au-dessus du lavabo, l'homme fripé et ruisselant hésite à répondre. Eau glacée ou pas, il n'est toujours qu'un vieux au réveil de sa vingt-cinq mille neuf cent deuxième nuit – selon la date officielle de sa naissance à laquelle il faut, dans la vie réelle, rajouter une année – rien d'un Généralissime. Mais la Vodieva, ayant pour ainsi dire fait resplendir les pétales de sa jeunesse au temps où Ilitch se pissait dessus avec des yeux d'assassiné, en a vu d'autres. « Iossif, demande-t-elle encore, ça va ? »

Il répond que oui, ça va, se décidant enfin à réduire au silence la tuyauterie. « Ça va. »

Quand il ouvre la porte, Lidia Semionova apparaît dans une robe de chambre de velours noir un peu lâche. Dessous, entre les bâillements des revers, se devine la tenue de nuit. Et aussi une tiédeur, un écho de sommeil. Elle cherche son regard, ignore l'usure du reste. En guise de bonjour, avec cette distance qu'elle sait conserver en toute occasion, elle cueille la main droite humide de Iossif Vissarionovitch. La porte à ses lèvres, y boit dans un baiser léger les perles d'eau éparpillées sur les tavelures du temps.

« Quel vacarme que cette plomberie », dit-elle en lui rendant sa main. Elle ajoute, comme si elle avait lu dans ses pensées, qu'elle n'a ouvert les yeux qu'un peu plus tôt. Mais impossible d'aller à la salle de bains sans le déranger. « Je te croyais toujours dans ta chambre. »

Il marmonne qu'il vient de se réveiller dans le bureau. « Comment j'y suis arrivé, je ne m'en souviens pas. »

Elle s'en amuse. Elle assure qu'elle a dormi comme une enfant et ne l'a pas entendu quitter la chambre. Vrai ou faux, ce ne sont pas ses yeux qui la trahiront.

Elle dit encore que de toute façon, avec le boucan de la plomberie de cette salle de bains, pas question de faire sa toilette sans ameuter tout le palais. Elle serre la robe de chambre autour de son buste, en marque les formes, esquisse, moqueuse, une danse des hanches.

« Le résultat, c'est que je me prélasse dans mes toilettes comme une bourgeoise décadente. Ou pire. »

Il ne cède pas à la provocation, attrape une serviette, s'essuie le visage, le cou et les avant-bras encore humides. « Viens, dit-il en retournant dans le bureau, viens voir. J'ai quelque chose à te montrer. »

Iossif Vissarionovitch ouvre les rideaux en grand, laisse entrer le soleil, fouille dans les dossiers empilés la veille par Poskrebychev sur le petit bureau. D'une chemise cartonnée gris souris il tire une page de magazine aux angles froissés. L'une des faces est tout entière occupée par une photo. Il la tend à Lidia Semionova, désignant le divan où se devine encore la forme de son corps. « Regarde ça. »

Au premier coup d'œil, elle voit ce qu'il y a à voir. La photo montre, recouvert d'un majestueux kilim, un confortable divan poussé contre un mur tendu, en guise de dossier, d'un second kilim aux mêmes motifs géométriques. Et, oui, cela crève les yeux, cette image est en tout point identique au divan très réel où Iossif vient d'achever sa nuit. Même taille, même rouleau d'appuie-tête. Surtout, mêmes kilims de la couche et du mur, les motifs géométriques – fleurs stylisées, chemins, étoiles, arbres de vie aux branches rouges, bleues, noires ou blanches – si parfaitement semblables que leurs plis ondoient, dans l'image comme dans la réalité, d'un unique reflet mordoré de laine mêlée de soie. Tout au plus trois coussins supplémentaires – deux de velours rouge, le troisième jaune moutarde – sont-ils éparpillés sur le divan de la photographie bénéficiant d'une lumière rasante, voilée, comme luxueuse, tandis qu'ici le soleil de ce midi de novembre envahit la pièce avec la brutalité des évidences.

« Ah, fait Lidia Semionova, c'est amusant. »

Iossif Vissarionovitch allume sa première cigarette du jour, expire la première bouffée, retire la page de la revue des mains de Lidia Semionova. De ses deux doigts serrés sur la cigarette, il tapote l'image, parie que sa Lidiouchka ne devinera pas d'où vient cette photo. Non bien sûr, elle ne peut deviner.

Le Grand Charlatan viennois, glousse-t-il. Le divan de sa maison de Londres où ses pigeons s'allongeaient pour débiter leurs rêves et leurs foutaises névrotiques de bourgeois repus. « Trouvé ça dans une revue des Anglais rapportée par Molotov, dit-il encore, froissant la page de l'image pour la fourrer dans la poche de son pantalon. Staline dort sur le divan du Charlatan. J'en connais à qui ça plairait de l'apprendre. »

Il va jusqu'au divan, s'y allonge, s'y cale confortablement, ferme les paupières, tire sur sa cigarette. Des rêves, dit-il, il en fait lui-même des quantités en ce moment. Pas de nuits sans rêves, et de toutes sortes, les plaisants et les autres. Par exemple tout à l'heure, quand il s'est réveillé sur ce divan, il se croyait en Sibérie, au-delà du cercle polaire, s'échappant à cheval de ce trou perdu de Koureïka où le laissaient pourrir les sbires des Romanov. Une mer de glace pendant dix mois, les moustiques pendant un été de trente jours. Des jours sans jour et des nuits blanches qui vous rendaient fou. Là-bas, les plus durs se donnaient la mort ou crevaient de phtisie. Nom de Dieu, si seulement dans la réalité comme dans le rêve il avait eu un cheval pour s'échapper. Quarante ans de ça et il en rêve encore. « Qu'est-ce qu'il en aurait dit, le Charlatan viennois ? »

Il rouvre les yeux, tourne la tête pour observer Lidia Semionova comme si elle allait lui donner une réponse. Bien sûr que non. Elle n'a rien à répondre. Elle supporte son regard, va s'asseoir sur le fauteuil de lecture sans rompre le silence autrement que par les frottements de sa robe de chambre contre le bois du siège et la chair de ses cuisses.

Iossif Vissarionovitch approuve d'un grognement. Yeux clos, il tire une longue bouffée de tabac – depuis quelques mois, il le constate chaque matin, mieux vaut une cigarette qu'une pipe pour commencer la journée, se faire la langue avant d'avaler quelque chose ; une manière de légèreté, de vivacité, sans compter les gencives moins douloureuses, c'est toujours ça de mieux – l'expulse dans un soupir puis se redresse avec cette rudesse qu'il aime encore mettre, de temps à autre, dans ses coups de reins. Les paupières mi-closes dans le chaud soleil, il déclame à voix basse :

« "L'école du psychanalyste viennois considère que les forces motrices des processus psychiques les plus complexes et les plus délicats s'avèrent être des nécessités physiologiques. Cette école est matérialiste, si l'on écarte la question de savoir si elle ne donne pas une place trop importante au facteur sexuel au détriment d'autres facteurs..." Qui a écrit ça, camarade Vodieva ?

– Aucune idée.

– Allons donc !

– J'ai une mauvaise mémoire.

– On a tous une mauvaise mémoire, ma Lidiouchka. Et moi, je sais que je peux compter sur la tienne.

– Le camarade Staline a banni certains souvenirs et certains noms des esprits soviétiques sincères.

– Tu vois que tu t'en souviens. Ne fais pas l'enfant. Tu ne risques rien puisque c'est moi qui le demande.

– Discours de Trotski, "Culture et socialisme", février 26. »

Il rit, applaudit doucement avant d'écraser le mégot de sa cigarette dans le cendrier près du divan.

« Je savais que tu n'avais pas oublié.

– Tu m'as dicté ta réponse : "Le marxisme est incompatible avec les conjectures décadentes fantasmatiques et individualistes d'une identité psychique fondée sur une représentation des moteurs intimes de l'homme échappant aux forces sociales du matérialisme historique…"

– "… En conséquence, sauvons le camarade Trotski de Trotski. La révolution bolchevique ne s'accomplit pas par la floraison d'un aventurisme gauchiste petit-bourgeois mais par la naissance irrémédiable d'un homme nouveau…" Tu parles si je m'en souviens. Il savait qu'il n'en avait plus pour longtemps, le Lev Davidovitch Bronstein. Il lâchait ses pétards de dandy de la cervelle comme un ânon pose ses petites crottes à côté de celles de maman.

– À chaque phrase que tu me dictais, tu voulais absolument que je comprenne ce que j'écrivais. Tu n'arrêtais pas de me demander : *Est-ce que je dicte à une machine, camarade Vodieva, ou ai-je affaire à un cerveau ?* Je tremblais comme une feuille. J'avais tellement peur que tu me trouves idiote que j'en avais mal au ventre.

– Tu ne l'étais pas.

– J'étais bien trop jeune pour m'en rendre compte.

– Et trop belle pour qu'un bolchevik honnête te le dise. Viens t'asseoir près de moi, ma Lidiouchka. »

D'une main, Iossif Vissarionovitch tapote la fleur de kilim à côté de lui tandis qu'il tend l'autre vers Lidia, qui se lève, partage son sourire, s'assoit et conduit sans le moindre embarras les vieux doigts sur ses cuisses dénudées par la robe de chambre. « La première fois où la Fotieva t'a envoyée vers moi, je m'en souviens, dit Iossif Vissarionovitch en observant sa vieille main caresser la chair claire et chaude. Elle t'avait donné un petit billet : "*Lidia Semionova est une perle. Tous les reflets de sa nacre sont sincères. La confiance que vous avez en moi, camarade Staline, vous pouvez la mettre en elle. Son patronyme de Vodieva, avant longtemps, vous pourrez le confondre avec le mien.*"

– Fotieva était un peu folle. Mais pour toi, elle le serait devenue plus encore.

– Non, elle n'était pas folle. Elle savait très bien ce qu'elle faisait. Ilitch, qui ne pouvait même plus dresser son petit doigt, voulait absolument coucher avec elle. La Kroupskaïa crachait ses flammes d'épouse dragon. Elle les surveillait comme le lait sur le feu. Pas question que la Fotieva puisse me confier toutes les saloperies qu'Ilitch écrivait sur moi. La Kroupskaïa aurait sonné le tocsin et je me retrouvais avec la meute des nains sur le dos. Mais elle t'a dénichée, mon petit oiseau du paradis. Et, toi, tu m'as sauvé.

– Sauvé ? Moi ?

– Oui. Tu le sais très bien. Sans toi, Staline n'aurait jamais existé.

– Sans moi, tout aurait été pareil.

– Ça fait combien de temps ? Trente ans ?

– Que l'on s'est rencontrés pour la première fois ? Pas tant. Seulement vingt-sept. Août 1923.

– Vingt-sept ans ! Qui aurait cru alors que nous serions là tous les deux, comme ça, aujourd'hui ? Regarde tes cuisses, comme ta peau est belle sous ma main de vieux. Tant d'années et tu n'as pas perdu ta nacre, ma Lidiouchka.

– Tant d'années et juste assez pour que je te connaisse un peu, camarade Staline. Quand tu fais le flagorneur avec une femme, c'est que tu as quelque chose à demander. Comme si tu en avais besoin ! »

Sans quitter Iossif Vissarionovitch du regard, sous la vieille paume hésitante, Lidia Semionova écarte les cuisses. Doucement, elle offre un chemin d'humide tentation aux doigts aventureux. Mais non, ce n'est pas ce que veut Iossif Vissarionovitch. Un petit rire, un froncement de sourcils, sa main plonge dans sa poche, en retire la feuille froissée de la revue. Il la déplie pour y mettre le feu au-dessus du cendrier avec son briquet. Lorsque l'image du divan se contorsionne sous la flamme gorgée d'encres colorées, il dit : « Dès que j'ai vu cette photo, j'ai pensé au divan de ce bureau. Va savoir pourquoi il m'est resté en tête. Mais j'y ai pensé. Et j'ai pensé à toi, ma Lidiouchka. Je veux qu'on joue au jeu du Charlatan viennois, toi et moi. »

Voilà comment les choses allaient se passer.

De temps en temps, pendant ces quelques jours à venir dans ce palais, ils allaient s'enfermer dans ce bureau – elle et lui en fin de journée, au crépuscule, ce serait un bon moment, sans rien ni personne qui les dérange, à moins que ce ne soit mieux au lever, comme maintenant, plus facile alors de se souvenir des rêves de la nuit, ou même la nuit, qu'est-ce que tu en penses, de la nuit, quand le sommeil ne vient pas ni les rêves, pourquoi pas ? – lui s'installerait comme il se doit sur le divan et elle dans le fauteuil de lecture. Il leur faudrait suivre la procédure si possible, à elle de pratiquer les recettes du Charlatan, sa soi-disant technique d'interprétation des rêves, de lire ses élucubrations – ma Lidiouchka, tu me les liras comme tu me lis les merveilles de Pouchkine – tandis qu'il se souviendrait de ses histoires de la nuit. Voir un peu à quoi peuvent ressembler ces « forces motrices des nécessités physiologiques », comme disait le non-regretté camarade Trotski. « Qu'est-ce que je risque à faire le rigolo avec toi, ma Lidiouchka ? »

Et comme Lidia Semionova se tait, ne bouge pas, il fronce le sourcil :

« Ça ne t'amuse pas de jouer au Charlatan viennois avec moi ?

– Je ne sais pas encore.

– Imagine la tête de Beria et Malenkov s'ils l'apprenaient. Rien que ça, c'est un plaisir.

– Je ne suis pas sûre.

– Mais si. Et il n'y a qu'avec toi que je peux faire ça : tu sais déjà tout de moi.

– Bobard. Je ne sais rien de toi.

– Staline ne ment jamais, camarade Vodieva. Tout ce qui compte de la vie de Staline, tu le sais. Et depuis longtemps. »

Lidia Semionova sourit avec quelque chose de maternel qui ne l'amuse pas. Il demande : « Tu as peur ?

– De quoi ?

– D'entendre mes rêves.

– Les rêves des autres ne font pas peur.

– Bien dit. »

Il guette son visage. Pour rien. Si peur il y a, elle saura n'en rien montrer. C'est cela, plus encore que ses cuisses nues et à portée de main, qui la rend si désirable. « Il y avait deux ou trois coussins de plus sur le divan du Charlatan, dit-il. Deux rouges et un jaune. Débrouille-toi avec la Rumichvili pour en trouver de pareils. »

Elle approuve d'un signe. Il demande :

« Elle te fait la guerre, la Rumichvili ?

– Depuis le premier regard. Si elle peut, elle mettra du poison dans mon thé. »

Il rit de bon cœur, dit que c'est bien possible. Une Rumichvili, c'est précieux : le genre de femme capable d'accomplir un crime parfait. Il ajoute que Poskrebychev a oublié aussi un gramophone. « Qu'on puisse écouter un peu de musique. Tu demanderas ça au balafré, le capitaine Dovitkine. Un débrouillard. »

Se levant, s'écartant du divan, Lidia Semionova dit que Poskrebychev est venu il y a peu s'assurer que son Patron dormait toujours et pouvait se passer de lui. « Il a laissé des dossiers dans ta chambre et moi je t'y ai préparé du linge propre. »

Iossif Vissarionovitch l'observe tandis qu'elle joue la secrétaire-épouse, déclare qu'il est temps maintenant d'aller faire un peu de toilette, s'accompagner du chant de la plomberie en guise d'opéra. Qui le premier ? Toi ou moi ? demande-t-elle. Et comme il hésite, garde l'œil mi-clos sans se décider, elle sourit. Un grand sourire moqueur comme elle savait avoir déjà dans ses vingt ans. « Moi d'abord, suggère-t-elle. Tu veux regarder ? »

8

Tant d'années et tu n'as pas perdu ta nacre, ma Lidiouchka.

La femme – couverte seulement d'un corsage de popeline pourpre soyeuse grand ouvert sur sa chair et ses sous-vêtements blancs – qui repense à ces mots de vieux dragueur se sourit dans le miroir de la coiffeuse. Mensonge. Usure de la nacre. *La vérité du mensonge*, dit Iossif Vissarionovitch, *voilà ce qu'il reste d'un visage quand l'âge commence à le manger.*

Dans la salle de bains, la clameur des tuyauteries s'est tue. Le camarade Staline a rejoint Poskrebychev au rez-de-chaussée. La pensée qu'il emporte avec lui pour sa journée de Généralissime – dévorant les brioches et petits pains confectionnés par la volière hystérique des cuisinières et couvé par la Rumichvili, déplaçant les rubans rouges et noirs sur le front de la Corée, marmonnant sur les télégrammes, les rapports et les chuchotements de ses serviteurs dévoués – son regard sur elle nue, savonneuse, ruisselante, n'est pas déplaisante.

Tant d'années et tu n'as pas perdu ta nacre, ma Lidiouchka.

Janvier 1923. Elle porte un petit chemisier de coton blanc que sa mère a retaillé dans une chemise désormais inutile de son père. Elle est maigre jusqu'aux os.

Elle a toujours froid. Malgré sa ferme et toute fraîche poitrine, les hommes et sa mère la prennent encore pour une adolescente. Elle l'est. Après la mort du camarade commissaire Semion Vodiev, héros de la guerre de l'été 1920 contre la Pologne éternelle ennemie de la naissance bolchevique, sa mère a obtenu deux chambres dans une maison de bois, à Gorki. Un soir de grand gel blanc, la Fotieva, grande amie révolutionnaire de sa mère, est arrivée de l'autre bout de la ville. Chuchotements interminables entre les deux femmes. Réfugiée dans la chambre, l'adolescente Lidia lit des poèmes de Pasternak – « Les étincelles volaient, s'éteignant en tombant. / C'était un jour prodigue ; sur la fraîcheur des pépinières / Filaient des nuages et le rétameur était content que les femmes / En ce monde possèdent tant de lames » – pour ne plus entendre leur ronronnement. Puis sa mère et la Fotieva sont là avec des sourires de maquerelles. La Fotieva dit : « Lidia, tu es une femme et une bolchevik. Ce que tu vas entendre, il n'y en a pas quatre qui le sauront dans toute la Russie. Et de l'entendre, c'est ta vie qui va changer. Tu ne seras plus jamais la même. Tu appartiendras à la Révolution. Tu en es digne, tu as fait des études, tu es courageuse et débrouillarde. »

La grandiloquence de la Fotieva – petite, ronde, cheveux blonds bouclés, les lèvres toujours brillantes, prometteuses, l'œil de pierre et le cou serré dans des cols purs, sans bijou jamais, le pli de sa poitrine parfois s'agitant entre les boutons de ses blouses à fleurs – roule et s'embrase dans sa bouche et ses yeux comme de l'alcool aspergé sur le clinquant des mots.

Elle va jusqu'à la fenêtre, tire les rideaux, regarde la nuit, demande à la mère de Lidia de porter du thé brûlant aux deux hommes qui l'attendent dans l'entrée de la maison. La mère obéit. La Fotieva prend un ton de conspirateur. Ces deux jeunes types, en bas, c'est la Tcheka. Où qu'elle aille, ils l'accompagnent. Pour la protéger mais aussi pour la surveiller. C'est comme ça, c'est normal. Quand tu te mets en marche avec les grands chefs, dit-elle, plus question de changer de chemin. Tu t'uses les pieds jusqu'au sang. S'il le faut, tu avances sur les genoux. La seule façon de s'arrêter, c'est de mourir. La lutte pour la nouvelle vie est sans pitié. Tu me comprends ? Ton père est mort pour cette justice-là. L'héroïsme bolchevique. Vivre en faisant de notre vie une semence pour les lendemains. Et pour nous, les femmes, pas seulement en écartant les cuisses. Tout ce qu'une vraie bolchevik accomplit est l'œuvre de sa tête et de son courage. Elle n'obéit pas à son corps, elle le dompte et l'offre à la grandeur de la lutte. « Tu me comprends ? Tu es avec nous ? Tu sauras tenir ta langue ? Je continue ?

– Oui, tu continues. »

Elles entendent la mère quitter la cuisine, descendre l'escalier de bois avec le plateau de thé pour les tchékistes. La Fotieva s'incline, attrape Lidia, la serre contre sa grosse poitrine. Vladimir Ilitch Lénine va mourir, chuchote-t-elle. Depuis l'attentat d'août 18, il vit avec dans la tête une balle qui l'assassine à petit feu. On a eu beau calciner jusqu'aux entrailles cette meurtrière de Kaplan, elle achève son meurtre depuis l'enfer.

Désormais, autour de Lénine, c'est la bagarre. Il en est une qui veut tout détruire : la mémoire, le présent, le futur, l'héritage d'Ilitch, son œuvre même. C'est la Kroupskaïa, son épouse. Elle me hait, dit la Fotieva. J'ai besoin de quelqu'un comme toi pour passer des messages au camarade Staline. Moi pas question, la

Kroupskaïa m'a trop à l'œil. C'est tout ce que tu auras à faire : porter des messages au camarade Staline – elle dit : nous, on l'appelle Koba, c'était son nom de révolutionnaire, tu l'entendras, ce nom, dans la bouche des anciens de Petrograd : Koba ; mais pour toi ce sera camarade Staline – des messages et rien d'autre, et les lui remettre en main propre. Des amis de la Tcheka te protégeront. « Personne ne doit savoir. Ta mère, je lui ai raconté une autre histoire. Attention, dit-elle encore. Là-haut, chez les grands, il n'y a pas de pardon possible pour les fautes et les trahisons. La Révolution n'a que cinq ans. C'est une fille bien-aimée qui peut encore attraper toutes les maladies. » Sans surprise, la Fotieva mentait. Il y avait bien autre chose à faire que de prendre le train avec des billets secrets roulés sous sa jupe.

Lidia découvre le vrai petit à petit. Le camarade Staline n'est pas plus grand qu'elle, seulement deux fois plus large et deux fois plus âgé. D'une laideur particulière, d'une sauvagerie qu'on ne perçoit que chez les animaux abandonnés. Son corps est une masse compacte d'assurance et de défiance qui pue le tabac. Sans montrer la moindre conscience de sa présence, il saisit le billet qu'elle lui tend. Il lit et relit. On pourrait croire qu'il sait à peine déchiffrer quoique l'écriture de la Fotieva soit aussi limpide que celle d'une institutrice. Il relève le front, fait face à la messagère. Il laisse apparaître un autre Iossif Vissarionovitch. Ses iris dorés jettent des étincelles semblables aux étoiles des rétameurs du poème de Pasternak. Des étoiles qui savent ne pas tomber. Le sourire dévoile la moquerie de ses dents si blanches sous la moustache qui prend alors des allures d'ailes. Sa voix, quoique toute basse, résonne contre la fragile poitrine de Lidia. Il dit : « Tu peux retourner à Gorki et annoncer à la camarade Fotieva que je suis content de son choix. »

Un, deux, trois voyages. Presque tous les dix jours. Janvier, février. Vladimir Ilitch Lénine vitupère sous la neige de Gorki. La Tcheka change de nom, devient la Guépéou. Les hommes qui protègent Lidia sont les mêmes. Elle ne leur adresse pas un mot et si possible pas un regard. Une routine. Le camarade Staline prend ce que la Fotieva lui envoie, ignore la messagère. Pas une fois il ne prononce son nom. Quand il achève sa lecture, il lève la main, dit qu'elle peut y aller. « Ça va, rentre. » Sa voix n'est plus si basse, plus si frappante contre les seins jeunes qui patientent.

Le 9 mars, le cœur du Père de la Révolution cesse de battre. Dix secondes d'immobilité, puis la mécanique diastole-systole recommence. Bancale mais suffisante pour pousser Vladimir Ilitch dans le nimbe doré des morts vivants. Une tête d'épouvantail, une bouche de singe muet. La Kroupskaïa se démène. La Fotieva est la plus rapide. Lidia quitte Gorki le soir même. Une enveloppe épaisse comme une main glissée sous ses chandails, elle arrive à Moscou avec le train de marchandises de deux heures du matin. Il fait un temps terrible, hachuré par une pluie de glace. Les hommes de la Guépéou ont trouvé une voiture à la gare. Ils proposent de l'emmener jusqu'au Kremlin. Elle ne tourne même pas la tête vers eux. Ils la suivent au pas, et tant mieux. Sans les phares de leur voiture, elle ne saurait même pas où mettre ses pieds glacés. Au Kremlin, elle apprend que le camarade Staline n'est pas dans son bureau ni son appartement privé mais à la datcha de Zoubalovo, hors de Moscou. Cette fois, elle accepte la voiture de la Guépéou. Elle se fait déposer à l'entrée du petit bois qui protège les datchas du Politburo des regards. Elle patauge si loin dans la boue qu'elle y abandonne une chaussure. Les hommes de la Guépéou la suivent encore, sinon elle ne pourrait atteindre la datcha sans se faire arrêter par les soldats de garde qui la prennent pour une folle mendiante.

Nul besoin de réveiller le camarade Staline. Il est là, seul au chaud dans son odeur de tabac et d'alcool, écoutant de la musique d'opéra italien sur un gramophone crachotant. Il ne se montre pas étonné par sa tenue. Quand il se détourne pour ouvrir et lire les documents envoyés par la Fotieva, elle se laisse tomber au pied d'un mur, se recroqueville, serre de toutes ses forces ses bras autour de ses jambes pour calmer ses claquements de dents. Au dos du camarade Staline, elle devine qu'il s'enrage au fur et à mesure de sa lecture. Quand il a fini, il la découvre écroulée, une loque. « Qu'est-ce que tu as ? »

Elle est incapable de répondre, incapable de se relever. Il s'agenouille devant elle, dit qu'elle est bleue, l'agrippe, la soulève comme si elle ne pesait rien. Il la porte autant qu'il la pousse dans une salle de bains aux cloisons de bois et au tub de zinc. Il allume le gaz sous le samovar qui sert de réservoir puis lui verse dessus le premier broc d'eau chaude alors qu'elle porte ses vêtements de glace. Maintenant débrouille-toi toute seule, dit-il, sortant de la salle de bains et laissant la porte entrebâillée.

La brûlure de l'eau la ranime. Plus tard, quand l'eau des brocs ruisselle encore sur sa chair nue, les yeux de Iossif Vissarionovitch y ruissellent aussi. Plus tard, flagorneur comme il aime l'être, il dira : « J'ai reçu la pourriture d'Ilitch servie dans le plus beau des écrins. »

Pour la première fois – il y en aura beaucoup, beaucoup d'autres – il lui demande si elle n'a pas peur. Elle répond qu'il n'y a pas longtemps elle avait peur de mourir de froid. « Plus maintenant.

– Moi, maintenant, je veux tout savoir. Combien de fois Ilitch pisse dans la journée, ce que la Kroupskaïa écrit, ce qu'elle raconte et à qui.

– D'accord.

– Tu ne dis rien à personne. Même pas à la Fotieva. À personne.

– D'accord.

– Tu ne notes rien, tu te souviens et tu me racontes.

– J'ai une bonne mémoire.

– On verra. »

À l'aube, quand il part pour le Kremlin, il lui donne une robe – de sa femme ? – pour qu'elle puisse quitter la datcha et cinq roubles pour qu'elle s'achète ce qu'il lui faut de vêtements avant de retourner à Gorki. Il plaisante en lui tendant l'argent : « Salaire révolutionnaire ! »

Il faudra dix mois pour que cessent enfin les interminables résurrections de Lénine, ses roulements d'yeux, ses hoquets baveux et ses menaces de divinité pourrissante. Un jour, en la regardant se laver, le camarade Staline dira : « Tu es la première femme faite de nacre que je vois. »

Vingt-sept ans de petits et grands mensonges. L'usure de la nacre jusqu'à l'écaille.

Danilov ouvre la porte, ah c'est vous, dit-il. Dans le contre-jour de la remise, la nacre de son sourire brille à peine entre ses lèvres.

Lidia Semionova – vêtue comme la veille : jupe de laine aux mollets, blouse de velours moulante, le châle de l'Oural remplacé par un grand fichu aux motifs d'Orient lointain, d'un tissage plus léger et plus souple, et lui bien sûr, le Valery Yakovlevitch Danilov, portant son pull canari confortable, son pantalon de velours et présentant des prunelles luisantes d'un espoir de caprice ; peut-être Pasternak jeune arborait-il aussi cette mine de ténèbres renfrognée ? – constate que le siège réclamé au capitaine Dovitkine est déjà là, posé à la pointe d'un rai de soleil, à quatre ou cinq bons mètres de l'installation de l'atelier, un fauteuil de cuir astiqué, haut dossier et oreillettes rebondies. Assez imposant pour faire songer au trône d'un Généralissime.

Pour le reste, rien ne semble avoir changé depuis la précédente visite de Lidia Semionova. Les plaques du mur d'acier chromé vierges du moindre essai, aucun mouvement, nulle permutation bouleversant l'ordre des trois cent quarante-huit portraits de Iossif Vissarionovitch – quoiqu'il soit difficile d'en être certain – le matériel sur la table figé dans son attente d'usage et pour ainsi dire sans aucun plaisir de sa fonction. Rien qui évoque le travail, l'excitation, ce désordre prometteur qui fait le charme des lieux artistes. Tout au contraire une atmosphère de morne passivité alors que le soleil de novembre offre un peu de sa lumière d'or à travers les vasistas poussiéreux de la toiture.

Aussitôt la porte refermée sur Lidia Semionova, Danilov constate l'évidence. Elle est seule. Et lui, il ne vient pas ? « Je vais attendre jusqu'à quand pour le voir ? »

Elle ne répond pas, fait sonner ses bottes sur les pavés de bois, effleure le dossier du fauteuil vide – sans doute, durant une ou deux secondes, y imagine Iossif Vissarionovitch, les paupières mi-closes, considérant les essais et propositions du camarade Danilov, l'écoutant sagement sans l'interrompre ni laisser paraître la plus fine parcelle de son avis, comme il aime à faire, ainsi que le chat a plaisir à voir la souris vivre avant de la faire entrer dans son jeu – puis va jusqu'au briska dont les brancards rouges relevés rutilent dans ce jour lumineux ainsi que les cornes d'une gazelle géante. Elle en ouvre la portière, y monte en compagnie d'une chuintante mélodie de ressorts. La voiture se balance sous son poids lorsqu'elle se laisse tomber sur le velours du siège.

« Viens, dit-elle à Danilov, agitant la main, viens t'asseoir à côté de moi. »

L'obéissance n'est pas immédiate. Danilov se dandine un instant dans la tache de soleil, fait ondoyer déformer son reflet dans l'acier du mur-maquette. L'indécision, ou quoi que ce soit d'autre, gonfle sa bouche, lui donne une souplesse féminine. Lidia

Semionova patiente en silence. Quand enfin il fait tanguer la voiture pour s'y asseoir, elle remarque qu'il ne faudrait pas beaucoup d'imagination pour en croire les brancards abaissés et attelés à un lipizzan noir dont on tiendrait fermement les rênes, un fouet long et fin comme on les faisait à l'époque et allez, dia ! dia ! on irait en promenade dans les allées du parc, dans la forêt ou jusqu'aux bains soufrés de Borjomi comme si on vivait dans un autre monde. Quand j'étais jeune, dit-elle encore, il m'est arrivé une fois de faire un trajet de deux jours en voiture à cheval, pas aussi belle que celle-ci, bien moins confortable. Le soir j'étais aussi moulue que si on m'avait battue. C'était en Crimée, en été, le ciel était si bleu qu'on pouvait à peine le regarder. On longeait la mer pendant des heures et le mouvement des vagues rendait ivre. J'avais l'impression que rien n'était très réel, que notre attelage avançait dans une peinture. « Peut-être n'est-ce pas à toi que je devrais dire une chose pareille. »

Elle lui jette un regard moqueur, ajoute plus bas : « Qu'est-ce qui ne va pas, Valia ? Raconte.

– Il ne veut plus me voir ?

– Le camarade Staline ?

– Il est là, je suis là. Il ne me fait pas venir.

– Modestie et patience, camarade Danilov.

– Vlassik et Poskrebychev m'ont interrogé ce matin. Eux, ils savent que je suis là.

– Quelle surprise.

– Ils m'ont envoyé chercher à l'aube. Je venais à peine de m'endormir.

– Tu étais prévenu.

– Vlassik m'a traité comme un. »

Danilov ne précise pas. Ses yeux se fixent sur le fauteuil vide. La langue de soleil – longue lame rectangulaire d'abord puis, les secondes et les minutes passant, se tordant en un trapèze élancé, rampant, la pointe désaxée prenant la forme d'une faux de guillotine – atteint les pieds courbes, la base du coussin, le fauve du cuir s'y réchauffant. Danilov hausse les épaules. Une éloquence facile à interpréter. Un amusement léger sur les lèvres, Lidia Semionova fait remarquer qu'ici les paroles ne portent pas loin. Danilov se décide après qu'elle a posé sa main sur sa cuisse. « Vlassik avait ma bio sous les yeux, dit-il. Il m'a fait confirmer tout ce qu'ils savent. *Répondez par oui ou par non, camarade Danilov, ça ira plus vite.*

– Et alors.

– J'ai dû réciter mon numéro de carte du Parti par cœur.

– Sa routine.

– Vous l'avez déjà dit.

– Par moments, cher Valia, tu n'as pas l'air d'être un garçon aussi intelligent qu'on pourrait le croire.

– Vlassik m'a posé des questions sur vous. Poskrebychev ne l'a pas laissé faire. Il n'était pas dans la pièce mais il écoutait. Quand Vlassik a commencé à me questionner sur vous, Poskrebychev est arrivé comme par hasard. *Cher Valery Yakovlevitch.* Il m'a fait sortir du bureau de Vlassik. Rien du hasard.

– Que voulait savoir Vlassik ?

– Comment on s'est rencontrés. Pourquoi.

– Oui ?

– Pourquoi vous vous intéressez à moi. Ce que vous êtes venue faire dans mon atelier. *Une belle femme, la camarade Vodieva, qu'est-ce que vous en pensez, Danilov ?* Avec ses petits yeux qui disaient le reste.

– Si on a couché ensemble ?

– Pas. Non. Pas directement.

– Tu as rougi comme maintenant ou tu as protesté ?

– Je vous en prie. Vlassik ne plaisantait pas. Il se méfie même de ma mère. Ma mère et Guerassimov. Avec les sous-entendus. Comme si ma mère était la maîtresse d'Alexandre Mikhaïlovitch. Ou même de.

– De ?

– Beria.

– Faux ?

– Ma mère ? Au lit avec Beria ?

– Pourquoi non ? J'ai connu des femmes, de pures bolcheviks au visage de marbre, qui savaient comment rendre des hommes malades de désir. Et d'amour, si l'occasion se présentait.

– Ma mère n'est plus l'amie du camarade Staline ?

– Routine. Quand on s'approche de Iossif Vissarionovitch, personne n'est au-dessus des questions, camarade Danilov. Vlassik fait le méchant, Poskrebychev se réserve le bon rôle. C'est ça ?

– L'admirateur. Analyse des codes réalistes de mon *Ennemi tombant du ciel. Pourquoi ses pieds sont-ils plus grands que sa tête, cher Valery Yakovlevitch ? Ne serait-ce pas le signe de l'*hubris *bourgeois décadent du peintre ?*

– Tu as réussi l'examen ?

– Peut-être. Poskrebychev a fait comme si le projet l'intéressait vraiment. Et alors, c'est lui qui va décider ?

– Valia ! Ne fais pas l'artiste. Ne fais pas le fils de. Iossif Vissarionovitch déteste l'arrogance.

– Je ne suis pas arrogant.

– Alors tout va bien, cher Valery Yakovlevitch. »

Elle a retiré sa main de la cuisse de Danilov, a parlé avec beaucoup de calme, assez pour que vibre dans sa voix une pointe de glace sous la légèreté de l'ironie.

Le silence retombe sur la remise curieusement lumineuse. La lame de soleil illumine désormais tout le cuir du fauteuil où peut-être viendra s'asseoir le camarade Staline. Jusque dans les ombres, le mur d'acier diffuse une onde froide et vive. Danilov fouille la poche de son pantalon, en retire un paquet de Pachka et son briquet. Il met une cigarette entre ses lèvres, comme à contrecœur tend le paquet à Lidia Semionova. Elle dit non merci. Qu'elle ne peut plus fumer ces cochonneries qui vous arrachent la bouche. Elle lui fera goûter des anglaises. Pendant que Danilov allume sa cigarette, elle dit aussi qu'il ne doit pas être choqué en ce qui concerne sa mère. Vlassik adore les ragots. Quand il n'a rien à se mettre sous la dent, il invente. « Tu sais bien comment ça se passe, non ?

– Il y a une chose que vous ne savez pas.

– Plein de choses.

– Moukhina n'est pas ma mère. Elle m'a adopté. Mes vrais parents sont morts dans un accident. Il y a dix-sept ans, j'en avais dix.

– Tu as raison, je ne savais pas.

– Vlassik le sait, lui.

– Bien sûr.

– Je suppose qu'*Il* le sait, lui aussi ?

– Sans doute. Quelle importance ?

– Vlassik s'est étonné que Maman Vera m'ait adopté. *Vous n'aviez pas de grands-parents, camarade Danilov, pas d'oncle, pas de tante ?*

– Tu te souviens de tes vrais parents ?

– Rien. Pas même leurs visages. Quand elle m'a pris avec elle, Maman Vera a déclaré que désormais j'allais devenir un autre garçon, tout neuf. Qu'on n'avançait pas avec le passé. *L'homme soviétique est fait de futur. Le fait historique est une puissance révolue qui n'engage pas le présent*, etc. Tout ce que j'avais dans mon ancienne vie a disparu : jouets, vêtements, souvenirs. Pas question que je garde des photos d'*avant*. Ça n'a pas si mal marché. Je n'y pense plus. Sauf ce matin, à cause de Vlassik. Ma mère c'est elle, la Grande Moukhina. Aujourd'hui, c'est comme si je n'en avais jamais eu d'autre. »

Danilov grimace un sourire, histoire de dire qu'il sait très bien ce que Lidia Semionova en pense, de la grande et pompeuse Moukhina, cette Maman Vera, comme il s'obstine à l'appeler – et aussi un vieux sourire pour cacher le vieux mensonge, le mensonge de tous les mensonges, ranci, enfoui, mensonge de traître, mensonge de menteur, car il est faux qu'il soit sans aucune mémoire ni émotions de l'enfant qu'il fut jusqu'à ce jour d'avril 33 ; comment pourrait-il en aller autrement ; plus d'images, ni de souvenirs de visages, d'odeurs ou de corps, sinon, proches de l'imagination, divagations de réveil, mais peut-être se souvient-on d'une chambre, de l'épaisseur d'un lit, de l'énormité d'un tiroir de commode empli de jouets ou des rires dans des arbres et des heures dans la neige à l'époque des bonhommes à grands yeux noirs, et aussi de l'évier où sa mère, la vraie, l'unique, lavait son corps de gamin dans une eau glacée ; mais ce qui est vrai c'est que les visages, les yeux, les bouches, le goût des peaux et le son des voix de la vie d'*avant* ont disparu à jamais, engloutis à jamais par la constante présence de la Grande Moukhina, par les dizaines et centaines d'images peintes sorties de sa main à lui, le prodige, couche après couche, comme les sédiments ensevelissent les riches stigmates du passé, les effacent, en tuent l'imagination, le mensonge des mensonges, le mensonge qui laisse vivre, sois un homme, Valia, oublie-les – et son sourire Lidia Semionova le lui renvoie, teinté d'autre chose que de son habituelle assurance ironique, devinant la faille, le chaos des hontes sous le charme anxieux de l'animal Danilov. Sa main droite s'envole, effleure la joue mal rasée, vole encore et se pose sur les doigts qui retiennent la cigarette tout juste allumée, la prend entre ses propres lèvres – tant pis pour le goût délicat des anglaises ! – en tire l'âcreté oubliée depuis longtemps, dit en expulsant la fumée râpeuse amère qu'elle connaît Vlassik depuis toujours, en tout cas depuis qu'il est le chien de garde de Iossif Vissarionovitch. Ces entretiens avec les visiteurs du Patron, de son *Khozjaïn*, comme il dit, voilà où est le plaisir de ce tas de graisse et son genre d'humour. Outre les ragots, il n'aime rien tant qu'insinuer un doute. Danilov croit-il qu'elle-même y ait échappé ? Dormir dans une chambre proche de celle du camarade Staline, tu ne peux pas savoir comme ça excite son imagination, dit-elle. « Et Staline le laisse faire, même avec vous ? » s'étonne Danilov.

Ôtant la cigarette de ses lèvres pour la glisser entre celles de Danilov comme on donne la béquée à un enfant, Lidia Semionova a un rire léger, joueur. « Tu approches du haut du ciel, camarade Danilov, dit-elle. Iossif te regarde. Il sait que tu es sur des charbons ardents. Il veut voir comment tu supportes la brûlure. Tu connais l'histoire de ce prince de Kiev qui autrefois laissait venir à lui ses chevaliers sur un tapis de braise ? C'est pareil. »

Quand elle se tait, Danilov écrase le mégot contre sa semelle, le jette loin sur les plots de bois du plancher, repousse la portière et se jette hors de la voiture

– grincements, déhanchements violents, voire agressifs, du briska, comme on balance un coup de savate dans tout ce qui se trouve à portée pour se passer les nerfs, crier au monde qu'il nous emmerde, que ça va bien comme ça – mais avant qu'il prononce un mot Lidia Semionova dit : « Viens, on va se promener dans le parc. Ça va te faire du bien de prendre l'air. Je veux te montrer mon endroit préféré avant qu'il fasse nuit.

– Le lieutenant va nous coller au cul.

– Lui et un ou deux autres de son genre. Qu'est-ce que tu crois ? Moi aussi, il faut me protéger. »

Tu veux regarder ?

On regarde.

Un arum couleur de neige de la taille d'une paume jaillit d'un bassin octogonal décoré d'un paysage de mosaïques bariolées. Sous le ciel empourpré par le crépuscule, l'eau a pris une teinte brune et la chair ourlée de la spathe – c'est ainsi que s'appelle l'unique pétale de la fleur d'arum, on s'en souvient de loin – s'inonde d'un grenat qui s'écoule, avec l'approche de la nuit, dans la fente entrouverte de la bractée où, tout au fond, d'un rosé plus clair, brillant encore du jour et suintant d'en avoir tant joui, enfle le bouton dodu du pistil.

Tu veux regarder ?

On regarde.

Ce peut être un *Arum elongatum*, espèce commune de Russie, quoique ici à Borjomi, si proche des Turcs, il s'agisse plus sûrement d'*Arum euxinum*.

Tu veux regarder ?

La Vodieva a dit ça exactement comme elle le disait il y a vingt ans. On a beau être dans l'âge de la grande usure des émotions, le frisson est encore au rendez-vous. Donc on a regardé, nom de Dieu, on a regardé. Une ventrée de regards, aussi bien qu'un gosse autorisé au grand spectacle du sexe pour la première fois.

Si bien que l'image de l'arum de la Vodieva – qui n'est plus celui de ses vingt ans, on ne se raconte pas d'histoires, il n'empêche, il est des femmes, ô ma Lidiouchka, qui ont passé le pacte avec le diable, le temps glisse sur leur con comme s'il était le seul à ne jamais pouvoir y pénétrer – nous est restée fichée dans la cervelle tout au long des heures et des mots, tout le temps du déballage de la serviette de Poskrebychev – aujourd'hui pas de rubans à déplacer sur les cartes de Corée : aussitôt après les escarmouches de la veille entre Huich'ŏn, Kaech'ŏn et Anjŭ sur les rives tortueuses de la rivière Ch'ongch'on, les Chinois se sont évanouis dans la nature, hop, disparus, envolés, invisibles pour les fascistes américains qui ne savent penser qu'avec leurs muscles, ne connaissent rien du goût de Mao et Chou pour les jeux de crotales, s'imaginent qu'ils n'ont en face d'eux qu'une poignée de petites vies jaunes et s'installent et avancent dans des vallées et des collines dont ils ignorent jusqu'aux noms des arbres, et bientôt, dans vingt-quatre ou cinquante heures, vlan ! la porte de l'enfer s'ouvrira, j'en connais pour qui ça va être un mauvais réveil, a dit Poskrebychev en rigolant, et ça va être la même chose pour ceux-là, a-t-il dit en tirant de sa serviette magique la liste des espions saboteurs sionistes de l'usine ZIS, une usine portant notre nom, Zavod Imeni Stalina, des Aron Finkelstein, David Smorodinski, Miriam Eisenstadt, Édouard Livschitt, etc., etc., des dizaines comme ça, bébés cobras devenus ambitieux dans leurs petits bureaux de lèche-cul, vermines du « Chaos judaïque » comme disait le soi-disant grand poète qui nous a insultés, engeance cosmopolite, peste infestée par le venin de la trahison depuis les écus du Christ, parasites de l'histoire impropres à l'ère accomplie du déterminisme historique, infinie malfaisance de destins inutiles, infinie tout autant que le besoin de purge, qu'est-ce qu'on en fait, a demandé Poskrebychev, on leur ouvre les portes du paradis, a-t-on répondu, et devant chaque nom, un par un, avec notre crayon rouge, on a dessiné une balle de fusil, ordonnant d'éviter le gaspillage, une seule balle suffira, une fusillade propre et utile à tout un chacun, approuvable par les vrais travailleurs soviétiques ; combien de fois n'a-t-il pas fallu prononcer ces mots depuis la naissance du Monde Nouveau, lire ces milliers de noms et encore et encore dessiner ces milliers de balles fuselées et belles comme des bourgeons de marronnier ; qui peut imaginer le courage, l'endurance et l'abnégation, les nerfs d'acier et la veille sans fin que réclame la naissance de l'ère nouvelle à son accoucheur, Ilitch peut-être, et encore, car infinie est la lutte contre la malfaisance et la faiblesse, contre la haine de la beauté du monde futur, infinie est la solitude du géniteur du Grand Rêve, à l'heure du thé il n'y aura qu'une paire de lèvres à se brûler – et donc l'arum de la Vodieva demeurant indestructible sous la charge des ordres et des devoirs, indestructible son *Tu veux regarder*, une splendeur qui en attire une autre comme le miel fait sortir les oursons des bras de leur mère, on se souvient, on est en l'an 1890 ou 91, on a douze ou treize ans, le printemps de Gori est brillant de joie et de fureur, on s'appelle Sosso Djougachvili, on est le chéri du professeur de musique Gogtchilidze qui a eu l'idée du pique-nique au pied de la forteresse de la reine Tamar, en surplomb de la ville, on y chantera contre les murs, dit-il, vous allez voir, le son y est merveilleux, encore mieux que dans une cathédrale, on est cinq ou six, toujours les mêmes, Sacha Egnatachvili, son petit frère Vasso,

Oska Davrichewy, la fille du pope Tcharkviani, Anneta, d'autres peut-être, on ne se souvient pas de leurs visages mais on se souvient des arums, des centaines d'arums sur le terre-plein au pied des murs de la forteresse, c'est alors que Gogtchilidze leur a donné leur vrai nom, *Arum euxinum*, et nous a appris le mot *spathe*, ordonnant de ne pas y toucher, ce sont des fleurs sacrées, dit-il, faisant le savant, la légende raconte que ces arums ont un pétale unique car chacun est né d'une des larmes que la reine Tamar a versées lorsqu'elle s'est découverte trahie par ses chevaliers et livrée aux Turcs, dans le dos du prof de musique Vasso Egnatachvili chantonnait larmes de mon cul, larmes de mon cul, Anneta gloussant la main devant la bouche. Plus tard Vasso dit que la vraie raison pour laquelle il ne faut pas toucher les spathes des arums c'est qu'elles puent, ça schlingue la merde et la charogne, les arums, dit-il, une vraie odeur de trou du cul, c'est pour ça qu'ils attirent tant les mouches, Oska et lui secoués de rire, lorgnant sur Anneta, Oska déclarant que ça ne fait pas que puer, les arums, c'est aussi comme la chose des filles, pour la forme et le parfum, Anneta faisant semblant de n'avoir rien entendu, on coupe une fleur, on la respire et constate que ça ne sent rien, sous le nez d'Anneta Oska enfonce son doigt dans le tube de la spathe, pas vrai que c'est comme ça chez les filles ? dit-il, entrant et sortant son index de l'arum. « Pas vrai, Anneta ? »

On se souvient que le professeur de musique Gogtchilidze avait raison en ce qui concernait les murs de la forteresse plus efficaces qu'une cathédrale pour ce qui était de l'acoustique – un mot qu'on ne connaissait pas encore – merveilleuse, des chants merveilleux et le chant de Sosso Djougachvili plus merveilleux que tous. Quand il est temps de redescendre vers la ville dans le rouge du crépuscule, on se débrouille pour marcher à côté d'Anneta. On laisse s'éloigner le reste de la troupe. On lui demande si ce qu'Oska a dit était vrai.

« C'est vrai que les filles et les arums c'est pareil ? »

Anneta ne répond rien. Elle fait toute la descente de la forteresse à la ville en se taisant, le regard sur la terre poussiéreuse et les pierres dessous ses pieds. On reste quand même près d'elle. On fait bien. Une leçon de patience. Les ruelles de Gori sont toutes proches quand elle relève le visage avec tout juste un peu de rougeur sous ses yeux terriblement brillants.

Elle demande : « Tu veux regarder ? »

Ô le tout petit arum d'Anneta. Si peu arum – une brève entaille aux rebords dodus, pareille à une blessure enflammée ; son père l'aurait-il tranché d'un coup de lame ? – plus incompréhensible qu'on ne s'y attendait. Si bien qu'on en avait été déçu. Si déçu, on s'en souvient, qu'il n'avait pas été question d'aller s'en vanter à Sacha ou Oska. Facile d'être fidèle à la promesse faite à Anneta. « Tu dis rien à personne ? Tu le jures ? » On jure, on ne dit pas qu'on n'a rien vu, mais on le pense. Et on apprend : les vrais secrets, ce sont ceux qu'on ose à peine déposer dans sa cervelle.

On se souvient, on se souvient. On se souvient si bien de certaines choses et si mal d'autres. De l'arum de la Vodieva il y a presque trente ans, on s'en souvient. Du regard de la môme Anneta qui nous fait promettre le secret il y a quasi soixante ans, on s'en souvient. Par où est entrée la balle du suicide de Nadia en novembre 32, pas moyen de s'en souvenir. La tempe ou le sein gauche ?

À ça aussi, on n'a pas arrêté d'y songer depuis le réveil : la tempe – et laquelle ? – ou le cœur ?

Rien à faire. On ne sait plus.

Sur le point de poser la question à Poskrebychev tout à l'heure tandis qu'on griffonnait des balles sur sa liste des saboteurs juifs. Mais on a su se retenir à temps. Poskrebychev est du genre à s'affoler. *Le Patron perd la mémoire ! Le Patron est fatigué. Il faut vous reposer.* Qu'est-ce qu'un dieu sans mémoire ?

Vlassik aussi devrait savoir. Pas question de poser la question au gros Vlassik. Il est sur la mauvaise pente, celui-là. Trop de femmes – si on peut encore appeler ça des femmes – trop de vodka, trop de graisse, trop d'années. Trop de tout. Il a un grand besoin de nettoyage intérieur, le Vlassik, comme les usines Zavod Imeni Stalina.

On imagine le plaisir des Grands Singes, la clique du Politburo, s'ils apprenaient que le camarade Staline ne sait plus comment s'est suicidée Nadejda Allilouïeva. Le plaisir de notre cher Lavrenti : *Le Vojd perd la boule, c'est le début de la fin !*

Qui sait si, en ce moment même, derrière la haie de thuyas, là-bas, il n'y a pas des yeux à lui qui nous surveillent ? Et qu'est-ce qu'ils voient, les yeux du Beria ? Un vieux bonhomme prenant le dernier soleil du jour sur un banc de pierre devant un bassin d'arums au cœur d'une roseraie – mal entretenue, la roseraie, à faire peur, pestes diverses, taches noires, oïdium, comme presque tout dans ce monde nécessitant purification et désherbage – fumant sa pipe en attendant la nuit. Et c'est tout. De l'intérieur du crâne du vieux bonhomme, macache, pas la moindre idée. Ne laisse jamais voir l'intérieur de ton crâne. À personne. Ni aux femmes ni au peuple. Encore moins aux hommes qui t'admirent. Laisser voir l'écorce suffit. Beauté et sagesse de l'écorce, comme dit le poète français Éluard – « Staline dans le cœur des hommes / Sous sa forme mortelle avec des cheveux gris / Brûlant d'un feu sanguin dans la vigne des hommes » etc. – car sous l'écorce grise c'est toujours la bataille, la bataille encore la bataille, l'acier et la volonté, la tendresse et les arums, une infinie bataille, aussi invisible que les Chinois sur les rives du Ch'ŏngch'ŏn, aussi dévorante que Tsaritsyne devenue notre Stalingrad, notre ville de toujours dans l'éternité du souvenir futur. Dedans c'est vivant, encore assez pour qu'ils aient à craindre.

Quand même, des trous dans la mémoire il y en a.

Pour le trou de Nadia, la Vodieva peut-être se souvient.

Peut-être pas.

Ah, le désastre de l'âge. On pense à l'arum des femmes et le passé revient vous puer dans le nez avec toute la pourriture de ses mensonges. Bienheureux Ilitch enfermé dans sa momie d'éternité qui sent la rose quand on en est encore à devoir désherber et traiter la peste qui gâche les floraisons.

On se souvient, on se souvient. Mais non. Ceux qui se souviennent de tout mentent. À la Loubianka et rue Varsanovski, ils se souviennent toujours de tout. Ils jurent sur père et mère qu'ils se souviennent de tout. Édifiant. Mensonges à pleine bouche dès que l'occasion se présente. Pour tout et n'importe quoi. *Tu as lu « Eugène Onéguine » ?* – le bonhomme a trente ans, s'il lit le journal il en a pour la journée – *Oui, oui, commissaire, j'ai lu « Eugène Onéguine » ! Je m'en souviens, je vous jure, je l'ai lu !* Menteur. *Il y a dix ans, ce jour-là tu as fait ci, tu as fait ça ? – Oui, oui ! Non, non ! Je me souviens. Bien sûr que je me souviens !* Menteur. Boudienny, Timochenko, Joukov, Vorochilov, Egorov, Kossior, Tchoubar, Postychev, depuis le bas jusqu'en haut du Politburo, *je me souviens, je me souviens, j'ai fait ci, j'ai fait ça* ! La langue pendante et leurs rangées de médailles se trémoussant sur leur poitrine comme des crevettes. Voulant nous entraîner dans leurs mensonges. *Iossif Vissarionovitch, souviens-toi ! Camarade Staline, souviens-toi !*

Zinoviev : *Iossif mon ami, camarade Staline ! Je t'en prie, souviens-toi ! Nous avons été comme les deux doigts de la main, souviens-toi ! Je suis ton sang dans un autre corps. Comment mes dents pourraient-elles laisser passer pour toi le souffle d'un mensonge ! Iossif, souviens-toi. Nous deux devant le renégat Trotski, souviens-toi !*

Kamenev : *Iossif, Iossif, Iossif ! Je t'en prie, souviens-toi ! Nous avons été comme les deux doigts de la main, souviens-toi ! Mon âme brûle pour toi ! Je regarde ton portrait et je pense : je suis à toi, tu peux plonger ta main dans mon esprit, tu n'y trouveras que le souvenir de la vérité ! Camarade Staline, souviens-toi : nous deux devant la démence d'Ilitch à Gorki, souviens-toi !*

Et tous pareils. Tous. Yagoda : *Camarade Staline, je vous en prie, souvenez-vous !* Maïakovski : *Camarade Staline, souvenez-vous !* Radek : *Camarade Staline, je vous en prie, je vous en prie, souvenez-vous !* Boulgakov : *Camarade Staline, on a ri ensemble et souvent, souvenez-vous !* Le cher Boukharine : *Koba, tu ne te souviens de rien ? Je t'aime, Koba, malgré tous tes soupçons. Je t'aime, et depuis si longtemps. Tu ne t'en souviens pas ?* Svanidze : *Iossif Vissarionovitch, souvenez-vous, souvenez-vous ! On était frères, camarade Staline !* Et Rykov ? *Camarade*

Staline, je vous en prie, je vous en prie, souvenez-vous ! Et cet avorton d'Iejov : *Camarade Staline, vous avez voulu deux cents têtes et je vous en ai offert deux mille. Et des conspirations, ici, là, partout. Cent mille trahisons ! Camarade Staline, vous auriez voulu les portes de l'enfer, je vous les aurais données, souvenez-vous !* Ordjonikidze : *Koba, merde, tu as perdu la mémoire ? Ton Sergo, c'est moi. Souviens-toi de Tsaritsyne en 20, ta ville chérie, ta future Stalingrad. C'était nous là-bas. Toi et moi. Personne d'autre. Souviens-toi de Tbilissi, souviens-toi de Borjomi ! Koba, nous sommes nés ensemble, nous avons dansé ensemble, souviens-toi !* Tous ! Et les femmes, les filles, les épouses, les maîtresses : *Camarade Staline, votre manque de confiance me torture l'âme ! Camarade Staline, mon affection pour vous est immense ! Camarade Staline, souvenez-vous : qu'y a-t-il de moi qui ne vous appartienne pas ?* Tous et toutes braillant : *Koba ! Iossif, Iossif, Iossif ! Camarade Staline ! Khozjaïn ! Je t'en prie, souviens-toi !* Tous champions du mensonge. Tous des arracheurs de dents ! Crétins de la mémoire. Tous à mentir dans le mensonge jusqu'à s'en chier dessus. Combien ? Vingt, trente, cent mille. Deux millions, dix millions. Nom de Dieu, parfois on a l'impression d'une montagne de détritus qu'il faut grimper nuit et jour. Quelle puanteur partout ! Une engeance de merde renaissant pire que la mauvaise herbe, quoi qu'on y fasse. Par quelle magie ? En voilà un mystère. L'histoire progresse toujours par son mauvais côté, dit Marx. Juste. Et maintenant voilà que notre Lavrenti Beria – *Camarade Staline, souviens-toi de novembre 38. Qui s'est assis sur la gueule d'Iejov pour nettoyer tes écuries ?* – veut nous faire dresser un monument d'éternité. Peut-être le cher Lavrenti veut-il nous rappeler que la mort se rapproche. Elle est sur tes talons, Iossif Vissarionovitch, elle te flaire les fesses. Tu es trop vieux pour courir. C'est fini, tu as trouvé plus fort que toi, l'aile de l'ange te frôle. Un coup de pinceau pour l'éternité et hop ! Le fils chéri de la Moukhina – mensonge, mensonges – devenu ton ange Gabriel ? Va savoir. Possible. Tout est possible.

Et la Vodieva ?

Tu veux regarder ?

Qui sait si notre Lidiouchka n'est pas en train de proposer au prodige de la Moukhina de lui laver les yeux dans son arum ? Ses yeux de faiseur d'images d'éternité. Si c'est oui, Vlassik saura, Poskrebychev saura, on saura. Tout est possible. L'étrange étant qu'on n'en soit pas jaloux. Plutôt curieux de voir l'effet que cela aura sur l'aile de l'ange quand son passé de prodige aura été désherbé. Dedans l'écorce, on reste assez jeune pour toutes ces curiosités.

« Il ne bouge plus. Sa pipe ne fume plus. On croirait qu'il dort », dit Danilov.

Non, aucune chance que Iossif dorme en plein jour, répond Lidia Semionova. Dommage cependant que Danilov n'ait pas pris un carnet de dessin avec lui. Voilà qui ferait un beau portrait : Staline perdu dans ses pensées au crépuscule. Certainement pas perdu dans ses pensées, corrige Danilov. Le camarade Staline n'est jamais perdu nulle part. Surtout pas dans ses pensées.

S'il est ironique, sa voix ne le dit pas. Ni ce que Lidia Semionova voit de son visage. Sous la verrière mi-serre mi-véranda du temps des Romanov – volutes, rosaces et torsades de ferronneries arachnéennes, tapis de céramique et gargouilles de laiton crachant un tumulte d'eau puante – recouvrant la piscine d'eau chaude soufrée, la lumière devient déjà de l'ombre. Loin au-dessus du toit de verre, le ciel se gonfle d'écarlate, les cimes de la forêt de l'autre côté de la Mtkvari sont encore dorées mais le premier souffle de la nuit se pose sur les tuiles vernissées du Palais Likani. Assis là-bas sur un banc de pierre à un croisement d'allées du jardin devant un bassin d'arums, Iossif Vissarionovitch a quelque chose d'une ombre lui-même – un Staline menu, chenu, pétrifié comme seuls les grands vieillards savent l'être, le buste enveloppé dans un plaid à carreaux rouges et verts obscurci par la disparition de la lumière qui emporte avec elle la voûte des épaules aussi bien que le volume du buste et l'assise des cuisses sur la pierre du banc, tandis que sa nuque inclinée vers l'avant expose à la manière d'un pénitent sa chevelure d'un gris cendre, possédant encore les ondulations d'autrefois, son profil comme appuyé sur le renflement de la moustache, on imagine comment il faudrait malgré tout déposer un faible accent de ciel sur l'arête épaisse du nez, éclaircir la peau du visage et de ses mains à peine sorties du plaid, leur donner du vivant, les teinter délicatement d'un peu de carmin, d'une certaine circulation du sang, et aussi déposer une esquisse de brillance dans la bruyère de la pipe rivée inutilement aux mâchoires ; des accents vifs à équilibrer par des répliques sur les plis souples du cuir des bottes, un fauve léger, semelles posées bien à plat contre les dalles entourant le bassin où se devinent sur la bordure des pointes de cinabre et de cadmium jaune, éclats de petits motifs de céramique, tandis qu'à l'arrière-plan, dans le dos du vieil homme, les verts calcinés, les ocres et les pourpres des feuillages d'automne sombrent dans la perspective d'un puits de ténèbres épaissi de bistre, une *selva oscura* comme on en voit dans les peintures anciennes qui depuis toujours invitent au voyage de connaissance de la nuit – oui, dit Danilov à peine audible dans le vacarme de l'eau, oui, ça ferait un beau portrait. À la condition de savoir lui donner de l'énergie, de ne pas se laisser emporter par la tonalité mélancolique. Par exemple en forçant sur le charnu des arums que l'on pourrait opposer au dernier écarlate du ciel. Par exemple, réduire ce blanc des fleurs à une seule fleur, un immense unique arum tout devant lui dans le bassin. Une blancheur qui semblerait venir du regard même de Staline, dit encore Danilov, se dissolvant d'elle-même dans ce qu'il reste de la lumière du crépuscule. Parvenir à cette sensation : le blanc de la chair de l'arum s'élance vers le ciel de nuit sous l'effet du regard du Petit Père des Peuples. Quelque chose d'un peu magique, d'autant que de son visage à lui on n'en verrait guère, comme s'il devenait transparent. Regardez, recroquevillé là sous son plaid, il ressemble aux chamans de la taïga quand ils se concentrent avant leur transe. J'ai assisté à ça une fois. Il ne se passe rien, on ne voit pas grand-chose mais on a quand même la chair de poule rien que d'y repenser.

« Bien sûr on pourrait aussi faire un portrait tragique : ciel de sang et blanc de l'arum soutenant le calme du Guide concentré sur ses décisions futures. Du vrai grandiose dans la manière de Vladimirski, Efimov ou Laktionov, ou même, si je peux me permettre, de notre estimé camarade académicien et maître Guerassimov. » Cette fois Valery Yakovlevitch Danilov rit, sans éclat mais bien allègrement, comme pour atténuer son persiflage, le compenser d'une touche de dérision qui ne s'adresse qu'à lui-même. Avec un coup d'œil vers l'ombre de Lidia Semionova, il dit encore :

« Vous voyez, pas besoin de carnet pour me mettre tout ça dans la tête. Pas besoin de prendre des photos non plus. De toute façon, ici, interdiction de prendre des photos : ils m'ont confisqué mon Zorki dès mon arrivée.

– Tu peux me tutoyer, Valia. Sous cette verrière, ça ne risque rien. »

C'est au tour de Lidia Semionova de lancer un petit rire de défense, aussi ridicule que sa proposition.

Pourquoi vient-elle de dire cela aussi stupidement, mieux vaut ne pas s'en soucier. Le soufre et la chaleur de la piscine se font entêtants. Tout à l'heure, après la brève marche à travers le parc, contournant les jardins et longeant la rive de la Mtkvari pour pénétrer sous la verrière, la vapeur brûlante et puante leur avait coupé le souffle, découvrir Iossif Vissarionovitch à portée de regard avait plus encore ôté la respiration du beau Valia. De la piscine, désormais, on ne devine plus qu'une masse noire vaguement traversée d'ondes et remous sous les gargouilles à gueule béante. Une ombre et une touffeur propices aux rêves magiques de l'enfance, où les plus puissants royaumes et les plus hautes prisons possédaient toujours une porte secrète ou un gouffre merveilleux ; il suffisait d'avoir le courage d'y plonger pour trouver l'issue de la liberté et du bonheur dissimulés à l'autre bout du monde par les forces malfaisantes. Il se peut qu'en conduisant Danilov ici Lidia Semionova ait eu l'imagination de quelques scènes impromptues – raconter à Danilov comment elle a pris un grand plaisir un an plus tôt à nager dans cette obscurité pour passer le temps avant que le camarade Staline se décide à dormir ; suggérer que l'on pourrait en profiter pour s'y plonger, là, maintenant, vite fait, histoire de se détendre ; Danilov protestant qu'il n'a pas de maillot de bain, elle riant, montrant l'exemple en ôtant sa blouse dans le noir, demandant : « Et alors, quelle importance ? » – imaginations conçues pour le rester si l'on ne veut pas exciter celles des hommes du MVD, les lieutenants Tchirikov & Consorts, patientant à l'extérieur de la verrière, scrutant de leur mieux l'intérieur, songeant déjà aux termes de leurs prochains rapports à Vlassik & Consorts. Si bien que Danilov ne se rapproche d'elle que pour être audible par-dessus le bruit de l'eau et sans hurler remarquer que c'est étrange quand même : le camarade Staline n'a pas relevé la tête depuis dix bonnes minutes. Encore rien de temps et la nuit sera noire pour de bon. Un soupçon d'inquiétude, peut-être même de panique, que Lidia Semionova apaise d'une accolade parfaitement invisible dans la pénombre. « Ne t'inquiète pas, dit-elle, attirant la tête de Danilov près de sa bouche, Iossif peut rester comme ça aussi longtemps que ça lui chante. Il adore ce moment. Il appelle ça l'*heure des bolcheviks patients*. Et lui, c'est le bolchevik le plus patient que je connaisse. »

Quoique moins patient que moi, songe-t-elle, repoussant Danilov, ne disant rien de la dizaine de gardes du corps hantant la nuit autour du Patron, Vlassik en personne, qui sait, guettant à travers l'obscurité le moindre signe de malaise du Généralissime ou son ordre d'allumer les torches afin d'éclairer les marches des escaliers pour regagner le palais. Une cérémonie du soir qu'aime tant Iossif Vissarionovitch. Ce qui arrive à la seconde même. Une douzaine de langues lumineuses trouent le noir d'un ballet nerveux, balaient le bassin, les bottes et le pantalon de Staline puis les dalles, et voilà le vieux qui se lève et s'élève sur les marches. Quelques halos instables irisent en passant la verrière maintenant dégoulinante de buée. Et enfin, ainsi que les ludions montent au ciel, les voilà s'éloignant s'amenuisant disparaissant pour resurgir puis s'effacer enfin tout à fait.

Lidia Semionova agrippe le poignet de Danilov. La transpiration suinte maintenant sur leur peau. Fais attention de ne pas tomber dans l'eau, dit-elle, songeant que ce ne serait pas sans agrément. Elle l'attire loin de la margelle carrelée, ajoute qu'elle vient nager ici la nuit alors que Iossif regarde ses films américains. Assurément cette eau pue horriblement mais il paraît qu'elle a le pouvoir de rendre jeunesse et vigueur. Du temps des Romanov, dit-elle, on l'appelait l'*eau d'éternité* ou l'*eau de Lucifer*. Les foutaises habituelles de l'ancien temps. Il n'empêche, une fois que tu es dedans, tu ne sens plus rien de la puanteur. La chaleur de l'eau te rend comme ivre et tu es divinement bien. « Tu devrais essayer, dit-elle, laissant échapper une petite vibration moqueuse. À moins que ce soir Iossif ne t'invite à regarder le cinéma avec lui, qui sait ? »

Dans le noir Danilov se tait. Lidia Semionova le devine haussant les épaules. Mais avant que l'un ou l'autre bouge un souffle d'air froid s'élance sur l'eau de la piscine : « Camarade Vodieva ? Camarade Vodieva, où êtes-vous ? »

Un rai de torche tranche l'obscurité, les trouve et se fige sur leurs poitrines – comme il vaut mieux en cet instant que ce qui fut imagination le soit resté, mesure Lidia Semionova, chérissant la sagesse de l'expérience ; ce qui doit advenir toujours advient – tandis que la voix du lieutenant Tchirikov clame : « Citoyenne Vodieva, le camarade Staline vous demande. On doit vous reconduire là-haut. »

9

Que le camarade Staline soit de mauvaise humeur, cela se voit au premier coup d'œil. Il est allongé sur le divan de son bureau, le divan semblable à celui du Charlatan viennois – sans surprise la Rumichvili a su trouver ce qu'il fallait de coussins supplémentaires, les deux rouges et le jaune moutarde, ainsi qu'à Londres – rideaux et volets clos devant la nuit déjà noire. Les lampes, celle du bureau ainsi que le lampadaire à côté du divan, sont allumées. De toute la journée, Iossif Vissarionovitch n'a pas quitté ses *valenki* avachies, le pantalon, le tricot de corps, la chemise et la vareuse préparés par Lidia Semionova le matin sur son lit. Le plaid à carreaux rouges et verts dont il était recouvert tout à l'heure, pendant sa promenade, lui enveloppe toujours le buste. Il fait cependant très chaud dans la pièce. Poskrebychev y a fait installer un radiateur électrique. La résistance en rougeoie autant qu'une braise. Poskrebychev a aussi fait ajouter une table roulante, un samovar électrique adjoint d'une bouteille de cognac – scellée de cire incrustée du tampon spécial de Vlassik, un sceau de pourpre que nul autre ne peut briser que le camarade Staline – ainsi qu'un tourne-disque. Un engin flambant neuf de la marque Philips semblable à une grosse valise de cuir. Le couvercle s'en détache et contient le haut-parleur. Les boutons, le bras de lecture sont de bakélite crème, la platine de métal d'un rose sucré. Le disque qui tourne sur le plateau est un enregistrement de l'*Otello* de Verdi – Mario del Monaco tient le rôle-titre, Renata Tebaldi est Desdémone tandis qu'Aldo Protti chante Iago ; un enregistrement hors commerce, maquette du disque bientôt en vente dans le monde décadent de l'Ouest, cadeau personnel du camarade Palmiro Togliatti – la houle des tambours et cymbales, le vent de tempête de l'ouverture tournoient dans la pièce. Le disque a souvent été écouté. Ici et là, un léger *scratch-scratch* gâche les voix. Iossif Vissarionovitch lève les yeux de sa lecture et déclame avec les citoyens de Chypre :

> Fuoco di gioia ! *Le rire de la flamme*
> *Fait fuir la nuit par son éclat splendide.*
> *Brille, étincelle, crépite, flambe,*
> *Incendie éblouissant qui envahit le cœur !*

Mais l'humeur n'y est pas. Il s'interrompt, écoute bouche close la fin du chœur – « [...] la dernière étincelle s'allume et meurt, s'allume et meurt, s'allume et meurt ! » – son gros crayon bicolore, rouge et bleu, suspendu au-dessus du dossier ouvert sur ses genoux. Des dossiers, il y en a partout autour de lui. Sur le divan et le sol. Quand Iago le fourbe prend la main et la voix sur l'orchestre, Iossif Vissarionovitch se masse lentement les gencives. Quand Lidia Semionova se montre sur le seuil de la salle de bains, son regard jaune est aussi querelleur que celui de Iago.

« C'est l'heure de la séance du Charlatan, dit-il. Tu as oublié.

– Je suis là », répond-elle.

Il détaille sa tenue, la longue jupe de laine, la blouse de velours moulante, le grand fichu aux motifs d'Orient lointain, laisse ses lèvres murmurer l'entrée d'Otello dans le drame – « *Olà ! Che avvien ? Son io fra i Saraceni ?* » – agite son crayon bicolore et ordonne qu'elle aille se mettre en tenue. Quelle tenue ? demande Lidia Semionova mêlant sa voix à celles des chanteurs. À toi de savoir, répond-il.

Elle disparaît dans la salle de bains. Iossif Vissarionovitch glisse son crayon bicolore dans la poche de sa tunique. Il referme le dossier étalé sur ses cuisses – un épais dossier tamponné du sceau des secrets d'État, barré de numéro et de trois noms, V. S. MOUKHINA / V. I. DANILOV / NAZINO 33 – le dépose au pied du divan, s'adosse aux coussins, à nouveau se tâte de la langue les gencives douloureuses. Compatissante, la musique s'apaise. Lent lamento de cordes – « Dans la nuit dense toute clameur s'éteint enfin », souffle Otello – effleure des silences jusqu'à la première élévation d'amour de Desdémone/Tebaldi – « *Mio superbo guerrier !* Combien de tourments, combien de tristes soupirs et combien d'espoirs nous conduisent à ces suaves étreintes ! » – ses paupières se ferment. Avec Desdémone, il murmure :

Ensuite tu me conduisais dans les déserts brûlants,
Dans les sables ardents, jusqu'à ta terre maternelle.

Encore une douzaine de répliques – « Que vienne la mort ! Qu'elle me prenne dans l'extase de cette étreinte… Otello !… » – le saphir zigzague dans le sillon de l'acte achevé. Silence, crachotement, léger ronflement électrique.

C'est ce *scratch-scratch* bourdonnant qui s'entend dans le bureau lorsque Lidia Semionova est de retour – le tailleur croisé en drap indigo imitation moscovite Chanel, chemisier de soie carmin à col droit, cou nu de bijoux tout autant que les oreilles, c'est ce qu'elle portait la veille, à son arrivée, à l'exception de la soie grège et transparente des bas neufs et du rouge vif qui peint ses lèvres – arrête cet engin, ordonne Iossif Vissarionovitch sans faire de commentaires sur la tenue, préférant dérouler sa mauvaise humeur sur la qualité du son de ces nouveaux tourne-disques, encore de la pacotille de l'Ouest, comment écouter un opéra là-dessus, un orchestre, un chœur, des voix pareilles, autant mettre Verdi dans une boîte de conserve. Est-ce qu'on n'a pas chez nous une seule usine capable de faire ça en mieux ? Avec cette saloperie, tu n'écoutes pas la musique, tu l'imagines, dit-il tandis que Lidia Semionova arrête l'engin, ôte le bras du disque, leur offre enfin un silence sans plus de bourdonnement ni *scratch-scratch.*

« Assieds-toi dans le fauteuil de lecture, ordonne Iossif Vissarionovitch. Prends le bouquin du Charlatan sur les rêves. »

Il ferme les paupières, laisse sa tête s'enfoncer dans la douceur du coussin. Dans son dos, les menus bruits – raclement d'un livre retiré de l'étagère, frappement de talons, le bois du fauteuil qui grince sous le poids d'un corps, la tablette qui frappe la cale métallique lorsqu'on la rabat, y dépose le gros volume de la TRAUMDEUTUNG, puis enfin, après le frottement des pages qui s'ouvrent, le chuchotement des bas de soie entre les cuisses qui se croisent – racontent l'obéissance de Lidia Semionova. Iossif Vissarionovitch résiste à l'envie de se masser à nouveau les gencives.

À la place, il allume une cigarette et marmonne : « Tu as lu ?

– Oui. »

Il expire la première bouffée. « Alors, comment on fait ?

– Tu racontes un rêve et tu l'analyses.

– Je l'analyse ?

– Ça veut dire prendre les parties, les images, les situations du rêve et voir à quoi elles te font penser.

– Charlatan !

– Je te lis ce qu'il écrit. C'est dans le chapitre "La méthode d'interprétation" : "Quand je demande à un patient non exercé : À quoi vous fait penser ce rêve ? il ne découvre, en règle générale, rien dans le champ de sa conscience. Par contre, si je lui présente son rêve morceau par morceau, il me dit, pour chaque fragment, une série d'idées que l'on pourrait appeler les *arrière-pensées* de cette partie du rêve." Et plus loin : "Cette méthode de déchiffrage est une analyse en détail et non en masse, elle considère le rêve comme un composé, un conglomérat de faits psychiques."

– On découpe en rondelles et bla-bla-bla ?

– À peu près.

– Tout le monde ? Les dingues et les autres ?

– Tout le monde rêve et tous les rêves ne sont pas des symptômes de folie. Selon lui, malade ou bien-portant, la technique d'analyse reste la même. Seule change la nourriture du rêve. Je te lis : "De même que la recherche psychanalytique ne voit entre la vie mentale du normal et celle du névrosé aucune différence de nature mais seulement une différence quantitative, l'analyse des rêves où l'on voit les complexes refoulés agir de la même façon chez les sujets bien portants et chez les malades montre que les mécanismes comme la symbolique sont parfaitement identiques chez les uns et chez les autres. On peut même dire que les rêves ingénus chez les gens bien portants contiennent une symbolique beaucoup plus simple, plus claire et plus caractéristique que celles des névropathes où elle apparaît tourmentée, obscure et difficile à interpréter."

– Tourmentée et obscure ! Tu parles. Charlatan ! Charlatan !

– Il dit : "Le rêve est la réalisation d'un désir qu'on ne s'autorise pas à accomplir."

– Voilà c'est dit. Tout ce qui les intéresse : leur petit individualisme pourri. La fiente bourgeoise, ma Lidiouchka, quelle engeance.

– Il dit aussi qu'il y a des catégories, des rêves typiques dont les significations symboliques sont communes quelle qu'en soit la mise en scène : des rêves d'escaliers, de sensation de vol, de sentiers, rues, bâtiments…

– Où il va avec toutes ces symboliques ?

– Sexuelles le plus souvent, les symboliques.

– Pauvre homme.

– Il dit : "Il n'y a pas de pulsion qui ait été, depuis l'enfance, aussi comprimée que la pulsion sexuelle dans toutes ses composantes."

– Obsédé, maniaque, fouille-merde, touche-pipi !

– Tu montes des escaliers en rêve : masturbation ; tu voles : jouissance, érection ; tu tombes : angoisse de la faute sexuelle ; tu nages, tu plonges dans les vagues : peur de faire pipi au lit ; les fosses, les cavernes : la matrice, le sexe des femmes et souvent celui de la mère ; les bêtes sauvages : les pulsions passionnelles redoutées ; les portes étroites, fermées, les passages tout étroits qui montent, par exemple entre deux maisons : euh.

– Euh quoi ?

– La. Le coït par-derrière.

– Oh, oh !

– Mais il rappelle qu'il ne faut pas tout interpréter selon la sexualité. Il écrit : "C'est une affirmation étrangère à ma *Traumdeutung*."

– Paroles d'escroc. Sacré bouffon, le bonhomme.

– Il dit que beaucoup de rêves d'angoisse viennent du souvenir de la naissance. Le "trauma du naître et mourir", il appelle ça. Ou de vieilles peurs d'enfant. De disputes avec les pères. Surtout chez les hommes, bien sûr. Il écrit : "Les cauchemars sont des rêves avec un contenu sexuel dont la libido s'est transformée en angoisse."

– La libido.

– Pulsion sexuelle.

– Je sais ce que ça veut dire, camarade Vodieva. J'ai l'âge pour ça. Ce cinglé n'a rien d'autre à la bouche. Et je suppose rien d'autre dans la cervelle. Tu veux que je te dise ? À l'Ouest, il va les véroler jusqu'à l'os avec ces cochonneries de bordel. Sont pas près de s'en remettre.

– Il y a aussi les rêves de castration.

– Suffit ! »

La main de Iossif Vissarionovitch, qui écrase, écrase et écrase encore son mégot en miettes, en cendres et poussières de tabac, tremble un peu. Il le voit. Grommelle quelques insultes pour se calmer. « Saloperie cosmopolite ! Race de voyous dégénérés. Je te leur ferais bouffer, leur mystique du moi, aux fils de Moïse ! » Sans enthousiasme, d'une voix un peu mécanique. Du bout de l'index, il se masse tendrement les gencives. Entre ses paupières mi-closes, ses iris jaunes – autrefois, loin dans l'autrefois, quand il avait vingt ou trente ans, nul ne disait qu'il avait des yeux jaunes, les femmes parlaient au contraire de ses prunelles de faucon – brille ce qui pourrait être un sourire, une moquerie. Il allume une nouvelle cigarette, laisse son corps se détendre, ses vieux muscles goûter le moelleux des coussins et de la nicotine. Il guette les menus bruits dans son dos, le chuchotement des bas de soie de Lidia Semionova. Cela vient, finalement. Un souffle, une glissade légère, peut-être la cuisse droite revenant sur la gauche. D'une voix normale, pas du tout celle d'un névropathe, comme dirait le Charlatan, il demande : « Qu'est-ce que tu en penses, toi ?

– Hors de la ligne politique ?

– Ne fais pas ta maligne.

– C'est assez amusant, répond la voix de Lidia Semionova. Si on ne le prend pas trop au sérieux.

– Foutaises ! Sais-tu ce qu'a dit un des collègues du Charlatan de tout ce charabia ? "L'interprétation des rêves du professeur Freud n'est pas scientifique car elle ne peut pas être falsifiée." Enfin une parole de bon sens. Je vais te montrer. Je vais te raconter mon rêve de la dernière nuit. Celui que j'ai fait avant de me réveiller sur ce divan, ce matin. Tu vas voir. Pas besoin des cochonneries juives pour comprendre. »

Voilà, dit-il, ça commence par un type à cheval qui s'éloigne, un cavalier en grand manteau et grand chapeau, on ne voit pas son visage, ni s'il est grand ou petit, je me dis quand même que je le connais, peut-être à cause de son chapeau, j'en ai porté un tout pareil du temps où j'étais à Bakou, noir avec des bords aussi larges que la main, mais le temps de me dire ça, hop, il n'a plus de chapeau sur la tête mais une chapka, bon, ça ne change rien, dans le rêve je me dis que je connais ce bonhomme, sans savoir vraiment qui il est ni son nom je le connais quand même ; voilà, c'est ça le début du rêve, on se croirait dans un désert, dans une petite vallée entre des collines, et d'un coup il s'avère que non, ce n'est pas du tout un désert, la neige couvre tout, il fait un froid terrible, on est sur un fleuve gelé, un grand fleuve, les rives sont tellement éloignées qu'on les aperçoit à peine, on se dit qu'il faudrait des heures pour les atteindre, la glace est striée de vaguelettes aux arêtes coupantes, c'est le vent qui fait ça, les sabots du cheval les écrasent à peine, une glace brillante avec des scintillements aveuglants qui viennent de partout bien qu'on soit en pleine nuit ; on est en pleine nuit et tout brille comme sous le soleil, ce n'est pas le plus bizarre car le cheval trotte mais il n'avance pas, la glace du fleuve défile sous ses sabots, les bords du fleuve aussi, tout ça défile, défile comme le paysage depuis l'intérieur d'une voiture, et le cheval agite ses pattes mais ne bouge pas d'un millimètre, c'est seulement la glace et le fleuve et le monde tout entier qui filent sous ses sabots, sous mes pieds c'est pareil, je me mets à courir et ça défile et ça défile alors que je sens bien que je ne bouge pas plus que le cheval, je me dis je dois absolument voir la tête du bonhomme pour me sortir de là, je devine qui c'est mais il faut que j'en sois sûr, que je le regarde en face, comment faire pour passer devant lui avec toute cette glace et ce paysage qui se défile comme un tapis roulant, je ne suis pas un oiseau, mais voilà, hop, tu sais comment c'est dans les rêves, de temps en temps il suffit de vouloir quelque chose et ça se réalise, pas comme on s'y attend bien sûr, tu peux compter sur des surprises, donc voilà je me retrouve en pelisse de renne en plein milieu du fleuve de glace, assis au bord d'un trou en train de pêcher l'esturgeon, je porte des beaux gants de phoque et je tiens une grosse ligne en boyau de renne ; pas le temps de dire ouf, une secousse dans la ligne, une prise qui tire, sauf que le cheval et le cavalier se rapprochent de moi, et vite, les sabots du cheval tirent la glace du fleuve sous lui comme un vulgaire tapis, vite, vite, moi devant mon trou je me démène pour tirer l'esturgeon vers la surface, je crois bien qu'à ce moment-là je me mets à rigoler parce que maintenant je sais qui se dandine sur le canasson, c'est moi que je vois arriver vers moi, une bonne blague, et moi je m'apprête à en faire une aussi, je vais tirer l'esturgeon du trou et l'offrir à celui qui arrive et se fait passer pour moi ; sauf que ce poisson est un sacré monstre, il ne se laisse pas faire, il tire comme une brute sur la ligne, elle va trancher mes gants alors que l'autre se rapproche à toute vitesse, je lève les yeux vers lui pour le saluer mais il n'y a pas de visage sous la chapka, rien du tout, que du blanc et du vide comme partout autour, le cheval me fonce dessus comme s'il ne me voyait pas, la ligne où se démène l'esturgeon s'est tout entortillée autour de mes doigts, impossible de bouger, je gueule pour dire au cavalier de faire attention, il va me passer dessus, mais on dirait que les mots ne sortent même pas de ma bouche, quand il est tout près, dans le vide du visage sous la chapka je devine une moustache et une barbiche grise de glace, et vlan, le cheval me traverse comme une lame, il continue son bonhomme de chemin, je n'ai rien senti, la ligne a cassé, adieu l'esturgeon ; sous ma pelisse c'est tout chaud, je l'ouvre et qu'est-ce que je vois : mon ventre béant tout dégoulinant de sang, je plonge mes mains pour le refermer mais des petits poissons tout grouillants et vigousses me sortent des tripes, ils se jettent dans le trou de glace, maintenant ce n'est plus un trou de glace, plutôt une sorte d'entonnoir blanc, un peu comme ces fleurs d'arum, le sang de mon ventre coule là-dedans à gros bouillons, j'ai le temps de me demander nom de Dieu qu'est-ce que je vais faire et je me réveille.

Voilà. Fin du rêve.

« Qu'est-ce que tu en penses ? demande-t-il.

– Un beau rêve. De belles images. »

Iossif Vissarionovitch grogne, satisfait. Ses doigts cherchent une cigarette. Il l'allume sans en proposer à Lidia Semionova. Sa mauvaise humeur semble s'apaiser. Peut-être une impression. Sa voix grince quand il demande ce que le Charlatan en dirait. Je ne sais pas, répond Lidia Semionova. « Il conseille à l'analyste de ne pas trop parler, de poser seulement quelques questions. Il ne doit être qu'une voix désincarnée. C'est à celui qui a vécu le rêve de dire ce qu'il en pense.

– Une voix désincarnée ! Un espion dans ton dos. Gagner de l'argent assis dans un fauteuil à faire la "voix désincarnée" en t'espionnant. »

Après quoi il se tait. Un silence que Lidia Semionova respecte en observant ses ongles sur la tablette où repose la TRAUMDEUTUNG, prenant soin de n'émettre aucun bruit, pas le moindre frôlement de pages, crissement effleurement de cuisses de soie, songeant que peut-être, tout à l'heure après cette séance bizarre et pour mettre un peu de couleur dans le reste de la nuit, elle pourrait se les vernir, ces ongles – un rouge de sang qui s'accorderait avec l'image du ventre ouvert de Iossif, ongles écarlates et doigts fins comme des petits poissons, qui sait si cela ne lui plairait pas ? – Tu as reconnu l'endroit où se passe le rêve ? demande Iossif Vissarionovitch redevenu pas aimable.

« Ce n'est pas à moi de.

– Réponds.

– Koureïka. Là où tu étais en exil.

– Bien. Koureïka, 1913-1917. Quatre ans sur le cercle arctique ! Touroukhansk, Kostino puis Koureïka. L'*enfer des glaces*, on appelait ça. Je t'ai déjà raconté ?

– Un peu.

– Mon troisième exil. Vendu à l'Okhrana par le menchevik Malinovski. Je ne le savais pas encore. Il m'envoyait des lettres là-bas, le salaud, comme si de rien n'était. Elles commençaient toujours par "Mon cher frère". Tu te rends compte ? De la belle ordure. Ilitch devait le savoir, mais ça ne l'empêchait pas de lui manger dans la main. Même en 18, après la Révolution, il a hésité à lui régler son compte, au Malinovski. Ce qu'il y avait entre eux de glissé sous le tapis, on n'a jamais su. »

Petit ricanement que l'on pourrait croire ironique, n'était le brillant de l'acier qui affleure entre les lèvres du camarade Staline. Lidia Semionova ne voit pas son visage, seulement la touffe grise de la chevelure – clairsemée, un bois de bouleaux en hiver, pourrait-on dire, où le sol n'est plus si fertile, irrité depuis trop longtemps par les lessivages d'orages, rien à voir avec la tignasse impénétrable, pelage de fauve scintillant de ténèbres que Iossif Vissarionovitch arborait du temps de Koureïka et qui, Lidia Semionova n'en doute pas, plus d'une fois et bien avant les siens, dut aimanter des doigts féminins – un peu de front, de sourcils, de moustache en perspective plongeante mais le regard et les expressions invisibles. L'humeur seulement transmise par la voix si bien que pour la première fois Lidia Semionova devine cet étrange pouvoir découvert par le Charlatan viennois qu'il y a à écouter un humain étendu à vos genoux, livrant ses pensées et obsessions, jetant les mots au-dessus de lui comme des bulles de savon, molles et incertaines, moirées de mille reflets, dansotant dans l'air chaud en attente d'un souffle, d'une main tendue, pour éclater.

Le fleuve gelé de mon rêve c'est le Ienisseï, dit Iossif Vissarionovitch, expulsant la fumée de sa cigarette et reposant sa main sur son ventre. Un fleuve si large que tu ne voyais pas les rives même en été – si on peut appeler ça un été, nom de Dieu, quel climat. Moins cinquante pendant trois mois et en juin de la boue jusqu'aux genoux. À peine une heure de jour en janvier, jamais de nuit après mai. Il fallait apprendre à tenir. J'ai appris. On vit partout si on en a la volonté. Même à Koureïka, on vit. Tu arrives, tu te dis impossible. Six ou sept isbas pourries, des huttes de sauvages. Un poêle de tôle au centre de la pièce, de la suie partout, les rondins des murs calfeutrés avec de vieux journaux collés par de la bouillie de poisson. Pas de fenêtre. Une soixantaine à vivre entassés là-dedans comme des poux. Hommes, femmes et enfants. Du courrier une fois par mois quand le fleuve n'est pas gelé. Les Toungouses dans la taïga. Ils m'ont appris à pêcher. Ça me réussissait bien, la pêche. Des esturgeons et saumons grands comme le bras par moins quarante. Ça les impressionnait, les Toungouses. Leur chaman venait me voir faire. Il me regardait plonger mes lignes et hochait la tête : *Tu es possédé par le Verbe !* Qu'est-ce que ça voulait dire ? On n'en sait rien. On s'entendait bien. Des hommes avec des devises simples. Quelques-uns disparaissaient dans un coup de *pourga*, ce blizzard qui t'arrache la tête comme une coquille de noix. Ceux qui restaient haussaient les épaules : *Pourquoi se plaindre de perdre des hommes ? Nous pouvons toujours en faire d'autres. Perds ton cheval et essaie donc d'en faire un autre !* On ne restait jamais loin de nos fusils. Il y avait du gibier pour mettre à bouillir dans le *chtchi*. Du bon et du dangereux. En hiver, quand tu allais chier dans la neige, mieux valait tirer un ou deux coups dans le noir pour ne pas te faire torcher par les loups.

Iossif Vissarionovitch se souvient et s'amuse. Il écrase son mégot, allume une autre cigarette. La fumée stagne à mi-hauteur de la pièce. Le radiateur électrique ne cesse de rougeoyer. Il fait bien trop chaud. Lidia Semionova ôterait volontiers la veste de son tailleur. Elle songe au bruit que cela ferait. Elle se contente de déboutonner le haut de son chemisier. Iossif Vissarionovitch se racle la gorge. Quatre ans à Koureïka, dit-il. J'avais quoi ? Trente-cinq ans à mon arrivée. La meilleure partie de la vie. La plus belle, la plus utile. Regarde-moi ça, vingt ans que je reçois des lettres, des paquets de lettres chaque jour. Toutes les mêmes. Quelques-unes viennent même de Touroukhansk. *Camarade Staline, mon fils est en Sibérie, il va mourir… Ah, ma fille, ah, mon père, ma mère, mon époux ! Camarade Staline, Koba, Sosso, vieux camarade, citoyen premier secrétaire, Petit Père adoré, faites quelque chose ! Quelle injustice, quelle erreur, quelle dureté ! Je ne suis pas coupable. Moi, un si bon communiste, un bolchevik de la première heure. De la deuxième, de la troisième. Il a dû y avoir une erreur…* Tous à se plaindre, à gémir. *Si le camarade Staline savait !* Mais il sait, le camarade Staline, il sait. Il y est allé avant vous, dans l'enfer des glaces. Il y a gémi avant de la boucler pour devenir plus fort. Il y a survécu alors qu'il y avait de quoi devenir un vrai détraqué. Des jours et des jours sans nuit, des nuits et des nuits sans jour. Pas un humain avec qui avoir une conversation. Tu pêches, tu chasses, et après ? Après, rien. Toujours la même chose : le jour qui n'en finit pas, la nuit qui n'en finit pas. Et ça dure. Un an, deux ans, trois ans. Quatre ans. Mille quatre cent soixante et un faux jours et fausses nuits. Le jour qui n'en finit pas te vrille la tête. Tu ne sais pas quoi en faire. Il t'éblouit à l'intérieur. Tu ne trouves plus le sommeil, tu es fin saoul de ne pas dormir. Je partais marcher. Quarante, cinquante verstes à travers la taïga jusqu'à tomber raide et dormir pendant vingt heures. L'été 16, j'ai failli devenir fou pour de bon. J'ai fui Koureïka. Sans rien dire à personne. L'inspecteur de l'Okhrana, un type qui ne me collait pas trop, roupillait. J'ai descendu le Ienisseï sur deux cents verstes. Là, il devenait si large qu'on croyait avoir déjà atteint la mer de Kara. Au milieu, il y a tout un chapelet d'îles. J'en ai choisi une, grande comme un parc, avec forêt de bouleaux, perdrix et canards. Je m'y suis fait ma cabane, j'y ai pêché des sterlets. Tenu là jusqu'aux premières glaces. La vraie solitude. Tu ne sais plus rien du temps. Quand je pense qu'au même moment ils crevaient dans les tranchées ! Moi, j'étais dans le jour perpétuel. Tu es seul avec ton ombre qui te surveille. Toujours collée à tes semelles. Au moindre mouvement elle est là. Elle sera encore là si tu crèves. Impossible de savoir ce qui commence et ce qui se termine. Il n'y a plus qu'un seul mouvement, très lent : le fleuve autour de toi. Tu deviens un petit caillou. Rien d'autre. Un petit caillou qui résiste au fleuve. De la folie. Presque du bonheur. La nuit d'hiver qui n'en finit pas est bien pire que le jour qui n'en finit pas. Quand le soleil vient pour une ou deux heures, tu ne le supportes pas. Tu t'enroules dans tes peaux de rennes pour regarder la nuit qui te mange le ventre. S'il ne fait pas un gel à te tuer sur place, tu sors, tu marches. Ta tête se remplit de nuit comme un seau. Tu la sens qui dégouline en toi. Celui qui n'a pas vécu ça ne peut rien comprendre de ce qu'est la nuit. Une nuit de moins cinquante. Tu pêches ton poisson, tu le coupes à la hache. Sous la pelisse, si tu respires en ouvrant la bouche, tes dents se fendent. Ne plisse pas ton front, il va tomber en morceaux. Ferme les yeux ou tu deviendras aveugle. Ne reste pas immobile plus de trois secondes ou tu n'auras plus d'orteils. Une nuit de glace qui te brûle comme une chaudière. Une nuit qui te mange et que tu traînes sans fin avec toi. Tu ne sais pas quoi en faire. Que faire de la nuit, que faire de la nuit ? tu te demandes, tu te demandes et ça te mange la tête. Une fois qu'elle t'est rentrée dans la peau, c'est fini. La nuit de Koureïka ne m'a pas quitté. Aujourd'hui, c'est toujours la même chanson : tu travailles, tu manges, tu bois, tu regardes un film et puis après c'est encore la nuit. Et de nouveau : quoi faire de la nuit ? J'ai tenu bon. Comment ? En faisant travailler ma tête. Dans ma cabane borgne pleine de suie puante de poisson, j'ai écrit un essai sur les nationalités : « Autonomie nationale culturelle ». Toujours valable. Cent cinquante pages dans la revue de Troïanovski : *Prosvechtchenie*. Ça m'a rapporté trois kopecks. Et encore. Parce que j'ai insulté Troïanovski. Mais j'ai perfectionné mon grec, j'ai appris l'allemand pour lire Marx, Goethe et Heine dans leur langue. Et l'anglais pour lire les âneries qu'écrit l'Ouest sur nous. Voilà ce qui s'est passé à Koureïka. Le travail m'a sauvé. Ils ont envoyé Staline dans l'Arctique pour qu'il crève et Staline en est revenu plus fort. À l'entrée des camps de *zek* j'ai fait écrire : « En URSS, le travail est la joie et la gloire de l'homme. » Ou : « Travaille, ta liberté est entre tes mains. » Les bons éléments, même les pas trop mauvais, comprennent. Ils s'adaptent, survivent dix, quinze ans. Une vie. Ça finit quand même par en faire des citoyens. Les chochottes crèvent. Qu'est-ce qu'on y peut ? Comme disent les Toungouses : des hommes, on peut toujours en faire d'autres. On forge l'acier en le chauffant jusqu'à l'incandescence puis en le plongeant dans l'eau glacée. Moi aussi j'ai des devises simples.

Puis silence sur le divan pareil à celui du Charlatan viennois.

Puis, sans bouger, tout juste sa main droite quitte-t-elle son ventre pour déposer la cigarette consumée jusqu'au filtre dans le cendrier. Sans même rouler la tête sur le côté, il réclame un verre de thé à Lidia Semionova. « Du thé avec, dit-il. Fais pas semblant. La bouteille est ouverte.

– Tu ne préfères pas te servir toi-même ?

– Tu as peur de m'empoisonner ? Tu n'auras pas le temps. Je vais te surveiller. »

Claquement de la tablette qui se rabat, grincement du siège, pas sur le plancher vite étouffés par le tapis de Perse. De la petite théière posée sur le haut du samovar électrique Lidia Semionova verse un peu de liquide noir, épais, odorant, géorgien, dans un verre cannelé, l'allonge d'un peu d'eau brûlante au robinet de laiton du samovar, achève de remplir le verre de cognac. S'il l'a surveillée, Iossif Vissarionovitch – de tout son long à plat dos sur son divan, le buste dans l'inclinaison légère des coussins, paupières et bouche closes, pâle, la poitrine immobile et malgré le débraillé de la vareuse grande ouverte, de la chemise froissée emmêlée au plaid à carreaux verts et rouges, inutile avec cette chaleur, quoiqu'on ne sache jamais avec ces vieillards s'exerçant au rôle illustre des gisants de marbre, immensément morts et parfaits, devant lesquels la crédulité vient s'agenouiller dans les froides cathédrales – n'en montre rien. Il se contente de lever la main, serrer ses doigts autour du verre que lui abandonne avec précaution Lidia Semionova – va savoir, peut-être bien retient-elle le désir d'une caresse sur le poignet du camarade Staline, sur son front ou ses tempes grêlées, fatiguées, grisées et comme poussiéreuses, ainsi que durent l'être celles de tous ces rois, tsars et empereurs, tyrans bénis et abhorrés qu'un jour on mua en pierre votive pour rappeler à tout un chacun que, de leur vivant déjà, l'humanité ordinaire les avait quittés – guettant sa réaction, au cas où il découvrirait son débraillé à elle, son corsage déboutonné entrouvert sur le pâle de sa chair, les fleurs blanches sur le tulle de son soutien-gorge. Mais non, rien. Donc, de la caresse, elle s'abstient.

Elle revient s'asseoir dans le fauteuil de lecture. Pas lents sonores sur le plancher, grincement du siège, tablette claquée et, le plus doucement possible, crissement des cuisses de soie. Un souffle. Une imagination. Après quoi Iossif Vissarionovitch se redresse sur un coude pour boire son thé-avec. Une longue rasade. Après quoi il retombe contre les coussins et dit : « Au goût, pas de poison. Mais d'après Beria on en fait qui n'ont pas plus de goût que l'eau. La moustache et la barbichette dans le visage vide du rêve, tu les as reconnus ? Ne joue pas au Charlatan, réponds.

– Trotski ?

– Trotski ? Qu'est-ce que tu racontes ! Pas Trotski : ce salopard d'Ilitch. Aucun doute. Notre Vladimir Ilitch en personne. Quatre ans à Koureïka sous la glace et pas une lettre. J'aurais pu crever, il ne s'en serait pas aperçu. »

Des lettres de Koureïka, lui, Koba/Staline, il en a envoyé des dizaines. À Ilitch, à ce lèche-cul de Zinoviev aussi. Pas de réponse. « *Camarades, expédiez-moi quelques roubles, je n'ai pas de quoi m'acheter des nippes contre le froid, Iossif.* » Pas de réponse. « *Organisez mon évasion : en quoi suis-je utile ici dans la glace ?* » Pas de réponse. Zinoviev, ce n'était pas une surprise. On savait à qui on avait affaire. Un youpin pissant plus haut que son cul. Quand il faisait un discours, le citoyen Zinoviev, on aurait dit qu'il se regardait dans un miroir situé très au-dessus de la terre. Le petit Staline, il ne le distinguait pas plus qu'une merde de mouche sur ses bottes. Ses yeux ont fini par se dessiller, juste un peu trop tard. Là, il l'a vu en grand, le camarade Staline. Donc va pour Zinoviev. Mais Ilitch ? Vladimir Ilitch Lénine, notre saint homme du Monde Nouveau !

« Mon Petit Père Lénine ! » s'écrie Iossif Vissarionovitch.

Voilà qui n'arrange rien à son humeur. Tout au contraire. Ça bout, ça s'agite, ça gronde, ça renverse le fond de thé-avec sur le plaid. Ça gronde : Lénine le faux cul ! Cette soi-disant bonté faite homme, qui fermait les yeux pour écouter Beethoven et pouvait vous réciter cent pages de *Guerre et Paix* après avoir envoyé la Tcheka chez Plekhanov mourant ou signé l'arrêt de mort de deux cents mencheviks. « On se plaint que Staline est cruel, mais Staline n'est et n'a jamais été que l'enfant de chœur d'Ilitch, s'énerve Iossif Vissarionovitch. Un cœur de pierre autant qu'un cerveau de pierre, voilà Lénine. » La vérité, dit-il, c'est que Vladimir Ilitch Lénine, de toute sa très sainte vie de salopard, n'a aimé qu'une et unique chose : le dieu Pouvoir. La vie ascétique, les costumes

et les cravates froissés, la petite bedaine remplie de macaronis au beurre et de bonnes paroles pour le pauvre peuple : du théâtre. De la comédie. Une seule passion et une seule tâche, pour Ilitch : le Pouvoir. Et nettoyer le chemin qui y conduit. Pour ça, il était trop content d'avoir le camarade Staline. Pour lutter contre cette pute de Trotski, il le choyait, son naïf Staline. Pour tirer des montagnes de roubles des bourgeois sans se souiller les mains, comme il l'aimait, son Koba ! Pour anéantir les cosaques de Korchak à Tsaritsyne, envoyez donc Staline, moi je tourne la tête et je suis propre comme le Christ. Avec ça aucun esprit stratégique. Aucune subtilité tactique. Des injures plein la bouche à la moindre contradiction, oui. *Vendus… laquais… mercenaires… Judas… Ce pauvre Koba, vous avez vu comment il mâchonne sa pipe ? Un garçon qui n'arrive pas à perdre ses manières d'Asiate.* Ça devant la Kroupskaïa et Trotski. Ou en plein Politburo : *Pas si intelligent que ça, le camarade Staline*. Charogne va ! Incapable de discuter mais toujours capable d'insulter. Te rendre ridicule devant les autres, il savait faire. Et le mal qu'il faisait, Ilitch notre bien-aimé, il le savait aussi. Un sectaire de l'eau la plus pure. Un sourire par-devant, vingt coups de couteau par-derrière. Une seule chose comptait : sa victoire. La sienne et rien d'autre. À n'importe quel prix. Et jusqu'au bout. Jusqu'à entrer dans l'éternité. Une leçon. Une grande leçon. Si tu sais l'apprendre.
« C'est quoi, la saloperie de la lettre dictée à la Fotieva et qui soi-disant n'existait pas ?

– Je.

– Tu t'en souviens parfaitement, camarade Vodieva. Je sais que tu t'en souviens tout aussi bien que de la fois où il a voulu te baiser.

– Il était si vieux et si mourant. Il ne savait plus ce qu'il faisait.

– Ilitch a toujours su ce qu'il faisait. Même mort, il sait encore ce qu'il fait. La phrase ?

– Toi aussi tu t'en souviens, Iossif.

– Moi, pas question qu'elle passe ma bouche. Les oreilles, c'est déjà bien assez.

– "*Staline est trop grossier, et ce défaut, tout à fait tolérable dans notre milieu et les contacts entre nous autres communistes, devient intolérable dans la fonction de secrétaire général.*"

– Le merdeux ! Rien de mieux à faire que me cracher dessus sur ton lit de mort. Moi, ton fils le plus pur. Devant la mort, tu m'as craché à la figure, Vladimir Ilitch Lénine, notre très saint Petit Père ! "À ton passage, les chemins fument, les ponts gémissent", comme disait Gogol. Et maintenant, tu viens dans mes rêves me trancher en deux pour me laisser le ventre plein de petits poissons ? »

Il a fini par crier, Iossif Vissarionovitch. Cette fois, c'en est fini de la posture du patient du Charlatan. Peut-être est-ce l'évocation du lit de mort. Ou bien qu'on ne respire pas si bien allongé qu'assis dans une pièce surchauffée et enfumée quand l'émotion – haine, fureur, rancœur trop longtemps recuites, infiniment putréfiantes comme le sont tous les corps doués de sentiments plongés dans le Temps, dans l'épouvantable triomphe du Temps – vous empoisonne le sang. D'un coup de reins, pénible, pas si vif qu'il pourrait le souhaiter, Iossif Vissarionovitch bascule ses jambes sur le côté du divan, pousse son buste, se soutient de son bras droit tandis que le gauche, perpétuellement replié, invalide depuis les belles années de l'enfance, fait un balancier maladroit d'où s'échappe le verre de thé-avec qui roule entre les dossiers sur le tapis de Perse. « Dans mes rêves et pas seulement dans mes rêves, dit-il en se mettant debout. Ilitch l'Éternel ! Sauf que je ne l'ai jamais vu le cul sur un cheval et encore moins capable d'endurer le froid du Touroukhansk, ricane-t-il. Mais te fendre en deux avec sa langue bien pendue, il pouvait », dit-il encore. De sa main retournée contre lui, il fait le geste grandiloquent d'un sabre qui lui ouvrirait la panse. La sueur – la mauvaise circulation de ses artères trempées de cognac contre laquelle de nombreux médecins, quoique à mi-voix et prudemment, l'ont mis en garde – brille sur ses tempes, ses narines, lustre le gris de son menton et son cou. Il rejette le plaid, s'essuie le visage d'un revers de manche. Il fait une température d'étuve dans ce foutu bureau, grogne-t-il. Le radiateur apporté par Poskrebychev vaut pas mieux que le tourne-disque. Détraqué tout autant. Il ouvre la fenêtre, repousse le volet. Le frais de la nuit d'automne pénètre dans la pièce enfumée surchauffée comme une longue gorgée d'eau fraîche. Un peu trop. Un peu glaçante pour l'homme qu'il est devenu. Les moins cinquante degrés de Koureïka, il y a longtemps qu'on ne les supporterait plus. Il faut espérer que l'éternité est une contrée sans température. Si Lénine n'avait été un salopard que dans son grand âge, on aurait pu le comprendre. La vieillesse salope tout si on n'y prend pas garde. Mais non, sa mauvaiseté, Ilitch la portait dès le berceau. Les yeux levés vers la nuit noire joliment piquée d'étoiles au-dessus du parc, Iossif Vissarionovitch dit : « Nom de Dieu, quand je suis arrivé à Koureïka, je l'aimais encore comme un père. Quand je suis reparti, je savais. J'avais compris qui il était. »

Il referme volet et fenêtre. Va savoir pourquoi, c'est le chœur des citoyens de Chypre, de Verdi, qui lui revient aux lèvres : « *Fuoco di gioia ! L'ilare vampa / Fuga la notte col suo splendor...* » Il va jusqu'au samovar en chantonnant. Ramasser le verre sur le tapis de Perse lui coupe un peu le souffle. Lui fait un peu tourner la tête. Il s'appuie à la table et respire un bon coup avant de verser le cognac et de le boire d'un trait.

Quand il se retourne, cette fois il la voit, notre Lidia Semionova dans le fauteuil de lecture. Peut-être bien l'avait-il oubliée dans le tourment de ses pensées. Dans la pénombre du bureau encore chaud et enfumé comme une caverne de sauvage, la camarade Vodieva a quelque chose d'une apparition de rêve. Corsage déboutonné sous la veste de tailleur, un peu de chair de poitrine entre les tissus, cuisses soyeuses haut croisées, le regard amusé. Un débraillé convenant à l'*homme grossier* selon le saint Père de tous les bolcheviks. Quand on pense qu'Ilitch, un jour, avec ses manières de sainte-nitouche, tout allongé et moribond qu'il était, a fait mettre nue cette femme qui n'était encore qu'une fille !

Il dit : « À Koureïka, j'ai eu ma première Lidia. Une Lidia d'avant toi, camarade Vodieva. Lidia Pereprygine. Amusant comme je me souviens de son nom : Pereprygine. Une orpheline. On a vécu comme un vrai petit couple pendant les quatre ans où Ilitch m'a oublié. Le foin que ça a fait. Une gamine de treize, quatorze ans. Au début s'entend. Neuve et robuste comme sont les filles là-bas. Mais sachant apprendre la musique sans effort. Des petits poissons, on en a fait quelques-uns. Un arum aussi pur que la neige, cette Lidia. Aucun doute. Un bel arum comme celui de mon rêve. L'arum des glaces du Ienisseï. Tu vois, pas besoin du Charlatan pour comprendre. Et je vais te dire pour Ilitch : j'aurais dû me méfier. Les pères, ça n'a jamais été bon pour moi. Le mien, le vrai soi-disant, ce grand abruti ivrogne de savetier de Gori, un nul de nul qui m'a laissé tomber quand j'avais quoi ? Sept ans ? Son plus grand cadeau. Bon débarras : il ne me voyait que pour me taper dessus. Mais Ilitch, c'est autre chose. On ne s'en débarrasse pas, de notre Ilitch. Le plus grand des vivants et le plus vivant des morts ! »

Iossif Vissarionovitch rigole. On pourrait croire qu'il a retrouvé un peu de bonne humeur. Mais son ton dit le contraire quand il demande : « Tu es allée nager avec l'artiste peintre ?

– Non. Seulement lui montrer la piscine soufrée.

– Promenade du soir.

– Oui.

– Bon nageur ?

– Aucune idée. J'en doute.

– Tu n'as pas cherché à savoir.

– Tu le saurais.

– Pas si sûr. Vlassik n'est plus ce qu'il était et je ne vais pas compter sur les abrutis que Beria sème dans le parc. Il n'y a que moi à les intéresser. Mais tu as quand même un peu envie ?

– De nager avec lui dans la piscine ?

– Ça et ce qui va avec.

– Ça m'a traversé l'esprit.

– Poskrebychev le trouve plaisant.

– Il l'est.

– La peur de me déplaire ?

– Comme tout le monde.

– Toi aussi ?

– Moi comme tout le monde, mais depuis plus longtemps.

– Je n'en suis pas certain. Toi tu mens mieux que les autres. Presque aussi bien que moi. Il aurait fallu faire une compétition à nous quatre : Ilitch, ma mère, toi et moi. En voilà une idée. »

Il rit de nouveau. Un petit rire bas, sans conviction. Ou bien fatigué, la tête déjà ailleurs. De la langue il se masse les gencives. Un tourment qui ne s'apaise pas. Il se reverse un doigt de cognac. Le boit les yeux clos, le fait rouler dans sa bouche pour se purifier de la traîtrise de ses gencives. Quand il soulève ses paupières, ses iris jaunes fixent le corsage déboutonné de Lidia Semionova. Un regard encore capable de la vieille braise du désir. « Viens me laver le dos, ma Lidiouchka. Les foutaises du Charlatan, ça vous épuise pour rien. »

L'un ni l'autre n'allument la lumière en entrant dans la salle de bains. L'éclat jaune venu du bureau par la porte demeurée ouverte suffit. Les reflets du carrelage vert en sont adoucis. Il n'y a plus un mot entre eux, seulement une manière de ballet rodé. Lidia Semionova ôte ses chaussures d'un petit mouvement des chevilles, ouvre en grand le robinet de laiton à gueule de dragon au-dessus de la baignoire. C'est faire un geste de chef d'orchestre. Un tour de poignet et hop, le grand concert des tuyaux bat son plein, l'eau crisse gifle éclabousse l'émail terni avec l'allégresse d'un chantonnement de jeune fille, puis se mue, monotonie lénifiante, en fontaine. Avec la vapeur brûlante monte l'odeur poivrée et pourrissante du soufre. Indifférent au ramdam de la tuyauterie, Iossif Vissarionovitch a déjà arraché sa chemise et son tricot de corps. Suivent pantalon, caleçon, chaussettes. Un petit vieux nu, épaules tombantes et reins empâtés, pelage de poitrine clairsemé et aines plissées, fesses usées, cuisses et mollets striés par le bleu des varices sous la chair d'une grande pâleur. Il piétine les linges sur le sol frais pour considérer Lidia Semionova. Dans son tailleur à la mode Chanel, inclinée par-dessus le bord de la baignoire, la manche droite à peine remontée, elle mesure de la main la chaleur de l'eau, règle les robinets. Voilà, ça va, dit-elle, lui offrant ses doigts mouillés pour qu'il puisse enjamber plus aisément le mur de la baignoire. Son sexe, un peu de chair brune pendante dans le fouillis des poils blanchis, glisse sur le carrelage humide. L'un ni l'autre n'y prennent garde – ou ne faisant mine de, qui peut savoir ? – Iossif Vissarionovitch s'acclimatant à la brûlure de l'eau puante avant de s'y abandonner. Un gémissement de bien-être. De sa main droite il remonte la chaleur de l'eau sur sa poitrine, son cou, son visage, s'en asperge, s'en fourre dans la bouche pour s'en masser énergiquement les gencives alors qu'à son tour Lidia Semionova se débarrasse de la veste de son tailleur, la suspend avec soin à la patère fixée dans le carrelage, achève de déboutonner son chemisier, descend la fermeture Éclair de sa jupe, la dégrafe, la fait glisser au sol d'une secousse des hanches, s'incline pour la reprendre, ôte son chemisier et suspend le tout à son tour. Quand elle se retourne vers la baignoire, la lumière jaune venue du bureau joue comme une main dorée sur sa beauté. Iossif Vissarionovitch attentif. Puis laissant tomber les paupières quand elle passe derrière lui, s'assoit sur le rebord de la baignoire, prend un savon français arrivé là on ne sait comment et le fait mousser entre ses mains. Le lavage de dos commence – ample, circulaire, ici et là le long de la colonne vertébrale le trémolo de petits tourbillons du pouce et de l'index, puis à nouveau l'envol d'oiseaux planeurs sur la chair épaisse, vite plissée et comme sans substance intérieure, un peu rocailleuse dirait-on par endroits ou laissant facilement deviner les os, les vertèbres, les ourlets articulaires, les omoplates, l'attache des clavicules – leurs souffles imperceptibles autant que leurs pensées. Les tuyauteries se sont tues, les murs de carrelage ne résonnent que de la caresse savonneuse et des clapotis de l'eau. Presque un silence. Peut-être Iossif Vissarionovitch en cet instant surveille-t-il anxieusement et de tous ses nerfs l'allée venue des doigts de Lidia Semionova. Peut-être se demande-t-il s'il peut se fier absolument à eux, à elle. Comment savoir ce qu'il se passe sous les os d'un crâne. Même d'un crâne bien connu, fréquenté avec bienveillance autant que défiance et parfois même baisé, palpé, sondé avec une possession qui pourrait passer pour de l'affection. Des fidèles devenus infidèles, on en a connu. Des fidèles corrompus d'infidélité jusqu'à la moelle, on en a connu. L'inévitable même. Une histoire chimique ou physique de l'instabilité des états. Crois en la fidélité et tu périras par l'infidélité. Peut-être Iossif Vissarionovitch songe-t-il aux mots qu'il a lui-même prononcés un peu plus tôt : *Toi tu mens mieux que les autres. Presque aussi bien que moi.* Peut-être a-t-il un doute sur ce *presque*. Le mensonge : un domaine où l'on se laisse aisément illusionner par ses propres virtuosités. Par exemple, longtemps Lidia Semionova a assuré qu'Ilitch à l'article de la mort avait tenté de la violer. Longtemps il l'a crue. Sur son lit de mort, Maria Oulianova, collègue de Fotieva et Lidia Semionova à Gorki pendant l'interminable agonie du « plus vivant que les vivants », a assuré que non. Impossible, a-t-elle dit. Ilitch n'était pas en état. Ce qu'il voulait, c'était voir une jeune beauté russe nue avant de mourir. Ouvrir l'œil ne lui était déjà pas si facile. Aujourd'hui, quand Iossif Vissarionovitch fait allusion à l'affaire, Lidia Semionova ne le détrompe toujours pas. Un beau mensonge, une belle femme. Nue pour le mourant Ilitch, nue pour le vieux camarade Staline. Comment savoir ce qu'il se passe sous les os d'un crâne ? L'art du mensonge, le plus grand des arts humains. Un premier rôle à la portée de tous devant les tribunaux du monde. Le grand art de la Loubianka, la géniale trouvaille du Monde Nouveau : savoir appeler un mensonge une vérité et une vérité le mensonge. Mais ici dans la baignoire d'eau soufrée bienfaisante, Iossif Vissarionovitch retient les doigts savonneux de Lidia Semionova quand ils glissent sur son cou et demande : « Lidiouchka, tu te souviens : la balle de Nadia, c'était dans la tempe ou dans le cœur ? »

Lidia Semionova ne répond pas tout de suite. Iossif Vissarionovitch est sur le point de répéter sa question lorsqu'elle dit : « Son cœur.

– Sûre ?

– Presque. Tu ne m'en as parlé qu'une seule fois. Il y a longtemps.

– Pas tant que ça. »

Dix-huit ans et quatorze jours précisément. Iossif Vissarionovitch libère les doigts de Lidia Semionova. Ils reprennent leur mouvement. Plus doucement, plus tendrement, dirait-on. À la manière dont les mères se prennent au jeu des caresses lorsqu'elles lavent leurs jeunes enfants. Le silence d'eau et de caresse revient, propice aux secrètes pensées. Peut-être Iossif Vissarionovitch fouille-t-il sa mémoire, y cherche-t-il l'image de ce qu'il a vu dans cette nuit de novembre d'il y a dix-huit ans et quatorze jours. Une femme au pied d'un lit et du sang. Un souvenir de sang en petite mare. Nadejda Allilouïeva, ma Nadia. Comment savoir d'où sortait ce sang. Comment savoir si la Vodieva aux doigts caressants dit la vérité. Comment savoir si la mémoire dit la vérité. La femme au pied du lit, on ne la voit plus. Plus une image mais une idée d'image, comme ces étoiles que nous voyons et qui ne sont, paraît-il, que de la lumière disparue. Nadia, *ô ma Souliko !* Peut-être est-ce la vérité. Peut-être une balle dans le cœur répand-elle plus de sang qu'une balle dans la cervelle. Une balle dans le cœur pour une souffrance du cœur. *Oh dis-moi, où es-tu Souliko, ma Souliko ?* Pourquoi reviens-tu toujours dans mes pensées. Et maintenant, justement maintenant qu'une femme me savonne comme une mère. Lidia, ma Lidiouchka, *ô ma Souliko, où es-tu ?* Toutes les femmes deviennent-elles des Souliko comme les étoiles des lumières mortes ? Comment savoir ? Tout dégoulinant, Iossif Vissarionovitch se dresse dans l'eau puante de soufre. Bon, dit-il, ça suffit, ça ira maintenant. Lidia Semionova repose doucement le savon. La vapeur luit comme une sueur sur son visage et sa poitrine. Iossif Vissarionovitch l'observe en mâchonnant sa moustache. Elle quitte le bord de la baignoire dans sa tenue de femme demi-nue. Ce qu'elle vient de penser, durant tout ce temps de bain, c'est certain, on ne le saura pas. Ce n'est pas son sourire qui nous le dira. Pas non plus la dernière caresse qu'elle nous prodigue tandis qu'on a enfilé le peignoir. La main qu'elle tend pour nous éviter de nous raboter les couilles au sortir de la baignoire. On dit en ayant retrouvé une robuste mauvaise humeur : « Quand j'en aurai fini en bas, tu me liras la suite de Pouchkine. Et les cochonneries du Charlatan, pas la peine de s'attarder là-dessus. Débrouille-toi pour les faire disparaître. »

10

Pour ceux qui l'attendent dans le hall, au rez-de-chaussée du Palais Likani – Poskrebychev et sa serviette de cuir, Vlassik et sa graisse parfumés à la bergamote, Dovitkine et sa cicatrice, la Rumichvili et ses yeux de Méduse, les Kouridze et Tchoubinski de retour, pâles et tremblants, incertains du sens de leur grâce, les hommes de la sécurité aux armes bien évidentes, les cuisinières et servantes en petit tablier blanc et coiffe d'infirmière – un coup d'œil à l'allure du camarade Staline suffit. Vareuse boutonnée jusqu'au cou, joues rasées et talquées de frais, cheveux assombris d'eau de Cologne, bottines de cuir rutilantes, pipe à la main, jaune regard loin sous les paupières mi-closes et, par-dessus tout, dans le poids des pas qui descendent les marches, la lenteur des heures mauvaises. Ce qui se prouve sans tarder.

Sans un salut, Iossif Vissarionovitch traverse le hall, pénètre dans la salle à manger, se fige devant le masque mortuaire d'Ilitch. Comme on lui a ordonné, Dovitkine en a abaissé l'accrochage. Iossif Vissarionovitch n'a qu'à tendre un bras, le droit ou le gauche, le bon ou l'estropié, pour toucher, frôler, caresser. Le camarade Staline semble posséder moins d'entrain pour l'émotion filiale que la veille. Qui sait, ne se sent plus rien de la ferveur de la veille. Mais la cohorte suit et guette. Donc on fait son devoir.

Peut-être Poskrebychev ou Dovitkine, les plus proches, devinent-ils le millimètre qui sépare malgré tout les doigts du Généralissime du visage sacré. Peut-être en concluent-ils à une nouvelle variété d'émotion, un bouleversement d'une nature qui ne saurait les atteindre. Cela ne dure qu'une poignée de secondes. Dès que le camarade Staline s'écarte du mur, chacun a son propre souci. Poskrebychev ouvre sa serviette, y plonge la main – d'ordinaire c'est l'heure de transmission des lettres d'amour, d'admiration, plaintes et suppliques, pas plus de deux par genre après un tri sévère dans le tombereau quotidien, l'heure aussi des rapports et comptes rendus les plus urgents, des billets pour mémoire, des billets pour l'oubli, pour l'ultra-confidentiel, les foisons de télégrammes, listes des appels, quémandeurs, soumissions et espérances, tout un vent de vie courante, une paperasserie insatiable qui peut prendre des allures de notes de courses ménagères alors que ce n'est rien d'autre que la pulsion du sang du Monde Nouveau dans les ventricules du cœur soviétique, celui du Guide, ravivant la mécanique essentielle, la diastole-systole propulsant les cellules vitales, les régénérant après élimination soigneuse des dégénérescences inévitables ; lourde et vitale besogne dont d'ordinaire le camarade Staline se montre friand, tout spécialement au mitan de la nuit propice à la lucidité des décisions – mais ce soir non, le regard de Iossif Vissarionovitch dit pas maintenant, plus tard on verra. Poskrebychev obtempère, retire sa main. Sans un regard pour le reste de la cohorte, Iossif Vissarionovitch signifie au capitaine

Dovitkine que c'est à lui d'être sur le gril, qu'on l'écoute et pas la peine d'en faire des discours, la Corée on en est où ?

Dovitkine connaît son affaire. Pas de notes, pas de bafouillages. La ligne de combat sur le fleuve Ch'ongch'on est stabilisée, dit-il le doigt pointé sur les rubans rouges et noirs immobiles depuis la veille. Puis vivement croisant les mains dans le dos, faisant face aux cartes de la poitrine seulement, son visage de combattant balafré tendu vers Son Excellence Généralissime selon la règle, il ajoute que, à part quelques escarmouches sans conséquence, on pourrait croire que le front est mort. Ce serait une erreur. Selon un rapport des agents soviétiques infiltrés chez l'ennemi décodé peu après vingt et une heures – soit expédié au profond de la nuit pacifique, les trois pendules remplaçant les trophées de chevreuil au-dessus de la porte indiquant maintenant vingt-trois heures ici à Borjomi comme à Moscou, quatre heures à P'yŏngyang, le petit matin dans le Pacifique où se planque MacArthur et, comme toujours, l'heure du barbecue et des murmures à New York ou Washington – les fascistes américains comptent déclencher dans les quarante-huit à soixante-douze heures une offensive générale, nom de code *Home by Christmas*, dit Dovitkine, se montrant alerte dans la langue anglaise. Selon le rapport, le général MacArthur aurait désigné le général Walton Walker de la 8e armée pour diriger la manœuvre. Aussitôt informé, le général Chou a déclaré qu'il n'y avait aucun souci à se faire. Les fascistes américains ne connaissent qu'une stratégie, comme dans les films de cow-boys : l'attaque simultanée sur les trois flancs, est, ouest, centre. Une confiance absolue dans leur puissance de feu – inutile d'entrer dans le détail, ladite puissance étant trois fois et demie supérieure à celle des Chinois, l'Armée des Volontaires du Peuple ayant abandonné son armement lourd en Mandchourie pour arriver à temps sur le fleuve Ch'ongch'on, le reste du matériel chinois étant curieusement tout ce qu'il y a d'américain car vieux de la guerre civile, fusils Garand M1, Browning automatiques M918, mitrailleuses Thompson, un peu de bazookas, des poignées de grenades, une pincée de mortiers, pas plus d'une pétoire hors d'âge pour trois soldats, sans compter l'avance en rations et munitions qui n'excède pas quatre ou cinq jours, sans compter l'absence du moindre avion communiste face aux hordes de F4U-Corsair, Douglas AD Skyraider et Grumman F9F impérialistes – le général Chou, dit encore Dovitkine sans rien laisser paraître de son opinion personnelle, se moque des règles militaires archaïques de l'Ouest dégénéré, toujours trop confiant dans sa force brute, toujours trop ignorant de ses mille et une faiblesses. L'Armée des Volontaires Chinois pour la Libération de la Corée utilisera le climat, le terrain et la nuit, ce qui vaut bien des canons et des mitrailleuses. « "Le scorpion n'a besoin que de l'ombre pour abattre plus immense que lui", a-t-il dit », transmet Dovitkine avant de se taire.

Peut-être, dans le silence qui s'ensuit, Iossif Vissarionovitch a-t-il légèrement opiné. Nul ne saurait en être certain. Poskrebychev, expert en poids et mesure du silence du Patron, échange un coup d'œil avec Vlassik. Il s'autorise un peu de surenchère approbative. « L'arrogance habituelle des fascistes, abonde-t-il. Hitler devant Moscou et Stalingrad. Les Ricains ne connaissent rien aux Chinois. Ils vont se faire couper la queue à coups d'épingle. »

De nouveau silence. Ce qu'en pense le camarade Staline, les yeux toujours rivés sur les cartes – ou peut-être n'ont-ils pas quitté le visage de bakélite d'Ilitch – nul ne sait. Peut-être rien. Un manque d'intérêt au point de s'en laver les mains. Après tout les affaires des Chinois c'est les leurs, et les grimaces des Mao Tsé-toung et autre Chou, c'est peu dire que Iossif Vissarionovitch n'en pense pas que du bien. Ou peut-être l'enthousiasme viril de Poskrebychev ravive-t-il des heures et des souvenirs ? Un tourbillon plus lointain. Le grand Joukov hurlant au téléphone : *Camarade Staline, les Allemands bombardent nos villes ! Kiev, Odessa, Sébastopol, Riga ! C'est la guerre ! Hitler nous a trahis. Même pas un ultimatum et c'est la guerre !* L'étrange moment. Le détestable moment. Gluant et dense. Trop rapide, trop lourd d'événements. D'impuissances. Le temps devenu une locomotive jetée dans la steppe d'août et l'incendiant de ses étincelles. À ce qu'on dit – mais qui le dit ? – l'unique moment, en vingt ans d'usage de la poigne, où on se serait laissé aller à un peu de faiblesse face aux serpents du Politburo. Rumeurs, rumeurs. Soi-disant terré pendant trois jours dans la datcha de Kountsevo pendant que les nazis avalaient tout devant eux. Peut-être, peut-être. Comment s'en souvenir ? Quelle confusion ! Les jours se couvraient de tant de cris qu'ils en devenaient plus opaques que les nuits. La mémoire, la vraie, c'est celle de la clique aux longues dents venant nous supplier : *Ô camarade Staline, que faire sans vous ?* Le moment de se souvenir de Hegel : le réel est rationnel. Toujours et sans exception. Victoire à celui qui garde la Raison. Quel meilleur gardien de la Raison que notre Guide Bien-Aimé ? Notre Phare, notre Petit Père, notre *Vojd*, notre Patron ! Ensuite, et jusqu'à l'épuisement, ces heures passées devant les cartes du front de Moscou, du Don, de la Volga, les heures infinies de Stalingrad – ô ma Tsaritsyne, ô ma ville à moi – Koursk et Leningrad, nuits et jours, jours et nuits emplis de sonneries, d'ordres et contrordres, balles traçantes des colères et des gueulements, les humeurs de Boudienny, Vorochilov et Joukov, les flagorneries habituelles de Beria, Malenkov, Khrouchtchev et Timochenko, le sommeil plus en fuite que jamais, tout contrôler, tout voir, les mots de la radio, les mots des articles, la longueur des ailes des Iliouchine comme celle des baïonnettes. Ne rien laisser au hasard. Châtier sans faiblesse. Honorer sans faiblesse. Dire par la bouche de Molotov les phrases nécessaires : « Notre cause est juste, nous battrons l'ennemi, la victoire sera entre nos mains. » Nos mains et quelques dizaines de millions de cadavres. Et plus tard, plus tard, dire nous-même aux vivants en sursis : « Camarades, citoyens, mes frères, mes sœurs. » Puis enfin la cavalcade à Berlin, les grâces du Roosevelt mourant, les courbettes des Eisenhower, Churchill et de Gaulle, les « Très cher Maréchal Staline… ». L'Ouest à nos bottes, si heureux de l'être. Et enfin, enfin, après une éternité sans vie et sans sommeil, après une immensité de cadavres patriotiques comme jamais on n'en a vu et jamais n'en reverra, le triomphe de la place Rouge un joli matin de juin.

Mais c'est déjà loin, tout ça. Du déjà vécu. L'excitation n'y est plus. Chacun son début de guerre. La bataille de Séoul ne sera pas Stalingrad. Rien, jamais, ne sera plus Stalingrad. Mao jamais ne sera Staline. On le sait. Donc on dit : « Bon. »

Un seul et unique *Bon*. Une syllabe de mauvais augure loin du *Bien, bien* autrement encourageant. On ne rallume pas sa pipe. Des signes limpides pour tous. Une alerte reçue cinq sur cinq.

Donc, lorsque Iossif Vissarionovitch se retourne vers la table couverte des délices culinaires géorgiens – les mêmes que la veille, *khinkali*, *satsivi*, *mtchadi*, *mtsvadi*, *tchakapouli*, *lobio*, jusqu'aux tranches de *soulgouni* immaculées et préférées de Iossif Vissarionovitch, sauf que ce soir tous les plats sans exception, les corbeilles de fruits et les bouteilles de cognac et de vin sont étroitement enveloppés d'une cellophane scellée d'une rosace de cire rouge retenant un même carton où a été écrite à la main une même phrase : *Contrôlé*. TEST. CHAPLIOVNICK-MVD 228, 22 NOVEMBRE 1950, 22 H 15 – on entendrait voler une mouche. Nul, pas même la Rumichvili et les cuisinières, ne songe à faire un geste. Ni sourire, ni extase du regard. Vlassik et Poskrebychev, toujours les plus affamés, les plus téméraires mais les plus rompus à la règle – nul n'y touche avant que Iossif Vissarionovitch en décachette la cellophane et y goûte – surveillant les doigts du Patron. Qui ne s'animent qu'avec parcimonie. À peine Iossif Vissarionovitch enfourne-t-il une cuillerée de *lobio*, décapuchonne-t-il le plat de *mtsvadi*, grignote-t-il une tranche de *soulgouni*. Le cognac oui, il en boit. Hélas, son cognac et celui de personne d'autre. Sauf s'il en offre. Il n'en offre pas. Et d'ailleurs, dans les plats décachetés avec tant de parcimonie, personne n'ose piocher non plus. Si bien qu'il les voit, tous autour de lui, plantés là les bras ballants, la salive de la gourmandise pour ainsi dire leur remontant jusque dans les oreilles. D'une voix encore plus basse qu'à l'ordinaire, toute roulante de sarcasmes, il leur demande s'ils ont vu un fantôme. Protestations sonores, furieuse envie de baisser les yeux, de détourner le regard. Surtout pas : *Les yeux de Staline te regardent, camarade, détourne les tiens et tu verras la Kolyma.* D'un geste de son bras bancal, de sa main refermée sur sa pipe comme sur une cravache, Iossif Vissarionovitch balaie l'opulence de la table. Vous me laissez manger tout seul, demande-t-il, moi qui déjà n'ai plus d'appétit ? Vous n'avez pas faim ? Vous voulez faire passer Staline pour un affameur ? Il rit tout seul à les regarder danser d'un pied sur l'autre, les doigts cachés dans leur dos, bien loin de la table et des merveilles inatteignables sous la fine cellophane, le teint des Tchoubinski et Kouridze parvenant à la grande pâleur, à cette transparence de vert des essences dénuées de chlorophylle ; les grandes joues de la Rumichvili au contraire marquetées de pourpre et de neige à la fois, comme tatouées par une gifle divine ; les yeux des jeunes cuisinières mouillés de terreur, leurs reins vibrant ainsi que des biches à l'hallali ; Poskrebychev et Vlassik songeant que ce n'est pas ce soir qu'on va reprendre les couplets de « Souliko », mesurant l'ampleur de l'orage, le jugeant encore loin d'être éteint, loin d'avoir véritablement culminé. Ce qui se vérifie après un bon quart d'heure d'embarras lorsque Iossif Vissarionovitch arrache la protection certifiée du MVD autour d'une main de bananes. En dépèce une. La goûte et la recrache avec dégoût. Et puis une autre. Et une troisième. Pareillement recrachée. Le dégoût devenant un gueulement, un hurlement. Des foutues bananes pas mûres, c'est tout ce qu'on trouve à se mettre sous la dent ici ? « Des bananes de merde, personne ne les a donc goûtées ? » Les yeux jaunes déjà sur le fautif. Un Vlassik aux bajoues sidérées, protestant que si, bien sûr que si, camarade Staline, goûtées et vérifiées, les bananes, mais il se peut que, mais comment, je. En deux secondes la tête de Vlassik suante, ruisselante, puante de bergamote tandis que la colère enfle, devient incendie et spectacle. Les bananes pleuvent sur Vlassik, le tranchent, le démembrent autant que les mots. D'où viennent ces bananes de merde ? Tu ne le sais même pas, tu ne sais rien des vols, des tromperies, des escrocs, des nuées de salopards antibolcheviques qui n'ont d'autre but que de nous ruiner, nous abattre, nous anéantir, et toi, général Nikolaï Vlassik, poussah d'opérette, tu pues la fiotte de luxe et tu veux protéger le corps de Staline, protéger le corps de l'État soviétique, regarde-toi dans une glace, un monstre de graisse, un hippopotame bouffé de cholestérol, une outre à vodka pas même capable de se rendre compte de ce qui est mûr, vert ou pourri. Ça hurle dans l'immense silence du Palais Likani. Ça hurle et les vivants devenus pierres autant que les murs sentent leurs paupières, leurs oreilles, leurs joues et tout l'intérieur de leur poitrine se fendiller, s'effriter comme du mauvais plâtre. Du vulgaire torchis au destin de poussière. Qu'est-ce que tu crois, camarade général Vlassik, beugle Iossif Vissarionovitch. Que parce que tu es dans les jambes de Staline depuis trente ans, tu ne passeras pas en jugement comme les autres ?

Silence, silence, silence, ô silence.

Et puis – peut-être parce qu'on n'a plus le souffle d'autrefois pour tenir la note haute longtemps, que gueuler soulage plus vite qu'avant ou, va savoir, qu'à sa manière une bonne colère ça vous masse efficacement ces gencives infernales, ou encore, et c'est la sagesse de l'âge, qui mieux que nous le saurait, parce que dans la vie chaque chose a son temps – cela s'apaise. Iossif Vissarionovitch referme lèvres et dents sur sa pipe. Le tabac de Géorgie grésille sous l'allumette. À travers la fumée grise, ses iris jaunes de dragon volettent sur les visages de papier froissé. Grand, immense mépris à voir cette sueur, cette pâleur, cette agonie de courage. À l'exception notoire du capitaine Dovitkine. L'homme d'une si belle balafre, lisse comme une flaque d'huile dans un océan de tourmente. Et au-dessus le regard de celui que la peur, la vraie, la noble, sifflante de flammes et d'acier, a déjà caressé de près. Si bien que c'est d'une voix civile que Iossif Vissarionovitch s'enquiert s'il est prêt, votre cinéma, camarade capitaine ?

« Oui, Votre Excellence Généralissime.

– Montrez-moi ça. »

Sur le seuil de la salle à manger, comme les Poskrebychev, Vlassik, Tchoubinski ou Kouridze demeurent immobiles, statues de sel faisant dans leur froc, un ultime grondement de flammes leur demande s'ils comptent, après avoir gâché notre repas, nous laisser regarder le film tout seul. « Ou peut-être vous préparez une motion de protestation ? »

Il est des nuits que l'on pourrait dire hélas plus nocturnes que d'autres. Des nuits épaisses et molles dont il ne faut rien attendre de bien réconfortant, rien d'entraînant ni apte à alléger l'humeur. Dès les premières images – Dovitkine se montrant d'une habileté sans défaut dans la manipulation des bobines, objectifs et réglages sonores, au grand soulagement de Vlassik ; dans la journée et par précaution, il a fait arrêter le projectionniste désigné par l'anguille Tchoubinski ; le fiasco de la projection évité de peu après celui des bananes – *Belle Starr* s'avère être un mélo bourgeois d'une décadence écœurante. Pas besoin d'avoir la traduction des dialogues pour en mesurer la crétinerie sentimentale, l'usage douteux des classes noires esclavagisées et la passion morbide des fascistes américains pour leur guerre civile d'opérette, l'actrice Gene Tierney faisant elle-même preuve de l'étendue modeste de ses talents dans le rôle d'une poupée terroriste. « Ça suffit, capitaine, dit Iossif Vissarionovitch, agitant l'ombre portée de sa pipe sur l'écran, ça suffit ! Foutez-moi cette nullité à la poubelle. »

C'est cependant d'une humeur encore sans excès que le camarade Staline explique à Dovitkine ce qu'il lui reste à faire. Projeter le début de *Blood on the*

Moon, le générique et quelques plans suivants, rien de plus, le reste je connais par cœur, l'histoire habituelle, ça ne vaut pas grand-chose, je vous arrêterai, ensuite on passera à la fin de *West Station*, c'est le meilleur du film, et puis vous nous projetterez le début de *The Gunfighter*, c'est magnifique ça, vous allez voir, ce type à cheval qui galope sur les dunes, peut-être on jettera un coup d'œil sur la fin, le dernier combat, celui qu'il perd, ensuite on pourra recommencer la même chose, ça ne dure pas bien longtemps chaque fois et il y a des images dont on ne se lasse pas. « C'est dans vos cordes, Dovitkine ?

– Oui, Votre Excellence Généralissime.

– Camarade Staline suffira, camarade capitaine. On est au cinéma. »

Tandis que Dovitkine s'affaire pour préparer ses bobines, les repérer, les dérouler enrouler disposer, Iossif Vissarionovitch rallume sa pipe, réclame à la Rumichvili son thé et son cognac d'une voix qui paraît s'éloigner de l'orage. Et aussi des tranches de *khachapuri*, dit-il, que je me leste un peu le ventre. Un signe qui n'échappe pas à Poskrebychev – ils sont là dans les fauteuils, Poskrebychev à la droite du Patron, Vlassik à la droite de Poskrebychev, Tchoubinski et Kouridze derrière, pour ainsi dire hors de vue, la Rumichvili debout sur le seuil conduisant à la salle à manger, quatre des gardes armés surveillant ce seuil et la porte conduisant au grand hall, le reste de la troupe s'activant en coulisse – à son tour il réclame de quoi boire et manger. C'est rapidement exécuté. Les servantes en tablier blanc poussent devant Iossif Vissarionovitch une première table roulante chargée d'une théière brûlante accompagnée d'une bouteille de Hennessy Château de Bagnolet au goulot encapuchonné de cire tamponnée MVD CONTRÔLE 228, d'une grande assiette de *khachapuri* sous cellophane certifiée, puis d'autres tables roulantes s'approchent de la petite clique, on allume des cigarettes, les verres tintent contre les bouteilles, il y a des bruits de mâchoires, Dovitkine dit : « Je suis prêt, Votre Exc, camarade Staline, je suis prêt. » Iossif Vissarionovitch lève la main. La lumière se réduit aux appliques surmontant les seuils de la pièce. À travers les volutes de fumée, une nuit dense et aqueuse comme une encre de Chine emplit l'écran. Il pleut à verse, musique grinçante, saccadée. Les lettres du générique, *Blood on the Moon*, jaillissent sur l'image. On distingue mal le feuillage rabougri d'un arbre sur la gauche. Le nom du producteur apparaît en même temps que les violons. Un cavalier sort de l'arbre, se glisse sous le lettrage livide. Le cheval va au pas, le cavalier épais, recroquevillé sur sa selle, brinquebalé, rompu de fatigue dirait-on. La pluie redouble, l'homme et le cheval s'approchent. Une silhouette plus noire que la nuit de suie qui met en fuite les noms et les titres. La musique s'éteint. Mitchum retient sa monture. L'eau ruisselle des bords de son chapeau, sa veste doublée de mouton est une soupe. Il observe ce qu'on ne voit pas. Il est calme, indifférent, de cette indifférence lasse, irréductible, qui fait le visage de Mitchum. Il relance sa monture, s'éloigne, disparaît dans une nuit devenue chaudron d'obscurité. De l'enfer, on le devine. Et puis le voilà séchant ses bottes auprès d'un feu maigrichon. Le temps de mâcher un biscuit, un troupeau de *cows* fonce sur lui. Voilà Mitchum en chaussettes qui grimpe à un arbre. Les cornes lui frôlent les fesses, les sabots ruinent ses bottes. Tchoubinski et Kouridze rigolent. L'œil de Vlassik leur ordonne de la boucler. Iossif

Vissarionovitch laisse passer quelques plans, lève la main, montrez-nous la suite, camarade Dovitkine, dit-il.

Donc on s'offre un bref entracte, boissons et bouches cousues. Poskrebychev attentif au silence du Patron, Tchoubinski et Kouridze sous l'œil de Vlassik. On n'est pas encore sorti de la zone des tempêtes. Par chance Dovitkine s'avère une sorte de magicien. « Je suis prêt, camarade Staline », dit-il, même si cette fois le son pose quelques problèmes. C'est sans importance. L'image parle d'elle-même. Dick Powell hésite dans un escalier de saloon, monte et descend, se décide, pousse la porte de celle qui l'attend, Jane Greer, la femme qui l'a engagé, trompé, floué et dont la bouche est une fleur d'amertume. Il lui annonce qu'il doit l'arrêter pour meurtre. Elle demande s'il va le faire. On n'a pas la réponse. Le colt du salopard en chef et amant de Greer passe par l'entrebâillement de la porte. Il tire avant que Powell l'abatte. Jane Greer s'écroule. Powell la porte sur le sofa. Elle sourit pour la première fois du film. Elle murmure : « Dites-le. » Il le dit. Elle meurt. On voit Powell prendre son cheval et lentement, lentement, au pas, s'éloigner entre les dernières maisons de la ville, s'éloigner vers les falaises tourmentées qui surplombent le désert, disparaître derrière les caractères latins, *The End*, la litanie habituelle des noms pour ceux qui savent lire la langue impérialiste. Quand Dovitkine coupe le projecteur, quand la Rumichvili rallume le plafonnier, on entendrait voler une mouche. L'orage est passé mais les nuages rôdent encore. Iossif Vissarionovitch ne desserre les mâchoires que pour boire des gorgées de thé Hennessy, grignoter des bouchées de *khachapuri*. De tout le temps nécessaire à Dovitkine pour mettre en place la première bobine de *The Gunfighter*, toujours pas un mot, et pareillement pendant la cavalcade de Gregory Peck – un Peck dont la moustache et l'étroitesse du visage possèdent une ressemblance troublante avec le jeune Koba – sur les crêtes voluptueuses des dunes de l'Arizona, ni pendant les deux heures durant lesquelles tout ce cinéma va se rabâcher en boucle, un zeste de *Blood on the Moon*, une pincée de *Station West*, un nouveau zeste de *The Gunfighter* et hop on recommence, une fois, deux fois, vingt fois on ne sait plus, jusqu'à en avoir la tête ivre de nuit d'encre, de chaussettes, de chevaux trottant, au pas, au galop, de sable, de Koba galopant dans le désert, de lèvres scintillantes, de blonde murmurante, mourante, *Dites-le...* Avec tout juste le temps d'aller pisser et souffler un brin avant que ça recommence. Il est trois heures dix du matin – le jour levé depuis trois ou quatre heures à P'yŏngyang, l'heure du premier bourbon à New York ou Washington – quand enfin Iossif Vissarionovitch se dresse, un peu lent, un peu lourd, l'œil rougi par le tabac et le cognac et les reins récalcitrants. Il dresse sa main droite, l'agite, disperse un peu de l'épais cocktail d'humeurs macérées qui empuantit la pièce. C'est bien, camarade Dovitkine, dit-il. C'est bien, ça suffit. Sa voix est plus rauque que d'ordinaire, plus géorgienne. Sans un regard pour la petite clique qui s'extirpe des fauteuils, il s'approche du capitaine, mesure l'épuisement du visage balafré, approuve d'un signe et sa paume, avec une délicatesse de vieil horticulteur, va caresser la belle cicatrice lisse. « Du bon travail, Dovitkine. Maintenant, on va aller voir si notre artiste s'en tire aussi bien que vous. »

Le camarade Danilov est là debout, à l'extrémité de sa table chargée de matériel, avec les yeux d'un homme qui doute de ce qu'il voit ou même d'être réveillé. Mais il l'est. Ce qui a eu lieu a bien eu lieu – le lieutenant Tchirikov jaillissant dans la remise, gueulant : « Camarade Danilov, aux ordres ! », les uniformes du MVD agitant leurs torches, cueillant le camarade artiste assoupi dans le briska, l'attrapant par le bras, c'est pas le moment de dormir camarade, Son Excellence le Généralissime vient voir votre travail, le temps de se passer les mains dans les cheveux, de songer qu'on est toujours en pull, en pantalon de velours, qu'on n'est pas prêt et c'est vrai – c'est la réalité, le Généralissime entre, glisse à pas lents devant Tchirikov devenu de plomb, les uniformes du MVD magiquement disparus, il est là, il expire la fumée de sa pipe, il s'approche, il contourne le fauteuil prévu pour lui par la Vodieva, il pénètre dans la lumière des lampes suspendues, un plaid à carreaux rouges et verts couvre ses épaules, ondule contre sa vareuse beige, ses flancs maigres. Il est vivant, odorant, plus petit, plus vieux que ce qu'on avait imaginé. Plus gris aussi, plus vilain de peau, ses joues sales de la barbe du milieu de la nuit. Et aussi de plus gros sourcils, de plus grosses paupières, de plus petits yeux qu'on ne pensait après avoir étudié ses trois cent quarante-huit portraits. Mais les pupilles cerclées de jaune qui nous regardent comme si elles parvenaient à voir chacune de nos pensées malgré les os du crâne donnent le frisson, coulent de la glace dans les reins. Puis les yeux s'humidifient. Brillent, peut-être d'amusement, d'ironie. Le Guide ôte la pipe de sa bouche, sa voix de radio devient une vraie voix. Plus rauque, plus basse, avec plus d'accent du Caucase que celle connue. Il demande : « Je vous ai réveillé, camarade Danilov ? »

Danilov esquisse une dénégation, ouvre la bouche, respire en plein son odeur – songe à Maman Vera disant : *Jamais, jamais il ne faut lui mentir, jamais !* – trouve enfin sa voix, répond oui, oui, Excellence Généralissime, un peu, ce n'est pas grave.

Iossif Vissarionovitch approuve la sincérité d'un battement de paupières. Oui, dit-il, la jeunesse ça aime dormir. Mais n'ayez pas peur, camarade Danilov, Staline n'est pas l'ennemi de la jeunesse. Après quoi il se détourne, examine la table recouverte de matériel, se saisit d'un tube d'outremer dans la caissette des couleurs, le tourne, le palpe, le repose, profite de la boîte de fer-blanc emplie de mégots pour y vider sa pipe à petits coups secs contre sa paume, s'essuie les doigts à un chiffon, contourne la table pour faire face à son reflet dans le mur d'acier. Un reflet d'abord presque fidèle, puis d'un coup dansant et bizarrement ovoïde lorsqu'il bouge à nouveau. Un pas à droite et l'ovale s'étale comme une huile, un pas à gauche et il monte en flèche. Les couleurs du plaid devenant immenses ou tranchantes comme une lame. Peut-être cela l'amuse-t-il. Il recommence.

Complique le mouvement d'un pas en avant et en arrière, lève le bras pour voir l'effet que ça fait. Prévenant les mille explications de Danilov d'une main dressée – un étrange boa qui tourne au sarment puis s'envole avec l'aisance d'une aile de pigeon dans le reflet d'acier – il dit que le général Poskrebychev lui a déjà expliqué le projet en détail, la camarade Vodieva pareillement, ces fresques d'acier miroir du peuple, etc. « Mais ça qu'est-ce que c'est ? » demande-t-il, le tuyau de sa pipe indiquant les trois cent quarante-huit visages de lui-même sous toutes les coutures, tous les âges, fonctions et humeurs – cette nuit en une composition incomplète, avec des vides ici et là, des lignes courbes d'yeux, de bouches, moustaches et chevelures ne recouvrant pas le bois du panneau, ou s'entassant en vrac entre les mâchoires d'une pince suspendue à une ficelle, car pour combler son désœuvrement, son interminable désespérante attente, Danilov au milieu de la journée a entrepris de démolir le médiocre assemblage de l'autre nuit pour s'atteler à la reconstitution de la spirale parfaite obtenue dans l'atelier de Moscou – ah ça, répond Danilov vivement, ça c'est une idée qui m'est venue après celle du mur d'acier mais qui la complète, on pourrait même dire lui donne tout son sens. Et sans reprendre son souffle d'expliquer ladite idée aussi brièvement que possible : soit ce mur d'acier chromé traversant la place Rouge que Son Excellence Généralissime connaît donc déjà, on pourrait imaginer en son centre, face au mausolée de Lénine exactement, une haute paroi verticale de béton bordée sur ses côtés du même granit rouge que le mausolée et recouverte d'une peinture reproduisant des centaines de portraits, trois cent quarante-huit exactement, parmi ceux déjà peints du camarade Staline, Votre Excellence Généralissime, et le représentant depuis les premiers jours de la Révolution, étant bien entendu qu'il ne s'agit pas d'un simple assemblage mais d'une composition comme celle que l'on commence à deviner sur ce panneau-ci, l'ensemble des portraits dessinant une immense spirale, la spirale d'une galaxie tournoyant autour de son axe, chaque étoile de cette galaxie incarnée par le visage du camarade Staline, la galaxie même de notre *Novy Mir*, notre Monde Nouveau Soviétique, et comme toutes les galaxies entraînant leurs lumières tournoyantes, leurs énergies fécondantes immortelles, comme jaillissant de part et d'autre de la spirale, le mur miroir d'acier prendra alors l'aspect d'une paire d'ailes : les grandes ailes d'un monument voguant dans l'éternité.

Quand Danilov se tait – les derniers mots, les dernières phrases peut-être un peu marmonnés, un peu ravalés par le souffle qui commence à manquer, ou par le soupçon de l'incertitude, du doute – Iossif Vissarionovitch demeure sans mouvement ni son.

Droit comme un I devant ces âges, ces moustaches et ces regards de lui-même qui le fixent. Un lui-même d'une tout autre matière, pas toujours ressemblante, comme si déjà laminée, archivée par le temps qui passe, si aisément réduite en cendres et poussière ?

Silence dans la remise.

Puis une légère approbation du front.

Puis la pipe dans sa poche, les mains tirant sur le plaid, comme un vieux frissonnant. Un hochement de tête plus franc quand il pivote vers Danilov. « Un monument d'éternité, dit-il, un monument d'éternité pour le camarade Staline, hein ? »

Il pourrait y avoir de l'ironie dans les mots, de la raillerie dans le ton. Pas sûr. Les yeux qui toisent Danilov ne sont pas sans tendresse. Pas sans une brillance d'affection. Que Iossif Vissarionovitch lève le bras valide et tapote la joue du camarade Danilov comme il aime le faire avec le capitaine Dovitkine ne serait pas surprenant. Mais non. Il contourne la table, ignore sa silhouette instable dans le mur d'acier, va s'asseoir dans le fauteuil, ressort la pipe de sa poche et de l'autre la blague à tabac offerte par Churchill, un monument d'éternité pour Staline, répète-t-il, cette fois plus sombrement, du même élan de son pouce enfonçant le tabac dans le fourneau de la pipe et l'y tassant. C'est bien, dit-il, c'est ambitieux. C'est de la bonne ambition, camarade Danilov. Et de sa voix basse, lente, dans ce rythme que les millions et les millions de l'Union soviétique connaissent si bien depuis trente ans, ses yeux jaunes bien appuyés sur les pupilles tétanisées de Danilov, il commence son petit discours. Un artiste soviétique ne doit pas manquer d'ambition, dit-il. Et qu'est-ce que c'est, l'ambition d'un artiste soviétique ? Ne jamais oublier que son devoir est de dépasser la résistance des matériaux physiques, sociaux et psychologiques dont il dispose. L'artiste soviétique doit se souvenir du regret qu'énonça le Français Descartes dans son *Discours de la méthode* : « J'ai la force d'organiser rationnellement mes pensées mais organiser la vie rationnelle d'une ville ou de tout un pays, tout un peuple, je ne l'ai pas. » Descartes était l'homme de son temps archaïque, camarade Danilov, tandis que l'artiste soviétique, lui, est capable de trouver la puissance de cette transcendance dans la conscience nouvelle née de la Révolution : la conscience de la souplesse du monde, de son élasticité. L'infranchissable d'hier est le franchissable d'aujourd'hui. La tristesse d'hier est la joie d'aujourd'hui. Voilà la réussite de la Révolution bolchevique : notre monde nouveau est meilleur et plus gai. Voilà le fait, camarade Danilov. Et la gaîté soviétique est sincère et pure. Elle ne doit rien aux critères décadents de l'Ouest. Notre joie est une joie ignorante de l'accumulation des biens inutiles et de l'enflure de l'individualisme, cette dégénérescence de la conscience intoxiquée par le poison de la propriété et des conditions matérielles du capitalisme. Chez nous la vie est grande et belle parce que les conditions du dépassement héroïque de l'oppression bourgeoise fasciste par l'homme bolchevique sont enfin réunies tous les jours où le soleil se lève. « Au bolchevik rien d'impossible », dit notre chanson. Elle dit vrai. Notre Monde Nouveau est devenu celui dont nous rêvions. Voilà ce que doit être un monument d'éternité quand on est un véritable artiste bolchevique, camarade Danilov : le monument de notre rêve accompli. Le propre de l'art soviétique étant de dire et montrer la vérité. Ce qui a si souvent entraîné de regrettables confusions. Il faut se souvenir de la phrase du respecté Gorki : « Le naturalisme ne convient pas à la réalité soviétique et ne fait que la déformer. » Et pourquoi Gorki a-t-il raison, camarade Danilov ? Parce que dire la vérité dans une œuvre d'art, et plus encore la peindre, implique d'immédiatement se demander quelle vérité l'artiste désire voir triompher. Le vrai réalisme d'une œuvre d'art n'est pas dans la facilité que l'on a à y reconnaître la réalité, mais lorsque la maîtrise de cette réalité s'y laisse facilement reconnaître. Et la nôtre, de maîtrise, est resplendissante d'avenir et joyeuse de présent quand la peinture bourgeoise sombre dans ses obsessions du mal éternel, du destin divin, de ses mélancolies et ses soumissions aux forces de l'oppression. Comme disait Lénine : « L'art bourgeois ne peut être qu'asservissement de la pensée et expression de l'avilissement. » Dans notre Monde Nouveau le destin de l'homme est remis à l'homme. Il n'y a pas d'autre sujet de l'art. « On est d'accord ? »

Iossif Vissarionovitch a le temps de rallumer sa pipe avant que le camarade Danilov bredouille que oui. « Oui. Bien sûr, Excellence Généralissime.

– Camarade Staline, ça ira.

– Camarade Staline.

– Et tu penses que ton projet convient.

– Je crois.

– Tu crois ?

– J'en suis certain, camarade Staline. Les fresques prévues sur le mur d'acier seront des fresques pleines de joie et de bonheur.

– Elles n'existent pas encore. On ne peut pas les voir.

– Ce n'est pas à moi de décider les épisodes de la vie de notre Guide qu'elles doivent raconter. Mais j'ai fait beaucoup d'essais. Des propositions. Je les ai. »

Iossif Vissarionovitch est debout. Il n'écoute plus. Il ôte sa pipe de ses lèvres, il la pointe en direction du grand panneau des portraits, sur le cœur de la spirale. Je serais toi, dit-il, là-bas au milieu de ta galaxie, je placerais une fresque. Moderne, avec l'esprit révolutionnaire de l'origine. Le visage de Staline, il n'est pas sorti du néant. Il est né de la joyeuse colère de l'Histoire. Staline ce n'est pas moi, camarade Danilov. C'est le pouvoir soviétique tout entier qui est Staline. « Viens dans mon bureau tout à l'heure, vers midi, dit-il encore avant de repasser devant la statue du lieutenant Tchirikov. J'ai quelque chose à te montrer. »

À Lidia Semionova, Iossif Vissarionovitch dit : « Je l'ai vu, ton camarade artiste Danilov. » Et rien d'autre sur le sujet. En retour, Lidia Semionova ne pose pas de questions, ne fait pas de remarques. Pas même que Danilov, hélas, ne lui appartient en rien. Comme prévu, elle est en tenue de nuit – peau lisse comme du talc, exsudant encore le parfum de l'eau soufrée de la piscine dans laquelle elle a longuement nagé, histoire de tuer le temps et surtout de n'être pas dans les pieds des techniciens de Vlassik pour la troisième fois passant et repassant chambres, bureau et salle de bains du camarade Staline au peigne fin de leurs outils de détection, au cas où, on ne sait comment ni par quel miracle, une âme renégate aurait dissimulé des micros ou on ne sait quel engin malfaisant – assise sur le fauteuil près du divan, le petit livre de Pouchkine, le *Conte du tsar Saltan et de son fils le prince Gvidon*, ouvert sur ses genoux de soie, prête à faire la lecture, attendant son signe. Le signe ne venant pas – Iossif Vissarionovitch en pyjama vert, étendu sur le divan, les *valenki* pour une fois ôtées, la tête creusant l'oreiller, les paupières closes, fripées, usées, une vieillesse de papier mâché, les lèvres entrouvertes, crevassées, calaminées par la bakélite juteuse des pipes, les mains réunies sur le va-et-vient du sternum – elle se décide, lit quelques phrases : « Tsar Saltan se tient sur son trône / Le front ceint de sa couronne / Chagrin creuse ses traits / À ses côtés se tiennent / La tisseuse, la cuisineuse / Ainsi que la marieuse / L'infâme Babarikka… » Ne lit pas plus loin. La main gauche de Iossif Vissarionovitch, la main du bras depuis longtemps estropié, l'interrompt. Sous les paupières gonflées levées, le regard jaune la fixe. Tout à l'heure, dit-il, pendant le cinéma, en regardant ces cow-boys aller et venir, un souvenir de ma mère m'est revenu. On devait être au printemps, nous ramassions des fleurs dans notre jardin, à Gori, derrière la maison. Je n'avais pas dix ans. Je coupais des arums dans un petit bassin. À l'ombre d'un grenadier. Quand je m'approche pour lui tendre mon bouquet ma mère ouvre son corsage et me montre ses seins tout nus. Elle prend un arum parmi ceux que je tiens et le niche entre ses tétons avant de me demander : *Sosso, qui est la plus belle ? La fleur d'arum ou ta maman ?* Ça n'a pas duré longtemps. Une poignée de secondes. Il y a eu un bruit de pas derrière la haie du jardin. J'entends encore le rire pendant qu'elle se recouvrait la poitrine. Vite compris que ce n'était pas mon opinion qu'elle attendait. Tu pourrais croire que c'est un rêve, ma Lidiouchka, mais non. La pure réalité. Une grande bigote, cette Ekaterina Gueladze Djougachvili, ma mère. Elle aimait la chaleur des prêtres autant que les cierges de son Dieu. Une histoire que j'ai racontée à Ilitch, un jour où nous étions ensemble à Sotchi. Quand j'ai eu fini, sais-tu ce qu'il a fait ? Il est allé se laver les mains et tout le reste de la soirée il s'est déchaîné contre les papillons et les oiseaux qui venaient tourner autour des lampes. Tant de haine contre les papillons et les moineaux. On se demande ce qu'il en aurait pensé, le Charlatan viennois.

11

« Comment dormir quand on a vu notre Généralissime pour de bon ? demande le lieutenant Tchirikov. À même pas un mètre de soi ? À moins que ça. Assez près pour respirer le parfum de sa pipe. Entendre sa vraie voix, hein, pas celle de la radio. La vraie. L'âge il l'a, mais on le regarde et on l'oublie et, comme on dit, camarade Danilov, on monte au ciel. »

Danilov en convient. C'est vrai, pas question de dormir. On le voudrait qu'on ne pourrait pas. Il ne fait pas encore jour mais la nuit s'éloigne – ciel de crème, lumière de zinc et fine craie sans empâtement ; bientôt un peu de cuivre dans les ombres annonciatrices du bleu basalte et du soleil probable – c'est à peine si un peu de brume joue au-dessus du bouillonnant vacarme de la Mtkvari encastrée dans une gorge de granit que longe pas loin de l'à-pic un petit chemin de terre souple, humide sans être boueuse. L'idée de la promenade, c'est Danilov qui l'a eue. Pour cette bonne raison formulée par le lieutenant : comment dormir quand on a vu notre Généralissime pour de bon ?

Le pied hors de l'atelier, Tchirikov s'est accommodé avec joie du rôle de compagnon, désignant à l'occasion la bonne direction parmi les allées du parc – puisque je dois aller où vous allez, camarade artiste, autant que je vous montre le chemin, dit-il – pointant maintenant le tumulte des eaux en s'exclamant : « Je regarde les bouillons de la Mtkvari et c'est comme si je voyais mon sang bouillonner dans mon cœur. Je le sens, je le sens, camarade Danilov ! Aussi bien que si la pipe de Staline brûlait dans mes veines ! »

Devant eux s'approche un pont – plutôt une passerelle métallique aux rambardes doublées de hauts barbelés, le cœur du tablier obturé d'une double ligne de grilles et ferrailles tranchantes – infranchissable, Tchirikov indiquant d'une voix à peine perceptible dans le fracas de la rivière qu'il vaut mieux ne pas s'aventurer par là. La rumeur donne la passerelle pour minée. Une fois dépassée la zone déplaisante, Tchirikov retrouve toute sa voix. Il a hâte de voir réaliser le monument du camarade artiste Danilov. Aucun doute, ça va être quelque chose, un véritable événement. « Vous croyez ? demande Danilov, circonspect.

– Je le sens.

– Vous pensez que le camarade Staline a aimé ce qu'il a vu ?

– Il a aimé. Bien sûr, il en a vu les défauts. Comme toujours : il voit ce que personne ne voit. Mais il l'a fait de manière positive. Il vous a même offert un conseil pour l'améliorer. C'est la preuve qu'il a aimé. Ce qu'on n'aime pas, on ne l'améliore pas. Il vous le dira tout à l'heure, j'en suis sûr. Vous allez encore apprendre des choses. Un grand jour pour vous, Valery Yakovlevitch, si vous permettez cette familiarité. Un grand jour pour vous et un grand jour pour moi.

– Vous avez des enfants à qui raconter tout ça, lieutenant ?

– Des enfants, non. Pas que je connaisse. Des femmes oui, et plusieurs ! »

La boutade les fait rire un moment. Leurs pas les éloignent du fracas de la Mtkvari, les reconduisent vers l'intérieur du parc. Danilov reconnaît le chemin menant à la verrière de la piscine soufrée parcouru dans le crépuscule de la veille avec la Vodieva lorsque deux hommes aux fonctions aisément identifiables viennent à leur rencontre. Ils s'immobilisent à une quinzaine de pas et, d'un signe, ordonnent au lieutenant d'approcher. Attendez-moi là, dit Tchirikov. Quand il revient vers Danilov, on pourrait presque trouver de l'étonnement dans son regard. « Le général Vlassik veut vous voir tout de suite », dit-il.

Ouvrir les yeux sans plus savoir où on se trouve, depuis le temps, on devrait en avoir l'habitude. Au début, quand l'idée est venue de se faire gibier fantôme en son terrier – s'endormir sur un divan, se réveiller sur un autre à l'insu de tous et quasiment de soi-même, perdre sa propre trace dans la nuit, une chambre ici, une autre là, et nul ne le sait, pas même les gardes de Vlassik – les réveils étaient plus nets. On ouvrait les paupières, on reconnaissait le sol sous ses pieds et en un clin d'œil tout revenait. On devinait un mur dans l'ombre et on se disait : encore une nuit de vaincue. Encore un jour de vie à portée de main. S'ils nous ont cherché, ils ne nous ont pas trouvé. L'assassinat de César sera pour un autre matin.

Maintenant non. On ouvre les yeux et vient la confusion. Murs inconnus, ombres inconnues. Sous les os, divan inconnu – si on peut appeler ça un divan ; au toucher rien d'autre qu'un lit de camp militaire arrangé avec un matelas de crin – dans les narines une odeur de vieille encaustique, de poussière, de parquet abandonné, de tissu froid. Trois rais de jour maigrichon dans les volets. Pas de quoi nous montrer où sont les lampes. On craint de mettre les pieds au sol. De sentir des serpents glisser entre nos chevilles nues

– sous le rêche d'une couverture venue d'on ne sait où, nos pieds nus devenus un peu lointains, un peu choses étrangères eux aussi – d'ailleurs va savoir comment on a ôté les *valenki*, de soi-même ou avec la Vodieva, on serait en peine de le dire – la Vodieva, la Vodieva ! depuis quand ne s'est-on pas réveillé la bite toute neuve contre les fesses d'une Vodieva ? – la cervelle cependant pas vacante, songeant que les Américains, là-bas en Corée à l'heure qu'il est et qu'on ignore, doivent avoir lancé leur attaque sur les trois fronts contre les Chinois de Chou. Mais on s'en fiche un peu. Les Chinois et les Mao nous sont encore plus étrangers que nos pieds. Rien là qui vous remette debout. En outre, il suffit de fermer les paupières pour voir danser des images qui pourraient bien être celles du rêve qui nous a réveillé – ou comment alors sont-elles venues là ? – toujours la même histoire au début, un homme s'en va que l'on voit de dos, mais cette fois allant à pied, sans cheval ni chapeau à larges bords, on le verrait plutôt avec une grosse pelisse, quelque chose d'ancien autant que chaud, avec sur la tête une chapka de l'Oural, ce qui convient mieux à la neige et au froid qui l'entourent. Un décor simple. Le blanc de la neige, au-dessus du noir quoique l'homme s'y détache comme en plein jour. Marche lente. Il avance dans une forêt, parmi des troncs de bouleaux eux aussi blancs comme neige, aussi nus. Quoique la sensation soit bizarre car cette forêt, pour ainsi dire, naît au fur et à mesure que l'on avance. Devant il n'y a rien, neige ou vide c'est pareil, la forêt cependant bien là autour de nous, troncs par dizaines, centaines et peut-être milliers, l'idée nous traversant que ces troncs par milliers il y en a tout autant derrière nous que devant nous, invisibles mais présents et seulement révélés par nos pas, inéluctablement révélés par nos pas, un pas, deux pas et hop, un tronc, deux troncs, et ainsi de suite, comme ces encres de pisse ou de citron dites sympathiques qui ne trahissent leur présence qu'à la proximité d'une flamme. Après un moment tout cela devient insupportable, il faut bien le reconnaître. L'homme qui avance – nous-même, on le sait depuis le début, secret de polichinelle comme chaque fois, peut-être pas encore le camarade Staline, mais Sosso ou Koba à coup sûr – se lasse du jeu. Tout aussi bêtement qu'Orphée dans sa remontée des Enfers, il se retourne. Et qu'est-ce qu'on voit ? Que la forêt n'en est pas une. Non. Plutôt une immense plantation de piquets de nuit. Chacun supportant une tête en son sommet. Plutôt vivantes et en bonne santé, ces têtes. Bavardes et piaillantes tout aussi bien que celle, déjà finement tranchée par les nymphes, d'Orphée sur les rives de Lesbos. Nul besoin d'approcher pour s'assurer qu'il y a devant nous une vaste collection de nous-mêmes et nous-mêmes. Nous-même sous tous nos âges et faces, Sosso, Koba, Sosselo, Safine, Gaioz Bessovitch, Oska le Vérolé, Soline le Laitier, Zakhar, Beliachvili le Ténébreux et j'en passe, toute une sarabande de nos visages et noms d'un jour ou de dix, depuis nos vingt ans et jusqu'à notre visage d'éternité bien connu, tous braillant et se battant de mots sous la moustache, menant la sarabande avec leur cou coupé pissant le sang, ruisselant le carmin cerise sur les poteaux de nuit, réclamant d'être dans le monument, moi aussi, moi aussi, moi aussi je veux y être, tous on est toi. Iossif, Iossif, Iossif, tu n'as pas le droit de nous oublier. Par bonheur – selon une loi et une force inconnues – tous disparaissant d'un claquement de doigts dans notre dos. Soulagement. Qui ne dure pas. Voilà le dos de l'homme en pelisse avançant comme un père de retour à sa datcha la tête lourde de questions. Et voilà une saloperie de vacarme qui nous empêche d'entendre la musique, la belle et douce musique qui monte de sous la neige. De dessous nos pieds, de l'enfer d'où on revient. Mieux vaut se réveiller dans le noir, même si on ne sait plus où on est. Un rêve qui aurait plu au Charlatan viennois. Avec tout ce qu'il lui faut de symbolique.

Au moins, la pensée de l'effroyable monument de l'éternité de notre mort accommodée par le pseudo-fils Moukhina – et Beria, et Malenkov, et la clique des singes, des scorpions, des vipères impatientes et, qui sait, de la belle Vodieva ? – voilà qui donne le désir de se mettre debout pour en finir avec cette histoire. Et comme l'effort parfois trouve sa récompense, ce pyjama vert qui nous recouvre, ce lit de camp militaire au ras du parquet de cette chambre inconnue, on les situe soudain mieux : sur le même palier que le bureau, mais à l'opposé d'un petit couloir d'arrière-palais au goût de communs, autrefois chambrette de gouvernante. En d'autres circonstances, la mémoire des murs pourrait nous stimuler l'imagination. Ainsi que les événements qui nous y ont mené incognito : un réveil dans le peu de nuit qu'il restait, une hésitation car, dans sa chambre sous le doré d'une veilleuse, la Vodieva avait laissé visible un peu de nacre d'elle-même – haut d'une cuisse, fesse, soupçon de toison, ventre, un sein caché par le bras – entre les draps rabattus. Un vieux réflexe de désir. L'image ou la pensée de ce qui serait possible, du drap rabattu pour de bon, de la nacre et le reste tout entier sous les yeux. La Vodieva se réveillant, ouvrant la bouche comme elle ouvre ses cuisses, soufflant *Iossif !* Raides images mais molle volonté. Et encore plus molle réalité. Donc on était allé dans le bureau, puis sur le palier. Les *valenki* glissant comme un souffle sur le marbre, trompant aisément – si terriblement aisément – les abrutis de faction. Et voilà, le couloir, la chambrette de gouvernante et l'assassin de César bien en peine de trouver le corps de César. Mais maintenant, dans ce jour nouveau obtenu, avant d'ajuster la volonté du pseudo-fils Moukhina, qui sait si on ne saurait pas faire face à la nacre de la Vodieva ?

Que Vlassik n'a pas fermé l'œil de la nuit, que son humeur est à tordre, que son corps lui est une charge explosive tant l'alcool y circule en faramineuse quantité, tout cela Danilov le constate dès qu'il met le pied dans le petit bureau déjà connu. Ça se voit – quelle peau, quelle bouche, quelle barbe, quels yeux ! – ça se sent : alliance violente bergamote/vodka, sueur d'insomnie, le tout à l'étroit dans le peu d'espace de la pièce que l'on a omis d'aérer.

Ce qu'il voit aussi, Danilov, devant le ventre de Vlassik, c'est pareillement à la première fois le dossier vert à son nom sur la table avec, sur le côté et d'un jaune tirant vers le chartreuse, une main inattendue de bananes. Vous avez passé une bonne nuit, Danilov, blague Vlassik sans attendre de réponse. Bon, dit-il, il paraît que votre monument c'est quelque chose qui vaut le déplacement. Je le ferai peut-être. On verra ça. Ne restez pas là debout, vous me faites mal au cou. Asseyez-vous. Hier on n'a pas eu le temps de finir. Après quoi, étant obéi, il passe au vif des choses sans rien perdre des manières qu'on lui connaît : « Donc reprenons : vos amours avec la citoyenne Sulovskaïa, votre maîtresse.

– Elle ne l'est plus, camarade général. Je vous l'ai dit. Plus du tout.

– Pas si vite, Danilov. Les choses dans l'ordre. Tatiana Sulovskaïa, vous connaissez ?

– Oui.

– Ces trois dernières années vous avez vécu comme mari et femme avec Sulovskaïa dans votre atelier.

– Oui.

– Au printemps de cette année, le 6 mai, le 20 mai et le 22 mai, vous vous êtes publiquement disputé avec cette Sulovskaïa. La première fois lors de l'exposition Baskakov, à l'Académie ; la seconde, au vernissage de l'exposition Neprintsev à la Tetriakov, et la troisième à la sortie du cinéma Kino-Pano qui projetait un film – mauvais mauvais, si vous voulez mon avis – de Dovjenko : *Mitchourine*. Le 3 juin, Sulovskaïa a quitté votre atelier pour s'installer dans un appartement du bloc communautaire 206, boulevard de Kronstadt. D'accord ?

– Oui.

– C'était quoi la raison de toutes ces disputes ?

– On n'était plus d'accord.

– Sur quoi ?

– La peinture, le cinéma. L'art en général.

– Elle vous a plaqué ou vous l'avez foutue dehors ?

– Elle a décidé de partir.

– Parce que vous n'aimiez plus les mêmes films ?

– Elle est peintre, je suis peintre. Un désaccord sur la peinture, ça peut être important.

– Et ce désaccord, précisément ?

– …

– Camarade Danilov ! Sulovskaïa vous plaque et quatre mois plus tard vous ne savez plus pourquoi ?

– Tatiana est une grande peintre. Elle n'a pas le succès qu'elle devrait.

– Je traduis : jalouse ?

– Je crois.

– Jalouse de vous, notre prodige.

– Si vous voulez dire les choses comme ça.

– Jalouse du peintre ou du fils de la Grande Moukhina ?

– Je ne sais pas.

– Rien à voir avec votre rencontre avec la camarade Vodieva ?

– Non. Pourquoi ?

– Souvent les femmes sont jalouses d'une autre femme, camarade Danilov. Vous rencontrez la Vodieva en avril, elle vient dans votre atelier début mai, quatre fois. Sulovskaïa vous fait la gueule les jours qui suivent. Elle vous a surpris au lit ?

– Mais non ! Bien sûr que non !

– Quand même, depuis mai, finie la baise avec la belle Tatiana. Vous l'avez déjà entendue appeler quelqu'un "Papounet", camarade Danilov ?

– Je.

– Savez pas à qui elle fait allusion quand elle parle de "Papounet" ?

– Non, non. Je. Jamais.

– Jamais entendu dire qu'il y en avait "marre de voir la gueule de Papounet partout" ?

– Non, je.

– Il y a cinq jours, Danilov, le 17 novembre, vous avez quand même galopé tout droit au boulevard de Kronstadt.

– Oui, oui. C'est vrai.

– L'envie de l'épater ?

– Je. Je venais d'apprendre. La camarade Vodieva venait de m'appeler. Je voulais lui dire. Mais.

– Mais elle ne vous a pas ouvert sa porte.

– Non.

– Les voisines vous ont foutu dehors.

– Oui.

– Jalousie artistique, hein ?

– Je crois, oui.

– Donc on peut dire qu'en dehors des désaccords artistiques elle vous tient toujours par la queue.

– Je.

– "Se taper la tête de Papounet sur la place Rouge pour l'éternité, ça fait gerber. Plutôt devenir aveugle." Jamais entendu la citoyenne Sulovskaïa affirmer ça ?

– Non, non ! Bien sûr que non. Jamais elle.

– Je vais vous dire ce que je pense, Danilov. Si vous peignez la vérité soviétique comme vous racontez la vérité de vos.

– Valery Yakovlevitch ! De nouveau ici. Notre général ne peut plus se passer de vous, dirait-on. »

Un goût de déjà-vu. La vie parfois, en ses drames, capable de répétitions, et s'il n'a plus beaucoup de sang dans le visage, dans le cœur, plus beaucoup de clairvoyance dans l'esprit, c'est sans grand étonnement mais avec bien de la gratitude que Danilov entend la voix de Poskrebychev au-dessus de lui et reconnaît sur la face de Vlassik une grimace qui sent l'usure, la vieille résignation en lutte contre l'espoir d'encore un peu de haine. Lorsqu'il se lève de sa chaise, Vlassik se lève aussi. Un peu à la traîne. Comme s'il lui fallait faire un effort tout intérieur pour que ses joues, son menton piqué de gris veuillent bien suivre. Se saisissant des bananes étalées sur la table, il les tend à Danilov. Tenez, dit-il, vous ne serez pas venu pour rien. C'est bon pour la santé, les bananes. Tout le monde est d'accord là-dessus, rien de meilleur. Il paraît qu'on pourrait vivre cent ans en ne mangeant que ça. « Et vous savez comment ça naît, les bananes ? Les chauves-souris. C'est elles qui font le boulot. Pas de chauves-souris, pas de bananes. Qui l'eût cru, camarade Danilov ? »

Dans le couloir, derrière la porte close, Poskrebychev exhale une pointe de désapprobation. Le général Vlassik a eu une rude nuit, explique-t-il. Longue et grandement pénible. Le prix de hautes responsabilités comme les siennes. Il ne faut pas trop prendre à cœur son goût pour les questions, dit-il. Et de poser sa main droite sur l'épaule de Danilov, de le pousser vers le seuil de la maison. Vous aussi, Valery Yakovlevitch, vous n'avez pas si bonne mine, constate-t-il avec un soupçon de reproche. Le mieux serait que vous alliez vous reposer un peu, vous rafraîchir un peu. Profiter un peu de ces bananes, puisque l'occasion se présente. « Le camarade Staline vous attend au palais à midi. Il aime qu'on se montre à lui avec le visage frais. »

C'est aussi l'opinion du lieutenant Tchirikov – qui, par ailleurs et d'un sobre éclat de paupière, manifeste sa satisfaction de voir Danilov revenir promptement ; le général vous a offert des bananes ? Je vous l'ai dit, Valery Yakovlevitch, cette journée va être comme aucune autre pour vous – dormir une heure ou deux, vous ragaillardir avant le grand moment, conseille-t-il à son tour après s'être chargé sans rechigner des précieux fruits. « Vous raser bien net, enfiler des vêtements propres. Vous montrer sous votre meilleur jour. On dit que le Généralissime est assez à cheval sur ces choses-là. »

Nue sous le drap dans la chambre surchauffée, Lidia Semionova l'est toujours. Sommeillante, guettante. Si bien que le glissement des *valenki*, elle l'entend depuis le carrelage de la salle de bains. Approchant sur le parquet de la petite chambre, approchant encore, hésitant avant d'avancer jusqu'au pied du lit. Et quand vient le silence, c'est le souffle de Iossif Vissarionovitch qu'elle entend. La pesée de son regard qu'elle devine. L'un et l'autre tout bruyants de pensées. Elle ne bouge pas, elle attend. Elle s'est disposée ainsi qu'il la préfère : tournée sur le côté gauche, une partie du corps hors des draps, un peu de poitrine, de hanche, de cuisse bien visible ainsi que la fesse droite dénudée jusqu'à la fente. C'est assez pour attendre.

Ils attendent.

Finalement, la main de Iossif Vissarionovitch s'avance, ses doigts pincent un pli du drap, tirent et dénudent ce qui ne l'est pas. Lidia Semionova visible en son entier. Elle ne fait plus semblant de dormir. Ouvre les yeux – le jour du dehors n'est plus si doré ni léger que la veille mais les volets en laissent couler assez pour que chaque chose, forme et matière, se distingue nettement ; un corps nu sur un drap blanc plus que tout – bascule à plat dos. Bonjour Iossif, dit-elle, ramenant les bras sous la tête ce qui remonte la pointe de ses seins. Je suis allée voir dans ta chambre et dans le bureau. Tu as trouvé un nouveau divan ?

Pour ce qui est des pensées de Iossif Vissarionovitch – debout au pied du lit, barbe du matin plus grise que le jour, mains déjà retirées dans les poches du pyjama vert et yeux dans les poches de ses paupières – il est probable que Lidia Semionova sache déjà, pour autant que ce soit possible, ce qu'il en est. Elle ne fait pas un autre mouvement. Elle se laisse voir et attend.

Ça prend un peu de temps. Puis Iossif Vissarionovitch se décide. Il sort sa main d'estropié du pyjama, la glisse sur son visage plusieurs fois, comme on lisse une matière récalcitrante. Après quoi il secoue la tête. Cette nuit, dit-il, j'ai encore fait une saloperie de rêve. J'ai rêvé que je rencontrais ma mère. Quand je me suis réveillé, ce n'est pas à elle que je pensais mais à toi. Je me suis dit : ma Lidiouchka n'est pas ma Souliko.

Ô blanche fleur, es-tu son tombeau ?

Non. Je n'ai eu qu'une Souliko, me suis-je dis : ma Nadia. Ma folle cinglée d'Allilouïeva. Celle au trou dans la poitrine. « Tu es sûre de ça ? C'était dans la poitrine ?

– Oui.

– J'aurais préféré la tempe. Tu vois : si je voulais te caresser le sein, là maintenant, je ne pourrais pas. Même si tu n'es pas ma Souliko, j'aurais peur de sentir le trou de la balle et le sang tiède sous mes doigts. »

Il dit ça sérieusement, le jaune de ses yeux arpentant le corps de Lidia Semionova. Tu n'es pas ma Souliko, répète-t-il. Tu n'es pas un fantôme. « Tu es Lidia Semionova Vodiev, la dernière femme dans le lit du camarade Staline.

– Ce n'est pas ton lit. Tu n'y as même pas posé une main. Sur moi non plus.

– Tous les lits ici sont les lits de Staline. »

Peut-être Lidia Semionova n'entend-elle pas la vibration dans sa voix. Peut-être l'entend-elle et n'en montre rien, sûre d'elle-même et du jaune des iris qui la contemplent. Ou juge-t-elle qu'il est temps qu'elle puisse sourire comme elle le fait.

Iossif Vissarionovitch l'observe en silence, attend des mots dans le sourire. Comme rien ne vient, il cède, un ton plus bas : « La nacre de ma Lidiouchka.

– Plus autant qu'avant.

– Comme tout le reste.

– Oui, comme le reste. Des femmes à la peau nacrée, tu peux en avoir dans ce lit autant que tu veux. Toutes les filles qui sont ici dans ce palais tu peux les avoir ici, à ma place. Pas une ne refusera d'émerveiller les yeux du camarade Staline.

– Pour qui tu me prends ? »

Lidia Semionova garde un peu d'amusement sur les lèvres. Pas Iossif Vissarionovitch. Il dit : « Tu me prends pour qui ? Pour un porc façon Beria ou Vlassik ? » Il contourne le pied du lit, vient s'asseoir dans le grand fauteuil, y affichant son humeur, ordonnant qu'elle lui allume une cigarette, la regarde faire – basculer le buste sur le côté, puis les jambes, cuisses jointes et mollets hors du lit, tendre la main vers la table de nuit, se dresser, piochant une cigarette dans le paquet anglais, avancer d'un pas dans la lumière, nue et distante comme une statue, le rai du jour glissant de son ventre au pubis, sinuant sur sa hanche quand elle s'accroupit près du fauteuil, exhale son parfum de femme de nuit encore plus fort que la première bouffée du tabac – mais il ferme les paupières quand Lidia Semionova glisse la cigarette entre ses doigts offerts, esquisse une caresse sur le dos de sa main. Après quoi elle reprend sa place de nue dans le lit. Cette fois genoux et seins joints. Elle s'allume à son tour une cigarette, dispose le cendrier de porcelaine verte au bord du lit, à portée de main de chacun, attend qu'entre deux bouffées Iossif Vissarionovitch Staline dise que dans son réveil il n'y a pas qu'avec elle, pas qu'avec toi ma Lidiouchka que je me suis retrouvé, avec ma mère aussi, dans son jardin plein d'arums. Une vieille mère toute boutonnée jusqu'au cou, rien à voir avec celle qui montrait ses tétons. « Moi, l'âge que j'avais, c'était pas clair. Plutôt jeune à l'intérieur, à l'extérieur pas tant que ça, dit-il. Je lui demande : Maman, pourquoi tu m'as tant battu quand j'étais gosse ? Elle me répond : Te battre ? Toi ? J'ai pas le souvenir. Pourquoi je t'aurais battu, mon Sosselo chéri, toi qui étais mon soleil. Et c'est tout. Le seul que j'aie entendu mentir aussi bien que ma mère, c'est Ilitch. Ma mère et Ilitch : les deux plus grands menteurs de la planète. Notre Ilitch vivant pour l'éternité. Mentant pour l'éternité sous nos pieds à chaque défilé de novembre. »

Et encore un silence. Le jaune de ses iris bien fixe sur Lidia Semionova. « Toi aussi, dit-il, toi aussi tu sais très bien mentir.

– Moi ?

– Toi.

– Pourquoi te mentirais-je ?

– Impossible de faire autrement.

– Qu'est-ce que tu veux dire ?

– Vingt-sept ans près de Staline. Impossible d'être si près de Staline si longtemps sans mentir. Mon fils et ma fille me mentent à pleine bouche. Très mal. Comme des crétins qu'ils sont. Elle un peu moins que lui. À peine.

– Iossif.

– Même Vlassik et Poskrebychev me mentent. Chaque jour un peu plus.

– Je n'ai pas été près de toi pendant tout ce temps et je ne te mens pas.

– Tu vois : tu mens. Tu as peur ?

– De toi ? Bien sûr.

– Pourquoi ?

– Tout le monde a peur de Staline.

– C'est vrai. Même moi, de temps en temps, il m'arrive d'avoir peur de Staline. Mais je ne lui mens pas. Tu n'es pas ma Souliko, tu n'es pas ma bien-aimée. Qu'est-ce que tu fais là ?

– Je te l'ai promis.

– Il y a longtemps.

– C'était une promesse. Je tiens mes promesses.

– La Crimée en 34, c'est ça ?

– Ici dans la remise, il y a un briska comme celui que j'ai pris pour te rejoindre à Alouchta. Deux jours de carriole depuis Sébastopol.

– Et moi inconsolable de ma Nadia.

– Toi en guerre contre le monde entier. Contre Nadia la morte pour commencer. Contre Trotski, et Kirov, et les koulaks, contre les collectionneurs de timbres et je ne sais qui encore.

– Pas sans raison. Jamais sans raison.

– À moi, à Alouchta, tu m'as fait jurer, promettre, d'être toujours là pour toi.

– Mais je ne t'ai pas promis d'amour.

– Moi non plus. Tu m'as demandé si je serais à toi pour toute la vie. J'ai dit oui.

– Pour toute la vie, impossible. On ne promet pas des choses pareilles sans mentir.

– Je ne mentais pas. Je ne mens pas. J'ai promis et j'ai tenu. Je suis à toi, à personne d'autre.

– Sans un autre homme pendant vingt-sept ans ? Tu veux que je te croie ?

– Comme si tu ne le savais pas.

– Au début oui. On était jeunes. La jeunesse a des exigences. Après.

– Après j'ai tenu ma promesse. Et ceux qui m'ont approchée et qui ont disparu comme des bulles de savon, c'était inutile. Je suis à toi, à personne d'autre.

– À Alouchta, tu m'aimais peut-être. C'est encore possible. Mais tu avais peur aussi.

– J'ai toujours eu peur. Depuis la première fois où tu m'as poussée sous la douche dans ta datcha de Zoubalovo. Je savais très bien à qui j'avais affaire.

– Tu vois. Une promesse de la peur, c'est une promesse de mensonge.

– Non, c'est l'inverse. Toi, tu m'as fait promettre parce que tu avais peur. À Alouchta tu voulais te cacher dans un terrier. Et moi j'étais ton terrier de nacre. *Ma Lidiouchka, mon terrier de nacre.* C'est ce que tu disais. Tu gémissais : *un homme qui a peur de son ombre est un homme fini !* Je me bouchais les oreilles pour ne pas entendre ces sottises. La seule chose dont tu n'avais pas peur, à Alouchta, c'était de me toucher.

– Aujourd'hui c'est différent. Les yeux valent plus que les mains. Je sais que tu m'as menti. Sur Ilitch. Il n'a jamais voulu te baiser.

– Oui, c'est vrai. Mais ça te plaisait de l'entendre. Et c'était avant la Crimée. Bien avant. Tu ne m'avais pas encore demandé de promettre.

– Promettre la vérité à Staline ! Comme si quelqu'un en était capable.

– Moi.

– Celle qui ment une fois mentira cent fois.

– Alors cherche les cent mensonges. Même quand toi tu faisais comme si je n'existais plus j'ai tenu ma promesse. Lidia Semionova Vodiev, celle qui appartient en entier à Staline. Même pendant toutes ces années où tu t'es vautré sur cette grosse vache d'Istomina.

– Ne sois pas vulgaire.

– Valentina Vassilievna Istomina, c'était elle la vulgarité. Ta Velstchka qui racontait à toutes les filles de cuisine que le grand Staline lui léchait les tétons comme un bébé.

– Je t'en prie.

– Beaucoup de chair autour des os et beaucoup de vide dans la tête, la Velstchka. Une bonne d'enfants à baiser les soirs de fatigue.

– Elle n'a jamais été ma Souliko, elle non plus.

– Ni Souliko, ni rien d'autre. Mais pendant dix ans quand même.

– Pas tant que ça.

– Et la Genia Allilouïeva, avec son grand nez, ses lèvres peintes d'actrice et ses sourires pleurnicheurs, elle était quoi, elle ?

– Ma Lidiouchka, tu es jalouse.

– Non. Patiente. J'ai attendu. Quand tu as eu de nouveau besoin de moi, j'étais là. J'ai tenu ma promesse. Comme maintenant, nue devant toi. Comme toujours.

– Pourquoi ?

– Pourquoi quoi ?

– Tenir cette promesse ?

– Je ne sais pas. Je dois être faite comme ça. J'aime tenir mes promesses. Surtout celle que j'ai faite à Iossif Vissarionovitch Staline.

– J'aime quand tu fais ta maligne.

– La pure vérité. Chacun sait ça. Ne pas tenir sa promesse à Staline, c'est mourir.

– Tu vois. Promettre, c'est mentir.

– Te mentir, c'est mourir aussi. Autant tenir sa promesse. On se sent mieux. Mais je comprends que toi, tu ne saches plus t'y retrouver.

– Tu es en colère, ma Lidiouchka.

– Non.

– Tu mens.

– Oui.

– Tu vois. Qu'est-ce que je vais faire de toi, si tu me mens comme les autres ?

– Oui, on se le demande, camarade Staline. Qu'est-ce que tu vas faire de moi ? »

Ils se taisent, la bouche sèche et épuisée. Les cigarettes écrasées depuis longtemps dans le cendrier de porcelaine. Lidia Semionova sait sourire encore, mais le battement rapide de son cœur est bien visible sous son sein. Et sa chair de poule a durci ses tétons comme si elle affrontait un vent de Sibérie. Iossif Vissarionovitch hoche la tête, un peu rigolard lui aussi. Il approuve la bataille d'un petit signe. Pas encore rassasié : « Le pseudo-fils Moukhina non plus tu ne l'as pas baisé ?

– Ne recommence pas, Iossif.

– Beria en est persuadé.

– Beria. Il est capable de se persuader qu'il est un être humain.

– Lidia.

– Je ne mens pas.

– Tout à l'heure, je règle l'histoire Danilov et monument d'éternité.

– Bien.

– C'est tout ?

– Oui.

– Sans mentir ?

– Qu'est-ce que tu en penses ? »

Iossif Vissarionovitch ne peut s'empêcher de rire doucement. Ces luttes-là, comme il les aime. Et comme il aime les gagner. « Ce que j'en pense, dit-il tout ragaillardi, ce que j'en pense ? Voilà : "Celui qui tente d'apprendre dans les livres le noble jeu des échecs ne tarde pas à découvrir que seules les manœuvres du début et de la fin permettent de donner de ce jeu une description schématique complète, tandis que son immense complexité, dès après le début de la partie, s'oppose à toute description." Sais-tu qui as écrit ces belles lignes, ma Lidiouchka ?

– Non.

– Ton Charlatan viennois. Tu vois, tu ne l'as pas si bien lu que ça. Et maintenant, fais-moi couler un bain. Personne, jamais, ne m'a frotté le dos aussi bien que toi, camarade Vodieva. »

Ce qu'a dit Tatiana Sulovskaïa, Danilov s'en souvient parfaitement. Qu'il était un fils à sa maman, un toutou, un trouillard de première grandeur, un menteur, un voleur d'idée, un homme sans dignité et même, pardessus tout, ce qui était un comble pour un salopard se prétendant le prodige de la peinture, un aveugle. Pas étonnant, car au royaume du mensonge et des aveugles les borgnes et les lèche-cul pouvaient s'attendre à gravir des cimes. Voilà ce qu'a dit Tatiana Sulovskaïa. À quoi elle a ajouté qu'elle l'avait aimé, ce qui maintenant lui faisait honte. À la pensée de cet amour, de lui avoir, tant de fois et avec tant d'innocence, donné son corps, a-t-elle dit, elle se sentait souillée jusqu'à la moelle. Comment avait-elle été assez folle pour croire qu'il serait jamais autre chose que cette loque qu'en avait fait sa mère, *l'araignée en chef de notre bien-aimé Papounet*, avait dit Tatiana. Depuis toujours, Tatiana usait des mots sans complexes, sans prudence et sans nuances.

La dispute durait depuis des jours. Depuis que Danilov avait annoncé que leur projet commun de fresque-miroir en acier chromé – originellement conçue pour être une fresque du peuple : nous voir, nous, le grand peuple soviétique, chacun de nous, ce que nous sommes devenus, ce que nous devenons, parce que si on ne se voit pas s'agiter quelque part, nous les Soviétiques de l'infernal Monde Nouveau, on va perdre notre propre trace pire que des fantômes, avait dit Tatiana – allait se muer en un prodigieux monument d'éternité de Staline. Danilov venait de rencontrer longuement Lidia Semionova. Ils avaient bavardé. Un peu bu, beaucoup échangé d'idées sur l'art et l'avenir. *Ce n'est pas que le peuple que l'on doit voir dans tes fresques, Valery Yakovlevitch*, lui avait-elle dit, *c'est l'éternité de Staline au milieu de son peuple ! Voilà le monument que tu dois faire et qui laissera ta marque dans l'Histoire.*

Le lendemain, en réponse, Tatiana lui avait balancé à la tête un exemplaire de la nouvelle de Gogol, *Le Portrait*. Dans ce récit, un jeune peintre extrêmement doué, Tchartkov, se laisse fasciner par un vieil usurier qui le couvre d'or pour prostituer son talent en réalisant des portraits magnifiques où chaque trait de pinceau est un mensonge. Bien des années plus tard, sa ruine accomplie, Tchartkov comprend que, de sa vie, il n'a fait que peindre le visage du diable. *Lis. C'est de toi que parle Gogol*, avait hurlé Tatiana, *toi le tricheur, le voleur !*

Ça avait duré des jours. Jusqu'à ce jeudi où, à bout de colère – après tout, n'avait-il pas défendu Tatiana contre Maman Vera pendant deux ans, ne lui avait-il pas donné le confort du quotidien et les moyens de peindre et d'exposer là où sans lui, elle, elle la blanche colombe, n'aurait jamais pu le rêver ? – Danilov l'avait giflée avant de la poursuivre en pleurs jusque dans un parc pour s'excuser et se faire humilier. Ce que Tatiana n'avait pas manqué d'accomplir, insultant Maman Vera au passage : *l'araignée en chef de notre bien-*

aimé Papounet ! C'était un soir de mai. Une de ces lentes et douces soirées où les gens aiment à se promener avant de rentrer dans leurs appartements invivables. Si Tatiana criait, Danilov ne s'en souvient plus, mais c'était probable. Quoi qu'il en soit, un moment de folie. Sur le coup et dans l'état où il se trouvait, il n'avait quasiment pas compris ce qu'elle racontait. Jamais avant il ne l'avait entendue prononcer ce mot : *Papounet*. Jamais après non plus.

Quelques jours plus tard pendant son absence – son second rendez-vous à l'Académie avec la Vodieva, comme par hasard – Tatiana avait déménagé ses affaires. Soulagement et douleur. Un poids qu'on lui ôtait de la nuque, une pointe qu'on lui enfonçait dans le ventre. Un soulagement pur et simple pour Maman Vera et Pineguine. Pineguine lui soufflant dans l'oreille : *Une bonne chose, Valery Yakovlevitch, une bonne chose. Sulovskaïa est douée, mais elle n'est pas de bonne compagnie pour vous. Ni pour personne, d'ailleurs. J'ai entendu dire que ses parents n'ont pas disparu pendant la Grande Guerre, comme elle le dit. Ils seraient bien vivants et à l'Est. Et son frère le médecin, pour ce que j'ai pu comprendre, il officie à Magadan. Une source de bien des déconvenues pour un garçon comme vous.*

Et lui, Danilov, passant des jours d'apitoiement. Des jours à se répéter le dicton du preux Russe au carrefour des chemins : « Va tout droit, tu perds la tête ; va à droite, tu perds ton cheval ; va à gauche, tu ne retrouveras pas ton or. » Puis des jours à se consoler avec la grande œuvre de son monument d'éternité. Un grand amour sans trahison possible.

Et aussi avec la Vodieva.

Lidia Semionova, le quatrième chemin du dicton. Lidia Semionova déchirant les dessins de Tatiana.

Lidia Semionova connaissant déjà tout de Tatiana ? Sachant déjà pour *Papounet*, connaissant tout de tout et même le corps du camarade Staline. Tenant le rôle de l'usurier maléfique dans le conte de Gogol tandis que lui Danilov/Tchartkov brûle docilement le corps nu de Tatiana dans le poêle ?

« Camarade Danilov ! Qu'est-ce que vous faites là comme ça ? Vous n'êtes même pas lavé. Vous avez vu votre tête ? Et de la vodka à cette heure-ci alors que vous n'avez rien dans le ventre. Qu'est-ce qui vous arrive ? Merde de merde, vous allez puer de la gueule sous son nez. Pourquoi vous n'avez pas essayé de dormir ? Maintenant, il faut vous remuer. Il ne reste plus beaucoup de temps. Il va vous attendre. Venez ici que je vous remette en état. »

12

Non, ce n'est pas le camarade Staline qui attend.

Cela se passe comme ça. Le lieutenant Tchirikov précède Danilov sur les marches du palais, salue militairement les gardes de faction, pousse la porte. Danilov – chemise à petits carreaux bleus boutonnée sous le menton sous son blouson de cuir à col de fourrure, pantalon de serge aux plis présentables, cheveux encore humides, marqués par le peigne, les joues roses du rasoir, le blanc des yeux rose de la vodka – sur ses talons. Dès leurs premiers pas dans le grand hall l'un et l'autre sont immobilisés par les gardes de faction à l'intérieur – quatre uniformes noirs comme, semble-t-il, tout ce qui émane de leur personne et leur caractère – Tchirikov aussitôt fournissant les explications nécessaires. Le chef des gardes va consulter une tablette au pied de l'escalier, revient en déclarant que c'est exact, le camarade Danilov est attendu. Tchirikov, lui, ne l'est pas, il doit ressortir du hall, c'est la règle. Bien sûr, bien sûr, approuve Tchirikov avec la raideur militaire qui sied. Avant de partir, il souhaiterait adresser un regard d'encouragement non dénué de reproche à Danilov, mais le camarade artiste est déjà entre les mains des gardes qui lui demandent d'écarter les bras, soulèvent son blouson, le fouillent de haut en bas.

Ensuite, ils le font asseoir sur une banquette de velours vert où Danilov fixe aussitôt la géométrie noir et blanc du sol.

Après quoi, l'attente dure. Une heure peut-être. Assez longtemps pour que Danilov s'habitue à sa propre immobilité, à celle des gardes, au faux silence. Des portes à double battant closes du hall – une paire, à droite du banc, peinte en blanc avec des moulures dorées, une autre au fond du hall à gauche, au cœur du mur perpendiculaire à l'escalier, en cèdre clouté de rosaces de laiton – un murmure continu vibre jusqu'à lui. Peu de voix mais égales et basses, comme moulinées par un même vibrato d'où aucun mot ne se distingue. Le temps passant, cela ressemble à une musique apaisante. À l'inverse, une ou deux fois, et brutalement, un vacarme tombe des grands escaliers. Frappements, battements, gémissement de trompes. Danilov lève les yeux vers l'étage. Inutilement. Impossible de deviner la source de ce raffut qui ne semble pas troubler les gardes. Au contraire, cela leur tire un sourire. Ce que Danilov reconnaît aisément, quoique après l'avoir respirée un bon moment, c'est l'odeur froide et raboteuse d'un certain tabac agrippée aux murs, boiseries et tissus du hall. Le *parfum de Staline* – comment, désormais, chaque fois que l'on pense au Grand Guide, éviter que son surnom de *Papounet* mène la sarabande dans l'arrière-fond de la cervelle ? – selon Maman Vera. Le respirant à plein nez et pour ainsi dire accomplissant le vœu de Maman Vera. Des pensées qui le distraient de la tension de l'attente et font passer plus vite les secondes et les minutes jusqu'à ce que, sans crier gare, l'attente prenne fin. Les portes de gauche, là-bas au fond, s'ouvrent comme un aboiement de chien. Une demi-douzaine d'uniformes en jaillissent sur le damier du carrelage. Visages inconnus, regards, casquettes, manteaux, piétinement de bottes, un souffle de l'air du dehors et déjà les gardes referment la grande porte du hall. Alors seulement, et pour ainsi dire porté par la fumée de cigarettes et pipe qui roule en volutes mollassonnes du parquet au marbre, vient le camarade Staline entouré de Poskrebychev et du visage balafré de Dovitkine, Vlassik marchant derrière, la bouche ouverte, la casquette déjà sur la tête. Iossif Vissarionovitch s'écarte de Poskrebychev, fourre sa pipe dans sa poche en même temps que le jaune expert de ses iris en un clin d'œil cueille les pupilles de Danilov – et à travers lui, au-dedans de lui, au tréfonds de lui, les cordes de ses nerfs bien trop tendues, dissonant vibrant avec tant de dysharmonie qu'on pourrait les voir s'entrechoquer – bien, bien, dit Iossif Vissarionovitch s'immobilisant et d'un doigt invitant le camarade Danilov à s'approcher. Venez, je veux vous montrer quelque chose, dit-il en pivotant gracieusement, saisissant paternellement le bras de Danilov. « Venez voir, ça va vous intéresser. »

Et les voilà retournant dans la grande salle à manger devenue salle de réunion. Parvenu devant les cartes d'Asie – leurs couleurs, leurs rubans aujourd'hui plus nombreux en rouge qu'en noir, ébauchant par fragments non jointifs et vaguement désarticulés un cercle à l'est du tortueux Ch'ŏngch'ŏn ; l'azur laiteux de la baie de Corée, depuis Kosŏng jusqu'à Hŭngnam, pour sa part peuplé de flèches noires, vertes, violettes pointées vers les terres, une nouveauté – Danilov du coin de l'œil note que seul le balafré Dovitkine les a suivis, en retrait mais bien présent, sans que le camarade Staline se soucie de faire les présentations, occupé qu'il est à décrocher, entre les couleurs de l'Asie, le masque mortuaire de Lénine de son autel. Prenez-le, dit-il le poussant dans les mains de Danilov. Prenez-le, caressez-le. Ce que fait Danilov comme un automate, offrant ses paumes et y recevant le contact froid de la bakélite. Fermez les yeux, dit encore Iossif Vissarionovitch de sa voix si basse et si lente avec son accent géorgien qui se perd dans les ondes radio. « Oubliez tout, camarade Danilov, oubliez le camarade Staline, oubliez l'art. Pensez seulement que vous tenez le visage de Lénine sous vos doigts. N'ayez pas peur. Il attend votre caresse. »

Qui sait si ce n'est pas vrai. Sous ses doigts la bakélite se réchauffe et de fait offre la sensation d'une peau véritable et terriblement vivante, si bien que Danilov, dans un réflexe, rouvre les yeux et manque de lâcher le précieux ex-voto. Ah, s'exclame Iossif Vissarionovitch, vous l'avez senti, notre Lénine. Plus vivant que tous les vivants. Et sans attendre un drame il retire le masque des mains de Danilov, offre une brève caresse à la face d'Ilitch – front, nez, joues mais pas les lèvres, jamais les lèvres – avant de la tendre à Dovitkine qui sait quoi en faire. Valery Yakovlevitch, dit-il en posant paternellement sa main sur la nuque de Danilov, voilà le vrai monument d'éternité. Ça et la momie d'Ilitch dans son tombeau de la place Rouge. « La plus grande, la plus inégalable des œuvres d'art du monde. Et face à l'éternité de Lénine, que vaut celle de Staline ? » Une question qui n'attend pas de réponse, la main de Iossif Vissarionovitch poussant doucement, affectueusement, Danilov hors de la pièce et sa voix se faisant plaisante. « Ça ne veut pas dire qu'il n'est pas bon d'essayer, Valery Yakovlevitch. Qu'est-ce que c'est que le bolchevisme, sinon tenter l'impossible ? Venez, camarade. Le Petit Père Staline a encore autre chose à vous montrer. »

Quand ils passent le seuil de la salle, il est treize heures et des poussières, ici à Borjomi et Moscou, dix-huit heures à P'yŏngyang et la nuit et le sommeil, comme toujours dirait-on, à New York et Washington. Mais qui s'en soucie ?

Au pied du grand escalier – toujours ces marches de granit noir, cette rambarde de végétaux en marbre rose et ce tapis de feutre rouge pour adoucir le pas; rien ici n'a changé depuis soixante-douze heures – Danilov va devoir une nouvelle fois se soumettre à une fouille, cette fois-ci le garde lui retournant les poches, les vidant pour déposer briquet et cigarettes, billet de cinq roubles et menue monnaie inutile dans un sachet de papier transmis à un autre garde, vérifiant sa ceinture, déboutonnant sa chemise, s'assurant de la nudité de sa chair, tandis que Iossif Vissarionovitch grimpe à son rythme jusqu'au palier, entre dans son bureau, en laisse la porte ouverte et se tasse une pipe nouvelle avant de vérifier la chaleur du samovar, de préparer deux thés forts et d'allumer enfin sa Dunhill devant la fenêtre. Il y patiente dans l'attente de Danilov. Fermez la porte et venez par ici, camarade, dit-il sans se retourner dès que le souffle tendu du camarade artiste atteint le seuil de la pièce. Quand Danilov a contourné le bureau, Iossif Vissarionovitch pointe le ciel du tuyau de sa pipe. « Regardez ces nuages. Qu'est-ce que vous en dites ?

– Je.

– Vous ne connaissez pas les nuages ?

– De la neige, peut-être.

– Pas peut-être. Avant la nuit noire. Et la neige de ces montagnes, c'est pas la neige de Moscou. Quand j'étais enfant, mon père m'a amené ici un hiver. Pas ici dans ce Palais Likani, hein. En bas, dans la ville. Mon père aimait beaucoup me faire voyager avec lui. Dès qu'il avait la possibilité de traverser le pays, il me prenait avec lui. C'était un des meilleurs savetiers de Géorgie. Et un bon père. Il avait une passion pour les eaux de Borjomi et la neige de Borjomi. Il venait y essayer la qualité de ses semelles. *Rien n'est plus doux et plus féroce que la neige de Borjomi, mon fils*, me disait-il. *Apprends à connaître la neige de Borjomi, tu deviendras souple et dur comme mes semelles.* Mon père aimait les jolis discours. »

Que, depuis la nuit, Iossif Vissarionovitch soit repassé au vouvoiement, Danilov l'a noté dès les premières paroles, en bas, devant Lénine. Ce que cela peut vouloir signifier, bien malin qui le saurait. Quand il se détourne de la fenêtre et se pose sur Danilov, le regard jaune de Iossif Vissarionovitch n'est pas dénué de bonté quoique teinté d'un peu de reproche. « Vous n'avez pas bonne mine, camarade.

– Si. Je. Pas assez dormi, c'est tout.

– Vous n'avez pas peur ?

– Non, non.

– C'est bien. Le plus grand malheur de l'homme est d'avoir peur de tout, même de son ombre. Mais son autre grand malheur, c'est de se mentir et de ne plus savoir reconnaître sa peur. »

Après quoi, avec la courtoisie mondaine d'un hôte à l'ancienne, Iossif Vissarionovitch prend sur la tablette l'un des deux verres fumants, l'offre à Danilov, l'encourageant à boire pendant que le thé est chaud. Ça va vous remettre les os en place et peut-être même les idées, dit-il. Le poids de ces nuits sans sommeil, il le connaît lui-même depuis des années. Souvent, on est là à se demander que faire de la nuit, que faire de la nuit. Par chance, dit Iossif Vissarionovitch en allant prendre un ouvrage dans la petite bibliothèque, par chance j'ai trouvé une réponse dans ce livre alors que j'étais tout jeune séminariste à Tbilissi. Je ne connaissais encore pas une ligne des écrits de Lénine ni de Marx, pas même leurs noms. Les leçons des curés m'ennuyaient à mourir, sauf pour le grec et le latin que j'aimais beaucoup, raconte-t-il en ouvrant le livre, le feuilletant et montrant à Danilov les pages recouvertes de latin, expliquant son titre *Asinus aureus*, *L'Âne d'or ou les Métamorphoses*, et son charme de roman d'aventures, de magie des apparences et des mensonges de la *scientia desultoria*, comme dit Apulée son auteur : la science acrobatique de la vie. L'obscurité de la nuit, Apulée, qui vivait dans les siècles de Rome, la déclarait divine car c'est en elle que se modèle la vérité du jour comme le crâne de l'enfant est modelé par la matrice de la mère qui l'enfante, explique Iossif Vissarionovitch. Une image qui m'est restée longtemps en tête. J'ai pu en mesurer la vérité tout au long de ma vie. Et savez-vous, camarade Danilov, comment Apulée nomme les cheveux des femmes ? Les *miroirs du soleil*. Voilà qui devrait avoir un sens pour vous, l'artiste. D'ailleurs, Apulée avait aussi son idée sur les monuments d'éternité. En son temps, le deuxième siècle de l'empire de Rome, l'éternité s'appelait Isis. Des monuments qu'on lui bâtissait, Apulée assurait que leur grandeur était égale à leur capacité de « taire les choses divines en les exposant ». Voilà qui fait réfléchir, pas vrai ? Et voilà aussi qui nous ramène à nos moutons, dit Iossif Vissarionovitch, abandonnant le livre d'Apulée sur le fauteuil de lecture et repassant lui-même derrière le bureau. « Allez donc vous asseoir sur ce divan, nous avons à causer. »

Comment Danilov pourrait-il deviner qu'en cet instant le camarade Staline en profite pour se faire une petite idée de ce que voyait le Charlatan, là-bas à Londres, quand il s'amusait avec ses pigeons étendus sur un divan à l'identique – jusqu'aux fleurs stylisées de ses kilims, à leurs chemins, étoiles et arbres de vie aux branches rouges, bleues, noires ou blanches, jusqu'au reflet mordoré de laine mêlée de soie – de celui qui soutient ses fesses ? Et assis là, raide sur le bord du divan, les deux mains agrippées nouées au verre de thé comme à un mât invisible auquel il pourrait se retenir en cas de ressac inattendu, le fait est que le jeune camarade Danilov a l'allure d'un pêcheur à la dérive sur le frêle esquif de sa conscience.

Ensuite, dans les longues minutes qui vont suivre, en fait de causer, il ne va pas faire entendre le son de sa voix. Inutile. Impossible. Pour ce qu'il a à dire et le théâtre qu'il veut en faire, Iossif Vissarionovitch n'a besoin d'aucune réplique. Après avoir en silence, pendant une ou deux longues minutes, siroté son thé brûlant – sans Hennessy ni autre cognac – feuilletant un dossier posé sur le bureau, il en retire une feuille jaunie, aux vieux plis marqués, et dit bien, parlons un peu de vous, Valery Yakovlevitch. Staline va vous surprendre, camarade, car Staline vous connaît depuis longtemps et peut-être mieux que vous ne vous connaissez vous-même. J'ai là la lettre que la camarade Moukhina m'a adressée en avril 1933 pour me demander l'autorisation de vous adopter après l'arrestation de vos parents. Le mieux est que je vous la lise :

Leningrad, le 14 avril 1933

Très cher et très admiré camarade Staline,

Permettez-moi de vous adresser cette requête, à vous qui êtes, etc., *et de porter à votre connaissance le cas du jeune Valery Yakovlevitch Danilov. Quoique ses parents (Yakov Dimitrievitch Danilov, sculpteur, et sa mère Irina Stazonovna, décoratrice pour revue) aient été identifiés depuis longtemps comme éléments polluants de notre société, actifs dans les groupuscules gauchisants à sympathie bourgeoise sous leur vernis d'avant-garde (Stazonovna est l'une des plus enflammées actrices du groupuscule déviationniste de l'Avant-garde Analytique Votievsky), j'ai trouvé en leur fils, Valery Yakovlevitch, aujourd'hui neuf ans, tous les signes d'un prodige de la peinture et du dessin. L'arrestation récente et inévitable de ses parents (ces jours-ci et en préparation des fêtes du Premier Mai, il s'est conduit à Leningrad une campagne de purification des éléments déclassés et socialement nuisibles) risque de conduire l'enfant dans l'un des orphelinats de Leningrad. Permettez-moi, camarade Staline, d'exprimer une opinion toute personnelle et, à ce titre, peut-être bien fautive. Mais il me semble, avec le point de vue limité qui est le mien, que dans la situation présente l'éducation en orphelinat de l'enfant Danilov n'apporterait rien à notre État Soviétique alors que ce garçon, compte tenu de ses dons et fermement conduit (ce qui veut aussi dire qu'on effacera autant que possible son mauvais héritage paternel et maternel ; mais il est jeune, à cet âge on oublie vite et la vie n'est encore qu'un germe), pourra, et je le pense avec toute ma foi bolchevique, devenir un jour l'orgueil de l'art de notre grande Union Soviétique et, il se peut même, être un exemple de la rééducation que peut conduire notre nouvelle société communiste*

Et ainsi de suite, dit Iossif Vissarionovitch, interrompant sa lecture et reposant la lettre. Ainsi de suite et rien de neuf, la camarade Moukhina sait parfois être un peu longue. Mais relevant les yeux il s'étonne aussitôt de la mine de Danilov sur le divan. Qu'est-ce qu'il vous arrive, camarade Danilov ? Cette lettre vous révélerait-elle des vérités que vous ignoriez ? Et comme Danilov semble hors d'état de le lui confirmer, Iossif Vissarionovitch quitte le siège de son bureau, se ressert un thé pour laisser au camarade artiste le temps de rassembler ses émotions. En voilà une leçon, camarade Danilov, soupire-t-il après avoir bu un peu du thé et rallumé sa pipe. Pour l'art, la camarade Moukhina ne s'est pas trompée. Elle a deviné en vous le prodige, et prodige vous êtes devenu. Bravo ! Mais elle a voulu faire œuvre de bonté en vous cachant la vérité sur vos parents. Erreur. Lénine a dit : « La bonté est un obstacle à la révolution. » Voilà qui semble cruel. Et aussi paradoxal : la révolution n'est-elle pas en soi un acte de bonté envers les hommes ? Y a-t-il plus grande compassion que de vouloir la justice humaine et même un monde tout entier plus juste ? Oui, mais voilà, l'œil perçant de Lénine a vu la faille dès le premier jour. Dans le cours de la révolution et de la justice révolutionnaire, la compassion est une impuissance. La bonté est un obstacle et bientôt une erreur politique. Pendant la Révolution française, Robespierre appelait ça « la furieuse tentation d'être bon dans un monde et des circonstances qui rendent la bonté impossible ». Voilà, camarade Danilov, pourquoi l'art bourgeois réactionnaire peut se permettre de dégouliner de compassion alors que notre art bolchevique ne peut être qu'un art de la joie. « Donc nous n'allons pas reproduire cette erreur », conclut Iossif Vissarionovitch, reposant son verre de thé pour soulever un dossier de son bureau.

Un dossier un peu épais, cartonné de brun, sanglé d'une courroie de tissu et tamponné du sceau des secrets d'État, barré de numéros et d'un titre : OGPU / NAZINO 33. Ceci est pour vous, dit-il, se levant et allant jusqu'au bord du divan pousser le dossier entre les mains d'un Danilov effaré et si brutalement dressé qu'il en chancelle. Vous trouverez là-dedans la véritable histoire de vos parents, camarade, dit Iossif Vissarionovitch, et celle de quelques autres malheureux. Vous le lirez, la faute que l'État soviétique a commise à leur endroit est éclatante. Non pas en les éloignant, ils le méritaient. Hélas, une mauvaise bureaucratie ne les a pas traités comme elle l'aurait dû. Vous voyez, Staline ne vous cache rien. Pas de bobards. Les faits sont les faits et la vie avance avec les faits. Bien sûr, camarade Danilov, je vois sur votre visage, j'entends pour ainsi dire dans votre crâne, les questions qui vous viennent. Pourquoi Staline me dit-il cela ? Moi qui vivais dans l'ignorance, pourquoi dois-je apprendre la triste réalité ? Qu'en ai-je besoin ? Et pour quoi faire ? Je vous l'ai dit : l'État soviétique tout entier est Staline. L'État soviétique commet une erreur, c'est Staline qui commet une erreur. Et Staline ne s'en cache pas. Staline aime la vérité et rien que la vérité, même si c'est celle de sa faute. Seconde réponse, et la plus importante, camarade Danilov : la force des bolcheviks est de savoir toujours affronter la vérité. L'erreur est humaine, mais l'héroïsme qui surmonte l'erreur est bolchevique. Surmonter les fautes, surmonter l'impossible, surmonter le passé, voilà la prière bolchevique. Lénine l'a fait. Staline l'a fait. Ils s'appelaient Oulianov et Djougachvili. Ils n'ont pas pris les noms de Lénine et Staline pour se cacher de l'Okhrana, camarade. C'est la Révolution qui les a baptisés d'un patronyme neuf, car, exactement comme le dit notre chant sacré, ils ont su *faire table rase du passé*. Dans ce dossier, camarade Danilov, vous allez voir la vérité toute nue devant vos yeux. Et ce n'est pas une jolie fille. Plus souvent qu'à son tour on n'a pas envie de passer sa nuit avec elle. La question, la seule question à laquelle il faudra répondre : au matin, quand le jour reviendra, serez-vous aveuglé comme les héros grecs l'étaient par la face de Méduse ? Ou saurez-vous, en bon bolchevik, faire table rase de votre passé ? « Car comment être l'artiste sincère du monument d'éternité de Staline si on éprouve envers Staline le ressentiment du passé et non la joie du présent et du futur ? »

13

LETTRE DU CAM. VASSILI ARSENIEVITCH VELITCHKO, INSTRUCTEUR-PROPAGANDISTE AU COMITÉ DU PARTI DE LA RÉGION DE NARYM, AU CAM. STALINE SUR LA SITUATION SURVENUE À L'ÎLE DE NAZINO, SUR L'OB

Tomsk, 7 septembre 1933

Camarade Staline,

Cher et estimé, cam. Staline, il me semble de mon devoir de bon communiste de vous informer des événements survenus dans l'île de Nazino durant l'été dernier, depuis le début de mai jusqu'à fin juillet... L'île de Nazino, sur l'Ob, est située à 900 kilomètres au nord-ouest de Tomsk. Elle fait trois kilomètres de long sur cinq à six cents mètres de large, elle est inondable pendant les hautes eaux. Pour le reste, ce sont des marécages et des bosquets de peupliers [...].

[...] Il a été difficile, dans les conditions rapportées plus haut, de réunir les identités et les situations personnelles. En voici une trentaine parmi lesquelles on trouvera nombre d'individus socialement proches du pouvoir soviétique, voire des camarades, dont la plupart sont morts parce qu'ils étaient les plus vulnérables :

V. I. Novojilov, Moscovite, chauffeur à l'usine Kompressor, trois fois primé, s'apprêtait à aller au cinéma avec sa femme et ses enfants. Est descendu dans la rue acheter des cigarettes sans son passeport. Raflé déporté [...].

[...] G. Nazin, Moscovite, chef adjoint des pompiers du théâtre Bolchoï. Raflé dans la rue. Le laissez-passer au Kremlin présenté a été refusé par la police [...].

[...] Yakov Dimitrievitch Danilov, Leningrad, artiste sculpteur, arrêté pendant la préparation de son exposition dans la galerie académique d'État de Leningrad, l'intervention et les garanties données par le directeur de la galerie n'ont été d'aucun secours.

[...] Irina Stazonovna, artiste peintre, interpellée au même endroit, en tant que femme du précédent, son reçu de passeport considéré comme invalide/falsifié.

[…] Pavel Alexeievitch, Leningrad, arrêté à la descente du train de banlieue, sa carte des Jeunesses communistes et autres documents n'ont été d'aucun secours.

[…]

[…] Le comportement déplacé de certains responsables des villages spéciaux a été parfois jusqu'à des excès indignes de la nouvelle société soviétique et du comportement d'un bon communiste. Non content des coups et blessures infligées sans justifications, d'extorsions et vols d'effets personnels, bastonnades et exécutions sommaires, le commandant Souleimanov, par exemple, consommait ostensiblement, devant les déportés affamés, attendant leur maigre ration de farine, du sucre en quantité extraordinaire, au point, selon ses propres dires, d'en perdre totalement le goût. […] Un déporté avait tenté de recevoir deux rations de farine. Mets-toi là, lui dit le garde Khodov, puis il l'abattit d'un coup de revolver dans la tête (il en exécuta de la sorte un grand nombre avant de quitter son service à sa demande). […] Qu'en outre les gardes se soient livrés à des trafics de dents en or prises sur les cadavres et vendues au Torsin d'Alexandrovskoïe, c'est certain […].

[…] Selon notre décompte, sur les 6 600 personnes ou plus arrivées de Tomsk en mai, il n'en restait qu'à peine 2 200 au 20 août […].

[...] La conclusion à laquelle il faut bien en venir, c'est que sur l'île de Nazino, l'homme a cessé d'être un homme. Il s'est transformé en chacal [...].

[...]

Signé :
V. A. Velitchko,
instructeur-propagandiste au Comité du Parti,
région de Narym

Vu par le cam. Staline, 09/1933,
À contresigner après lecture par le Politburo,
Contre-signatures : cam. Kaganovitch, Molotov, Kalinine, Kouibychev, Mikoïan

DIRECTION POLITIQUE DES ÉTATS UNIFIÉS / OGPU-DIRECTION PRINCIPALE DES CAMPS / GOULAG. COMMISSION D'ENQUÊTE SUR LES ÉVÉNEMENTS SURVENUS À NAZINO, MAI-JUILLET 1933, RAPPORT GENR. CAM. M. KOVALEV

RAPPORT DU CHEF DU SIBLAG, ALEXANDR GORCHOV

Après la réunion du 9 février 1933 au bureau du comité régional du Parti de Sibérie occidentale, j'ai appris qu'il était question de déporter trois millions de personnes. Un million au Kazakhstan, un million je ne sais plus où, le troisième million était pour nous, les Sibériens. Puis au bout de deux jours, on nous dit que c'était maintenant deux millions. Au plus haut niveau, on nous ordonna de faire un avis financier et économique complet pour l'opération. En précisant de faire le meilleur marché possible... Ensuite j'ai appris que le chiffre était finalement tombé à 500 000 pour nous. Il a fallu refaire tous les comptes...

[...] Au mois de mars, on se doutait qu'une petite proportion des contingents serait constituée des gens expulsés des villes dans le cadre de la "passeportisation". Ces éléments-là, qu'on appelait entre nous des sans-bras-sans-jambes tant ils ne savent rien faire d'eux-mêmes dans la nature, on pensait les mettre au travail dans quelques coopératives artisanales, de couture par exemple. Ce genre d'activité, ça devait être dans leurs compétences. Mais qu'il y aurait des criminels récidivistes envoyés en masse chez nous pour désengorger les lieux de détention, ça, on ne savait pas...

[...] Aucun ravitaillement n'était prévu car il était entendu que les gens arriveraient avec un minimum de provisions pour un à trois mois, selon les règles en vigueur. [...]

[...] À l'arrivée des convois d'affamés et de contagieux au centre de tri de Tomsk, les organisations du Parti et des soviets ont vraiment paniqué. Il faut dire que les convois arrivaient dans un état effroyable. J'ai sur moi des rapports de situation sanitaire, je peux vous les montrer. Les chiffres sont effrayants. Nous tous, pas seulement la représentation plénipotentiaire, mais aussi le Comité régional du Parti, le Comité exécutif régional des soviets, le Comité du Parti de la ville, avons envoyé des signaux, protesté contre l'état dans lequel on nous avait envoyé les gens. La seule réponse de Moscou : de la fermeté, du sang-froid, ne pas affoler la population, stopper les rumeurs... Je suis allé voir le responsable du Comité exécutif régional, le cam. Reschikov : "Vous pensez qu'on peut envoyer tous ces gens dans l'état où ils sont, alors que le pourcentage de pouilleux dépasse les 50-60 % ?" Reschikov : "Expédiez tous ces éléments le plus vite possible. Il faut libérer Tomsk." Mais le plus vite possible, c'était quand ? La glace était encore dans les fleuves et les péniches de la Rechflot indisponibles...

[...] j'ai aussitôt envoyé un télégramme au cam. chef du Goulag Matvei Berman, exprimant mes grands doutes sur la possibilité d'adaptation et de rééducation des éléments urbains déclassés dans les komandatures de Sibérie occidentale, dans un milieu hostile alors qu'ils n'ont aucune des dispositions au travail des koulaks et encore moins à la mise en valeur agricole ou aux coupes forestières. Leurs contacts avec les anciens contingents de déplacés dans les villages spéciaux et la population locale ne pouvaient que déboucher sur de graves incidents [...].

(Annexe) Rapport du cam. Alexeiv, représentant plénipotentiaire de l'OGPU pour la Sibérie occidentale, adressé au cam. G. Iagoda, directeur OGPU, 16 mai 1933

Du 9 au 30 avril, c'est quinze convois d'environ 25 000 déportés que nous avons reçus. Ils sont arrivés à Tomsk sans les documents réglementaires, pas de dossiers personnels des déportés, pas de listes...

[...] Contrairement aux instructions réglementaires en la matière, les nombreux individus apparemment raflés au hasard sur les marchés, dans les gares et les rues n'ont eu ni le temps ni l'autorisation de prendre à leur domicile des affaires, des provisions indispensables et sont arrivés uniquement avec ce qu'ils portaient sur eux au moment de leur interpellation. [...]

[...] Le convoi 744 en provenance de Leningrad est arrivé en totale violation de l'instruction n° 042-33 [...] aucun dossier personnel [...] aucun document ni extrait de décision motivant l'envoi en village spécial de travail [...] liste incomplète des individus expédiés [...] situations de famille, personnes seules inconnues [...]. Ceux qui, parmi les déportés, avaient conservé leurs papiers au départ de Moscou ou Leningrad se les sont fait voler la plupart du temps par les détenus de droit commun durant les trajets jusqu'à Tomsk, les droits-communs s'en servant le plus souvent pour se rouler des cigarettes. Dans ces conditions l'identification et la prise en compte des réclamations étaient rendues impossibles de même qu'un décompte réglementaire… Ce qu'on a pu démêler des conditions d'interpellation laisse penser qu'elles ont été réalisées en beaucoup d'occasions sans grand discernement et avec le seul souci de remplir des quotas. […]

POUR RAPPEL : DÉCRET DU POLITBURO DU 26 DÉCEMBRE 1932 (PARUTION *PRAVDA* 28 DÉCEMBRE 1932)

Un passeport intérieur est désormais obligatoire pour les citoyens soviétiques de plus de seize ans résidant dans les villes, les cités ouvrières, dans les transports et grands chantiers. Chaque détenteur de passeport doit se présenter auprès du bureau d'enregistrement de son lieu de résidence. Seuls les passeports enregistrés sont valides. Les opérations de passeportisation doivent commencer dans les villes à régimes spéciaux de Moscou, Leningrad, Kharkov, Kiev… et selon le rythme de présentation de la population employée dans les entreprises et pour finir par les populations non organisées.

Certaines populations ne peuvent recevoir de passeport :

* Individus sans travail productif ou socialement utile.

* Koulaks et "dékoulakisés".

* Individus de la campagne en résidence sans invitation formelle d'entreprise.

* Sans droits civiques.

* Réfugiés de nationalité étrangère (exceptions pour les réfugiés politiques).

* Membres de la famille des individus ci-dessus vivant dans le même foyer.

DIRECTION POLITIQUE DES ÉTATS UNIFIÉS / OGPU-DIRECTION PRINCIPALE DES CAMPS / GOULAG. COMMISSION D'ENQUÊTE SUR LES ÉVÉNEMENTS SURVENUS À NAZINO, MAI-JUILLET 1933, RAPPORT GENR. CAM. M. KOVALEV

RAPPORT D'IVAN DOLGUIKH, CHEF DU DÉPARTEMENT RÉGIONAL DES PEUPLEMENTS SPÉCIAUX

Je l'ai dit en toute franchise devant la Direction régionale du Parti : pour la première fois le Parti nous assignait une tâche aussi grandiose : installer un million d'éléments au cours des deux trois mois d'été dans des régions aussi rudes que les contrées de Narym et les districts de Tarsk. Malgré la faiblesse de nos moyens et de nos cadres, nous avons sans broncher accepté cette lourde tâche, car elle nous était ordonnée par le Parti et l'OGPU. Et en trois mois nous étions parvenus à installer près de 200 000 personnes dans la seule région de Narym où n'arrive pas le chemin de fer… Le contingent qui a été envoyé à Nazino est formé des déchets de la société, des éléments les plus déclassés et les plus socialement nuisibles des villes, criminels et délinquants prêts à tout : voler, piller, tuer. Tous affichent fièrement leurs origines moscovites ou léningradoises. Ils sont tous extrêmement sales, pouilleux, fortement amaigris, sans chaussures, en haillons. Certains sont nus. Depuis qu'ils sont là, personne, visiblement, n'a fait sa toilette, et malgré le beau temps désormais installé, aucun de ces éléments ne veut se laver à la rivière. […]

[…] Il semble bien que les actes de cannibalisme accompagnés de manifestations sadiques soient dus à une combinaison très particulière de dégénérescence individuelle et d'intention politique bien définie dans lesquelles on peut reconnaître une attitude de défi envers la nouvelle société soviétique et les valeurs bolcheviques, ce que m'a exprimé sans dissimulation un élément criminel : "Vous affamez le peuple. Eh bien nous, nous nous mangeons les uns les autres." J'ai ordonné l'arrestation immédiate de cet individu pour propagande contre-révolutionnaire […].

DIRECTION POLITIQUE DES ÉTATS UNIFIÉS / OGPU-DIRECTION PRINCIPALE DES CAMPS / GOULAG. COMMISSION D'ENQUÊTE SUR LES ÉVÉNEMENTS SURVENUS À NAZINO, MAI-JUILLET 1933, RAPPORT GENR. CAM. M. KOVALEV

Rapport de Dimitri Tsepkov, fonctionnaire de l'OGPU et chef de la komandature du district de Nazim

[...] C'est le 16 février 1933 que j'ai reçu de Novossibirsk un télégramme m'informant que je devrais installer environ 25 000 éléments au début de la période de navigation, c'est-à-dire à partir de mai. Un chiffre énorme pour nous, presque irréel, mais nous nous sommes aussitôt mis au travail. [...] Les télégrammes du 5 mai, l'un du Siblag, nous ordonnant de préparer à recevoir 3 000 éléments déclassés supplémentaires, et l'autre du centre de Tomsk évoquant un chiffre de 5 000 ou 6 000 éléments, nous ont totalement pris de court. Rien n'était prêt puisqu'il n'avait jusque-là pas été question de recevoir les déportés avant la fin juin. On ne disposait toujours pas des bateaux pour convoyer les éléments sur leurs lieux d'installation repérés sur la rive de l'Ob, le ravitaillement était au plus bas ainsi que tous les autres stocks, à vrai dire encore inexistants…

[…] Le cam. Vlassov, secrétaire du district d'Alexandrovskoïe, a déclaré qu'il ne pouvait être question de refuser l'ordre du Siblag : puisque c'était un membre du Parti qui nous avait transmis la directive du Siblag, celle-ci devenait une directive du Parti et donc nous devions la remplir en tant que communistes. […]

[…] Je n'avais jamais vécu en ville, je n'imaginais pas à quoi ressemblaient les éléments criminels déclassés urbains. Dans mon esprit, ils devaient être bien différents de ces éclopés, de ces invalides, de ces pauvres hères à la face terreuse, pour la plupart en guenilles, certains habillés en tenue de ville avec des souliers et un veston, mais tous ces gens sortaient des convois – quand ils tenaient encore debout – sans rien, sans la moindre provision, les mains nues… Le contingent des déclassés de Nazino était formé d'un tiers de criminels endurcis, d'une moitié de vagabonds, petits délinquants, hooligans, gens de la rue sans domicile fixe, habitués à spéculer, traficoter, en un mot vivre comme des parasites sur le dos d'autrui sans le moindre désir de travailler ni de s'intégrer à la nouvelle société socialiste, et les cinq pour cent restants étaient des gens raflés un peu par hasard, Moscovites ou Léningradois de souche interpellés parce qu'ils n'avaient pas leur passeport sur eux ou à l'occasion d'une dénonciation. [...]

[...] Mon opinion est qu'ils se sont livrés au cannibalisme par habitude parce qu'ils étaient cannibales depuis longtemps [...].

DIRECTION POLITIQUE DES ÉTATS UNIFIÉS / OGPU-DIRECTION PRINCIPALE DES CAMPS / GOULAG. COMMISSION D'ENQUÊTE SUR LES ÉVÉNEMENTS SURVENUS À NAZINO, MAI-JUILLET 1933, RAPPORT GENR. CAM. M. KOVALEV

RAPPORT DU CAM. KOUZNETSOV, COMMANDANT DU CAMP DE TRANSIT DE TOMSK

[...] Le camp était plongé dans la plus totale obscurité étant donné que le Siblag n'avait pas eu le temps de l'électrifier. Les éléments déplacés manquant d'eau et de nourriture ont engendré des troubles dès la seconde nuit et il a fallu appeler la police montée en renfort [...]. Tout le monde était d'accord qu'on ne pouvait débarquer ces éléments ni à Alexandrovskoïe ni près d'un village d'anciens koulaks et des Ostiaks. Ils allaient tout mettre à feu et à sang.

C'en serait fini de la collectivisation, des coopératives et des Ostiaks. C'est comme ça qu'est venue l'idée de les débarquer sur une île au milieu de l'Ob, en face du village de Nazino, à 70 kilomètres en amont d'Alexandrovskoïe. […] J'étais persuadé que les commandants auxquels on expédiait ce contingent étaient dûment préparés à le recevoir, ayant eux-mêmes reçu toutes les instructions nécessaires. […] Jamais je n'ai cherché à dépasser la norme. Si j'avais dépassé la norme, on m'aurait à coup sûr inculpé pour sabotage, ou pour quelques "vertiges du succès" ou "enthousiasme administratif" comme les a appelés et condamnés le cam. Staline. […]

DIRECTION POLITIQUE DES ÉTATS UNIFIÉS / OGPU-DIRECTION PRINCIPALE DES CAMPS / GOULAG. COMMISSION D'ENQUÊTE SUR LES ÉVÉNEMENTS SURVENUS À NAZINO, MAI-JUILLET 1933, RAPPORT GENR. CAM. M. KOVALEV

RAPPORT DE MISSION DU CAM. KOLOUBAIEV, CHEF DE CONVOI D'ÉLÉMENTS DÉCLASSÉS

Le 20 mai à 2 heures de l'après-midi, je me suis rendu sur l'île de Nazino avec le commandant Tsepkov. Il y avait là une cohue terrible, des attroupements, des bagarres autour des sacs de farine, des cadavres partout, cent ou plus, des tas de gens qui rampaient en criant : "Donnez-nous du pain. Les chefs, ça fait deux jours qu'on ne nous donne rien à manger, on veut nous faire crever de faim et de froid." On nous dit que les gens avaient commencé à manger les cadavres, qu'ils faisaient cuire de la viande humaine. L'île offrait un tableau affreux, épouvantable [...].

Annexe : Rapport sur la situation de santé de l'île de Nazino à l'intention de la Direction des peuplements spéciaux du Siblag

[...] Durant la seule journée du 21 mai les officiers de santé ont pu décompter 70 nouveaux cadavres [...]. Sur cinq d'entre eux, le foie, le cœur, les poumons et des morceaux de chair tendre (seins et mollets) ont été découpés. De l'un des cadavres, la tête a été arrachée, de même que les organes génitaux masculins et une partie de la peau. Ces mutilations constituent autant d'indices forts de cannibalisme ; elles suggèrent en outre l'existence de graves psychopathologies [...] interpellés en possession de chair humaine, ils furent relâchés, au motif qu'il n'avait pas été établi qu'ils avaient tué la personne dont ils avaient consommé certaines parties du corps [...] le code pénal soviétique ne prévoyant pas de peine pour les cas de nécrophagie [...] plusieurs cas de femmes agressées auxquelles les cannibales ont coupé les seins et les mollets. Certaines survécurent, d'autres succombèrent, d'autres devinrent folles [...].

TÉMOIGNAGE DE TAÏSSA MIKHAÏLOVNA TCHOKAREVA, OSTIAK, VIVANT À ERGANKINA, CONCERNANT LA SITUATION SURVENUE À L'ÎLE DE NAZINO, SUR L'OB

"Comme chaque année on était partis au printemps pour l'île de Nazino où on débite l'écorce de peuplier. C'est notre unique gagne-pain. Et que vit-on ? Du monde partout. Ils les avaient amenés sur l'île. On arriva au village de Nazina sur la rive en face de l'île. Les gens disaient : "Ils en ont amené, du monde, sur l'île." Combien ? Dans les 13 000 qu'il y en avait. Un monde ! On ne comprenait pas ce qui se passait. Ils les avaient déchargés à la belle étoile, tout le monde. Les gens tentaient de s'enfuir. Ils demandaient : "Où est la voie ferrée ?" Nous n'en avions jamais vu, de voie ferrée. Ils demandaient : "Où est Moscou ? Leningrad ?" C'était pas nous qui pouvions le leur dire, c'est bien la première fois qu'on nous parlait de ça. Les gens fuyaient, affamés. Ils leur versaient une poignée de farine. Les gens la mélangeaient avec de l'eau faute de four pour en faire autre chose. Ils buvaient ça et aussitôt la diarrhée. Qu'est-ce qu'on a pas vu ! Les gens crevaient partout, ils se tuaient les uns les autres. Au bord de la rivière, côté village, il y avait une montagne de farine. De la farine en veux-tu en voilà, et qu'est-ce qu'ils en faisaient ? Ils leur en donnaient juste une poignée.

"Sur l'île, il y avait un jeune garde, un gars du nom de Venikov. Il faisait la cour à une belle fille qui avait été amenée là. Il la protégeait. Un jour, il a dû s'absenter. Des gens ont attrapé la fille, ils l'ont attachée à un peuplier, on lui a coupé la poitrine, les muscles, tout ce qui se mange, tout, tout... quand Venikov est revenu elle vivait encore, mais elle avait perdu trop de sang pour tenir... Ils avaient faim, faut bien manger. C'est le genre de chose qui avait cours. Quand on passait le long de l'île, on voyait de la viande enveloppée dans des chiffons. De la viande d'homme qu'on avait coupée et accrochée aux arbres. Quand Yakim Ivanovitch, le médecin, venait, ils disaient : "En voici un qu'il ferait bon manger, gras comme il est." Il s'est enfui. Il s'est fait arrêter comme ennemi du peuple. Sur le bord du fleuve, la farine pourrissait. Et à côté, les gens crevaient de faim. Ils ont envoyé deux gardes à Ergankina pour nous défendre au cas où ces [...] nous attaqueraient. Dès que les gardes en attrapaient un, ils le conduisaient de l'autre côté du fleuve, vers la Vieille Nazina. Ils les fusillaient et jetaient les corps dans le fleuve. Quand l'eau a baissé, quelle puanteur ! Je suis allée dans les champs en bouchant mon nez d'Ostiak. Pour sûr que ça puait, tous ces morts décomposés. Ça faisait plus d'un mois qu'ils traînaient là.

"Les gens fuyaient l'île sur des radeaux, sur des troncs. Un jour, affamés, tenant à peine debout, ils ont essayé de s'en prendre à notre vache. On s'en est mêlés, ils ont battu en retraite. On s'est dit qu'il valait mieux leur donner un bout de pain. Il y avait des femmes parmi ces gens, ça nous a mis en confiance. On a dit aux gardes : "Laissez-les, on va leur donner à manger." On leur a donné du pain et du lait caillé, puis on les a ramenés au poste de garde. Qu'est-ce qu'ils en ont fait ensuite, Dieu seul le sait. Peut-être bien qu'ils les ont fusillés.

"Mon Dieu, quelle cruauté ! Bien sûr, Dieu seul sait ce qu'étaient ces gens. On ne les connaissait pas, ils nous faisaient peur. N'empêche, ce n'était pas des bêtes. On leur faisait boire du lait, on les nourrissait et après ils les fusillaient.

"À la fin de l'été, avant les premiers froids, ils ont mis ceux qui restaient sur une grande péniche. Ils l'ont remplie à ras bord et elle est partie sur la rivière. Là, presque tous sont morts."

14

Dans le dossier NAZINO 33 offert par le camarade Staline, il n'y a pas que des mots et des images de mots. Danilov y trouve aussi une photo. Pas bien grande. Rectangulaire, plus grise que noir et blanc, aux bords dentelés, la fine marge encadrant l'image ondée de jaune depuis longtemps. Un homme y tient dans ses bras un enfant, un garçon de cinq ou six ans. Sur la droite, une jeune femme les regarde, le sourire aux lèvres – et rien d'autre, pas de décor, d'arrière-plan de façade, rue, champ ou jardin, que du blanc grisé et jauni comme si la photographie avait été prise dans un vide ou, qui sait, les limbes d'un monde devenu invisible – de l'homme, pull col roulé, veston de cuir et casquette, on ne voit que la moitié du visage, long et rieur. Le reste est caché par le bras du garçon, bouche ouverte, qui se tourne vers la femme. Valery Yakovlevitch dans les bras de son père. Un petit Valery Yakovlevitch aux joues rondes et aux cheveux clairs, longs et fins, les yeux brillants. Un Yakov Dimitrievitch qui ne s'est pas rasé depuis quelques jours et rit aussi. Ou dit quelque chose tandis que ses mains retiennent le dos dangereusement agité de son fils. Irina Stazonovna, la mère, la vraie mère, se tient un peu de profil. Le sourire ne lui ouvre pas les lèvres, longues, peintes d'un rouge devenu presque noir sur la photo. Des yeux paisibles au blanc net et qui semblent loin enracinés dans ses pensées. Un visage rond, simple, les cheveux passant sous le béret, le nez un peu fort, comme le menton, les joues pleines. Elle observe Yakov Dimitrievitch et le petit Valia avec ce calme, avec dans l'encre du regard cette retenue qui ressemblent un peu à de l'absence – bien sûr, maintenant qu'on sait, on ne peut s'empêcher de songer que ce regard qui ne va pas jusqu'à l'horizon, ce sourire qui ne va pas jusqu'au bout, cette légèreté qui ne rejoint pas le jeu de son fils et de son amant ont quelque chose d'une intuition, d'un pouvoir prophétique dont on dit que les femmes sont riches – ou peut-être connaît-elle trop bien ce qu'elle a sous les yeux, scène déjà vue bien des fois, banalité des jours d'un père et de son fils. Elle porte un pull fin à rayures blanches, rouges peut-être, ou ocre, ou vert émeraude. Une de ces teintes nombreuses qui font monter des ombres dans les images argentiques. Un pull échancré bas entre les seins sous le manteau de cuir aux revers droits. Des mollets ronds sous la jupe qui apparaît en gris. Il ne faut pas la voir avec les yeux de ceux qui l'ont vue à Nazino. Il ne faut pas voir sa peau claire et fraîche, le plein du visage, de la poitrine, des hanches, maintenant que l'on sait ce que cela a pu devenir. Il ne faudrait rien voir, maintenant que l'on sait. Quand même, Danilov n'a pu s'empêcher de coller la photo sur l'acier chromé du mur de fresque.

Et regarder. Regarder. Regarder. Regarder. Regarder.

Comment est venue l'idée ? On ne sait pas. Quelle importance ? De la couleur pour teinter l'image grise. De la couleur pour lui donner une autre vie. Prendre un tube de carmin, couleur primaire, pour les lèvres d'Irina Stazonovna ma mère, le presser dans ma bouche, le mâcher, le sucer. La faim des couleurs, la faim de tout. Un tube de bleu, du cobalt et aussi du bleu de Prusse, pour les yeux et le haut du ciel sinon blanc comme le vide. Mâcher la pâtée épaisse, la rouler dans sa bouche, s'en badigeonner le palais, l'avaler. La faim de toutes les couleurs de la vie. Pour la casquette de Yakov Dimitrievitch, un brou de noix et un peu de tertiaire : de l'orange au minium de plomb, léger, lumineux, suave au goût, qui fait passer le pâteux de l'huile au brou de noix. Mâcher, avaler. Devenir un corps de couleurs affamé. Pour le béret d'Irina Stazonovna ma mère, choisir un vert de cobalt, cobalt et chrome, et manger, dévorer un petit tube de jaune de Naples pour la légèreté, pour que les plis du feutre prennent bien la lumière, et du jaune de titane, du jaune de bismuth, de l'orpiment, du jaune royal, jaune de Perse, orpin de Perse, jaune d'arsenic, l'or des fous comme on disait autrefois, au temps des mots légers, bâfrer tous ces jaunes, s'en emplir la gorge jusqu'à l'étouffement, la poitrine, la panse, se rassasier jusqu'à plus de souffle pour que la lumière pétille sur les raies fines de son pull échancré sur sa poitrine, sur la tendre chair de ses seins d'amante et de mère, pour cela du rose, du rose magenta, couleur secondaire de la synthèse additive, rose cinabre et dioxyde de titane, oh le rose des joues de ma mère comme j'aime le manger, manger encore du bleu de phtalocyanine, ce bleu pimpant, moderne, parfait pour le ciel d'infini autour des visages, et du noir d'ivoire, du noir d'encre, du noir d'animal pour les manteaux de cuir, les sentir crisser entre nos dents, avaler toutes les couleurs, s'en goinfrer en bête assoiffée, devenir une outre de couleurs bonne à exploser à la face des âmes grises du Monde Nouveau, et pour faire descendre les couleurs du souvenir, pour les assouplir, s'enivrer d'essence de térébenthine, boire jusqu'à plus soif les acides de gravure, se saouler de chlorure de fer, de persulfate d'ammonium, d'acide fluorhydrique pour tailler profond dans le corps, pour l'ouvrir, le trancher, le déchirer, le dépecer et qu'enfin, enfin, on puisse rejoindre ceux qui nous manquent depuis toujours, ceux qui nous attendent les os nus.

On ne s'est pas trompé. La neige avant la nuit. La bonne neige de Géorgie. Scintillante dans le noir comme un don du ciel, tendre sur le blanc des arums. Se glissant dans les spathes des arums à petits flocons délicats. Caresse de neige plus tendre qu'aucun doigt humain jamais ne sera. Quand il doit quitter un lieu, le camarade Staline aime faire son au revoir à ses fleurs bien-aimées. Plus tard, c'est ce qu'on dira de lui : Staline était un dévoué jardinier. Et de couper un bouquet d'arums dans une nuit de neige géorgienne est bien plaisant. Il ne fait pas encore trop froid. Rien à voir avec le froid qu'il faisait le jour de la mort d'Ilitch. Là, c'était un froid terrible. Le cadavre d'Ilitch, minuscule, à peine plus épais que celui d'un enfant et si gelé qu'il menaçait de se casser, sautillait sur le traîneau pendant qu'on le charriait jusqu'à la gare de Gorki. La Kroupskaïa suivait, tout emmitouflée de haine. Derrière, les sœurs d'Ilitch, les gens de Gorki, les ouvriers de la Dynamo. Des larmes de gel sur leurs joues. Et Rykov, Kamenev, Boukharine, comme des fantômes à barbe givrée. Et nous. Nous aussi on était là. Capote militaire et longues bottes. On les emmerdait d'être là. S'ils avaient osé, ils nous auraient jeté du cortège – et certainement la Kroupskaïa, avant de quitter la maison avec son Ilitch de glace, leur avait fait une scène : foutez Staline dehors ! ce rustre ! ce grossier ! comment pouvez-vous le laisser faire ? – ils n'ont pas osé. À chaque pas dans le froid de la neige dure comme de l'acier, ils comprenaient ce qu'il y avait à comprendre. D'héritier du grand immortel Lénine, il n'y en aurait qu'un. Un seul et on savait qui. Aujourd'hui, il reste une bataille. Vaincre là où Ilitch a perdu : que la mort ne vienne pas des mains que l'on méprise.

Pour ce qui est de l'éternité, on se passera de monument. On se passera de l'exubérance des artistes – toujours excessive, toujours grandiloquente, sentimentale, imaginaire, fausse jusqu'à la racine, comme on vient de le voir avec ce pauvre Danilov ; qu'est-ce qu'ils en savent, de l'éternité, ces nains qui usent leur vie à piller et copier ceux qui ont été grands avant eux ; il fut un temps où Isis les foudroyait avant même qu'ils puissent porter la main sur le marbre de son apparence – car déjà nous sommes l'éternité. La clique des scorpions d'aujourd'hui comprendra bientôt, comme ont compris les scorpions qui suivaient le cadavre d'Ilitch.

Maintenant que la Vodieva n'est plus qu'un songe – adieu, ma Lidiouchka, ma jeunesse éternelle, tu as eu un si beau rôle, si gracieux, si apaisant ; mais c'est fini, je suis trop vieux pour ta nacre et, sans moi, comment saurais-tu respirer la vie ; il ne faut pas avoir peur de la vérité : ce qui est né du désir de Staline périra par le désir de Staline – on sait qu'on ne fera plus de ces grands rêves qui nous indiquent la route à suivre. On dormira en vain et se réveillera pour pas grand-chose. Ça n'empêche pas les souvenirs. « Les souvenirs sont des chiens errants galeux, ils m'encerclent et hurlent à la lune, ils me lèchent les mains et ne me lâchent pas, ils passent dans mon dos et me mordent les mollets », a écrit le Juif Mandelstam, le poète de l'insulte.

Nadia, ma Nadiouchka, ô bonheur de mes souvenirs, *ô ma Souliko*, mon arum de neige. Est-ce toi qui fleuris si loin, ma fleur des wagons brûlants de Tsaritsyne, mon offerte dans les bouillons de sang de la purification du Monde Nouveau – « *Déclencher une terreur de masse impitoyable contre les koulaks, les popes et les gardes blancs. Enfermer les individus douteux dans un camp de concentration hors de la ville.* Signé : *Lénine.* » « *Il est indispensable d'écraser impitoyablement ces aventuriers hystériques. Soyez sans merci avec les S.-R. de gauche et tenez-nous plus souvent informé.* Signé : *Lénine* » – semences du futur parfait et nuit de toi. Je me suis penché sur ta sueur de jeune vierge, j'ai bu à tes seins adorables. Les tôles incendiées du wagon révolutionnaire m'ont vu tirer de tes cuisses d'innocente le vermillon scintillant des lendemains. Ainsi fut la nuit où Tsaritsyne devint Stalingrad.

Stalingrad, l'éternité de Staline. Tout finit là où cela commence. Les dieux de l'Histoire aiment ce qui va en boucle infiniment dans l'apparence miroitante des métamorphoses.

Ô ma Nadiouchka, pourquoi es-tu partie sans me dire adieu, la bouche pleine de remontrances ?

Il n'est pas loin de minuit – cinq heures du matin à P'yŏngyang mais pour le reste on s'en moque – quand les trois ZIS de commandement s'immobilisent devant les marches du Palais Likani. Ils sont tous là, les Tchoubinski, Kouridze, Tchirikov, Rumichvili, cuisinières, soubrettes, serviteurs et corps militaires de faction. Tous patients sous la neige, l'haleine fumante dans la lumière d'acier des projecteurs, formant une haie d'apparence humaine pour souhaiter bonne route et bonne vie au camarade Staline. Il sourit en passant de son pas lent, le gant de cuir contre la visière de sa casquette – pour une fois on évitera les baisemains et autres effusions, la Rumichvili serrant contre sa poitrine maternelle le gros bouquet d'arums qu'on a coupés un peu plus tôt et dont bientôt, à genoux, on n'en doute pas, elle baisera chacune des spathes comme au temps de l'opium du peuple les mêmes grosses femmes, féroces et dévouées, baisaient les saintes reliques – Vlassik et Poskrebychev suivant à la distance réglementaire, tous cependant voyant avec stupéfaction le capitaine Dovitkine monter à la suite du Généralissime dans la ZIS Première. Et à l'intérieur, quand la voiture s'élance doucement sur le gravier rose des allées, derrière les rideaux tirés sur le doux éclairage des lampes voilées d'abat-jour verts ainsi que dans un petit salon, Iossif Vissarionovitch consulte un dernier télégramme avant d'annoncer à Dovitkine que ça y est, les Américains ont lancé leur fameuse offensive *Home by Christmas* sur le fleuve Ch'ŏngch'ŏn, que les Chinois répliqueront dans douze heures, c'est-à-dire à la nuit tombée, par une attaque massive de toutes les lignes de front depuis Yŏngsang-dong jusqu'à Yongwon, de Ipsok à Kujag-dong, de Tŏkch'ŏn à Yongwon, quatre cent mille Chinois dans la gueule, voilà ce qu'ils vont se prendre ces crétins d'Américains, dit plaisamment Iossif Vissarionovitch. Il ne leur reste plus longtemps avant d'apprendre que le scorpion n'a besoin que de l'ombre pour frapper plus grand que lui, comme dit notre camarade Chou, et que seuls les estropiés et les étripés seront à la maison pour Noël. La vie est pleine de surprises, camarade capitaine. Si on veut qu'elle dure longtemps, mieux vaut savoir les éviter.

Lorsque le convoi au complet franchit la grille du parc et s'élance sur la route tortueuse de Borjomi, Iossif Vissarionovitch tend à Dovitkine le mince exemplaire relié vieux cuir de Pouchkine, le

CONTE DU TSAR SALTAN, DE SON FILS LE GLORIEUX ET PUISSANT PREUX LE PRINCE GVIDON SALTANOVITCH ET DE LA BELLE PRINCESSE-CYGNE

La camarade Vodieva avait coutume de m'en lire quelques lignes le soir, confie-t-il à Dovitkine. Peut-être cela ne vous ennuierait-il pas de la remplacer, nous avons juste le temps avant d'arriver à la gare.

Alors, incliné sur la banquette de la ZIS, tâchant de compenser par de subtils mouvements des épaules les forces confuses agitant la voiture, c'est ce que fait Dovitkine, donnant sa voix au conte :

[…] Elles finirent par avouer
Leurs forfaits,
En tout s'accusèrent,
Sanglotèrent.
Mais le Tsar leur permit
De rentrer au nid.
J'y étais.
Cervoise, hydromel
Ai bu tout mon saoul
Sans trop mouiller mes moustaches.

Remerciements

Cette fiction, comme on s'en doute, doit beaucoup aux travaux d'historiens qui, tout au long de l'écriture, ont nourri la représentation que je me suis faite de ses personnages, imaginaires ou réels. En premier lieu, je dois aux recherches de Nicolas Werth pour *L'Île aux cannibales* (Perrin, 2008), qui analyse en détail l'« affaire de Nazino », les lettres, rapports et témoignages partiellement cités au chapitre 13.

La documentation et les ouvrages biographiques retraçant par le menu les jours de Staline et de son entourage ne manquent pas, y compris dans des publications grand public. L'ouverture éphémère des archives soviétiques durant la *perestroïka* a mis au jour une partie des mécanismes de la bureaucratie au pouvoir ainsi que les vies qui lui étaient soumises. De même, l'évolution dogmatique du réalisme socialiste est fort bien documentée (voir entre autres le travail de Cécile Vaissié, particulièrement *Les Ingénieurs des âmes en chef*, Belin, 2008), sans compter l'abondance des textes officiels accessibles. Mais c'est dans le remarquable ouvrage de Boris Groys, *Staline œuvre d'art totale* (Jacqueline Chambon, 1990), que l'on trouvera la plus sérieuse et la plus originale analyse du rapport très particulier de Staline aux arts et à la création artistique.

Enfin, comment ne pas s'incliner devant Vassili Grossman et payer tribut à l'immense auteur de *Vie et Destin* (L'Âge d'Homme, 1980 ; Laffont, « Bouquins », 2006), prodigieux chef-d'œuvre romanesque du *siècle chien-loup* ?

DU MÊME AUTEUR

La Falaise
Bernard Barrault, 1987

L'Orage des chiens
Bernard Barrault, 1987

La Peau de l'autre
Bernard Barrault, 1988

Bâtards
Bernard Barrault, 1991

De beaux jours pour aimer
Flammarion, 1994

Le Galop de l'ange
Robert Laffont, 1996

Le Valet de peinture
Robert Laffont, 2004
et « Points Grands Romans », n° P3087

L'Almanach des vertiges
Robert Laffont, 2009

Sous le pseudonyme de A. B. Daniel

INCA
Vol. 1 : La Princesse du soleil
Vol. 2 : L'Or de Cuzco
Vol. 3 : La Lumière du Machu Picchu
XO, 2001

REINE DE PALMYRE
Vol. 1 : La Danse des dieux
Vol. 2 : Les Chaînes d'or
XO, 2005

Les Roses noires
XO, 2007

L'Enfant venu d'ailleurs
XO, 2010

RÉALISATION : IGS-CP À L'ISLE-D'ESPAGNAC
IMPRESSION : CPI FRANCE
DÉPÔT LÉGAL : JANVIER 2017. N° 134086 (3019725)
IMPRIMÉ EN FRANCE

P2366. La Couleur du bonheur, *Wei-Wei*
P2370. Le Sang des Dalton, *Ron Hansen*
P2373. L'Agent indien, *Dan O'Brien*
P2383. Robin des bois, prince des voleurs
Alexandre Dumas
P2388. L'Ile du lézard vert, *Eduardo Manet*
P2402. Si loin de vous, *Nina Revoyr*
P2403. Les Eaux mortes du Mékong, *Kim Lefèvre*
P2423. La Couturière, *Frances de Pontes Peebles*
P2424. Le Scandale de la saison, *Sophie Gee*
P2425. Ursúa, *William Ospina*
P2453. Baptiste, *Vincent Borel*
P2458. Le Voyage de l'éléphant, *José Saramago*
P2507. Villa des hommes, *Denis Guedj*
P2520. Nord et Sud, *Elizabeth Gaskell*
P2552. Un monde d'amour, *Elizabeth Bowen*
P2568. Les Amants papillons, *Alison Wong*
P2569. Dix mille guitares, *Catherine Clément*
P2619. L'Histoire très ordinaire de Rachel Dupree
Ann Weisgarber
P2639. Le Roman de Bergen. 1900 L'Aube – tome I
Gunnar Staalesen
P2640. Aurora, Kentucky, *Carolyn D. Wall*
P2643. Le Ruban rouge, *Carmen Posadas*
P2652. Le Sari rose, *Javier Moro*
P2653. Le Roman de Bergen. 1900 L'Aube – tome II
Gunnar Staalesen
P2654. Jaune de Naples, *Jean-Paul Desprat*
P2656. Qui a tué Arlozoroff ?, *Tobie Nathan*
P2662. L'Incertain, *Virginie Ollagnier*
P2674. Le Testament d'Olympe, *Chantal Thomas*
P2675. Antoine et Isabelle, *Vincent Borel*
P2712. Mon patient Sigmund Freud, *Tobie Nathan*
P2713. Trois explications du monde, *Tom Keve*
P2715. Shim Chong, fille vendue, *Hwang Sok Yong*
P2716. La Princesse effacée, *Alexandra de Broca*
P2737. La Jeunesse mélancolique et très désabusée d'Adolf Hitler
Michel Folco
P2738. L'Enfant des livres, *François Foll*
P2739. Karitas, livre I – L'esquisse d'un rêve
Kristín Marja Baldursdóttir
P2761. Caravansérail, *Charif Majdalani*
P2762. Les Confessions de Constanze Mozart
Isabelle Duquesnoy
P2801. Le Marquis des Éperviers
Jean-Paul Desprat

P2822. Le Roman de Bergen. 1950 Le Zénith – tome III
Gunnar Staalesen
P2850. Le Roman de Bergen. 1950 Le Zénith – tome IV
Gunnar Staalesen
P2851. Pour tout l'or du Brésil, *Jean-Paul Delfino*
P2864. Rêves de Russie, *Yasushi Inoué*
P2865. Des garçons d'avenir, *Nathalie Bauer*
P2903. Cadix, ou la diagonale du fou, *Arturo Pérez-Reverte*
P2904. Cranford, *Elizabeth Gaskell*
P2905. Les Confessions de Mr Harrison, *Elizabeth Gaskell*
P2906. Jón l'Islandais, *Bruno d'Halluin*
P2948. Les Mille Automnes de Jacob de Zoet, *David Mitchell*
P2949. La Tuile de Tenpyô, *Yasushi Inoué*
P2981. Karitas, livre II – L'art de la vie
Kristín Marja Baldursdóttir
P3003. Pour l'amour de Rio, *Jean-Paul Delfino*
P3004. Les Traîtres, *Giancarlo de Cataldo*
P3016. La Reine des Cipayes, *Catherine Clément*
P3017. Job. Roman d'un homme simple, *Joseph Roth*
P3037. Doña Isabel (ou la véridique et très mystérieuse histoire d'une Créole perdue dans la forêt des Amazones)
Christel Mouchard
P3057. Les Sœurs Brelan, *François Vallejo*
P3058. L'Espionne de Tanger, *María Dueñas*
P3071. Les Amoureux de Sylvia, *Elizabeth Gaskell*
P3072. Cet été-là, *William Trevor*
P3085. Quel trésor !, *Gaspard-Marie Janvier*
P3086. Rêves oubliés, *Léonor de Récondo*
P3087. Le Valet de peinture, *Jean-Daniel Baltassat*
P3102. Relevé de terre, *José Saramago*
P3145. Le Pont des assassins, *Arturo Pérez-Reverte*
P3146. La Dactylographe de Mr James, *Michiel Heyns*
P3147. Télex de Cuba, *Rachel Kushner*
P3154. Au pays du Cerf blanc, *Chen Zhongshi*
P3155. Juste pour le plaisir, *Mercedes Deambrosis*
P3179. Richard W., *Vincent Borel*
P3180. Moi, Clea Shine, *Carolyn D. Wall*
P3210. Le Roman de Bergen. 1999 Le crépuscule – tome V
Gunnar Staalesen
P3211. Le Roman de Bergen. 1999 Le crépuscule – tome VI
Gunnar Staalesen
P3246. Un homme loyal, *Glenn Taylor*
P3247. Rouge de Paris, *Jean-Paul Desprat*
P3275. L'Excellence de nos aînés, *Ivy Compton-Burnett*
P3276. Le Docteur Thorne, *Anthony Trollope*
P3282. Moi, Giuseppina Verdi, *Karine Micard*

P3283. Les oies sauvages meurent à Mexico
Patrick Mahé
P3284. Le Pont invisible, *Julie Orringer*
P3324. Le Dictionnaire de Lemprière, *Lawrence Norfolk*
P3325. Le Divan de Staline, *Jean-Daniel Baltassat*
P3326. La Confrérie des moines volants, *Metin Arditi*
P3327. L'Échange des princesses, *Chantal Thomas*
P3328. Le Dernier Arbre, *Tim Gautreaux*
P3355. Le Tango de la Vieille Garde, *Arturo Pérez-Reverte*
P3356. Blitz, et autres histoires, *Esther Kreitman*
P3398. L'homme qui aimait les chiens, *Leonardo Padura*
P4012. Pietra viva, *Léonor de Récondo*
P4013. L'Égaré de Lisbonne, *Bruno d'Halluin*
P4048. La Clandestine du voyage de Bougainville
Michèle Kahn
P4049. L'Italienne, *Adriani Trigiani*
P4060. Dans le Pavillon rouge, *Pauline Chen*
P4061. La Petite Copiste de Diderot, *Danielle Digne*
P4094. Demain à Santa Cecilia, *María Dueñas*
P4104. L'Empereur aux mille conquêtes, *Javier Moro*
P4126. Le Livre des secrets, *Fiona Kidman*
P4134. Le Printemps des enfants perdus, *Béatrice Égémar*
P4135. Les Enfants du duc, *Anthony Trollope*
P4155. Les Indomptées, *Nathalie Bauer*
P4156. Nos disparus, *Tim Gautreaux*
P4157. Sarah Thornhill, *Kate Grenville*
P4175. Suzon, *Louise Bachellerie*
P4176. La Maîtresse du commandant Castro, *Eduardo Manet*
P4190. Passent les heures, *Justin Gakuto Go*
P4203. Le Festin de John Saturnal, *Lawrence Norfolk*
P4204. Aimons-nous les uns les autres, *Catherine Clément*
P4242. Westwood, *Stella Gibbons*
P4243. Hérétiques, *Leonardo Padura*
P4255. Bienvenue à Big Stone Gap, *Adriana Trigiani*
P4274. Les Silences de la guerre, *Claire Fourier*
P4275. Louise, *Louise Bachellerie*
P4288. Les Premiers de leur siècle, *Christophe Bigot*
P4289. Mary Barton, *Elizabeth Gaskell*
P4317. Ciel d'acier, *Michel Moutot*
P4335. Le Voile de Téhéran, *Parinoush Saniee*
P4336. Les Rumeurs du Nil, *Sally Beauman*
P4366. La Table d'émeraude, *Carla Montero*
P4369. Poussières d'exil, *Patrick Bard*
P4396. Mille regrets, *Vincent Borel*
P4414. Claire, *Louise Bachellerie*
P4449. Marie Curie prend un amant, *Irène Frain*